JN070793

小説集

北条義時

作品社

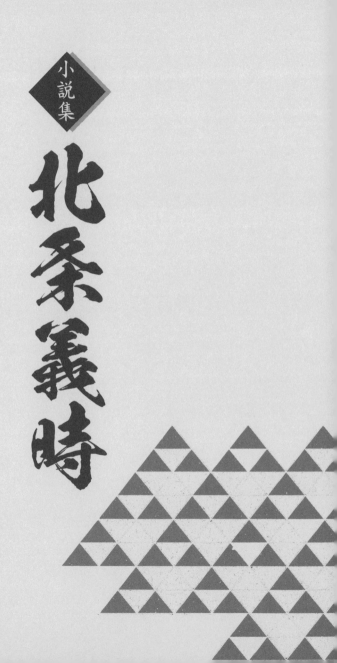

小説集　北条義時

装画
歌川国貞
「碁盤忠信源氏礎」より
「江間小四郎」

梶原景時

海音寺潮五郎

海音寺潮五郎（かいおんじ・ちょうごろう）
1901～1977

鹿児島県生まれ。國學院大學卒業後に中学校教諭となるが、1929年に「サンデー毎日」の懸賞小説に応募した「うたかた草紙」が入選、1932年にも「風雲」が入選したことで専業作家となる。1936年「天正女合戦」と「武道伝来記」で直木賞を受賞。戦後は『海と風と虹と』、『天と地と』といった歴史小説と並行して、丹念な史料調査で歴史の真実に迫る史伝の復権にも力を入れ、連作集『武将列伝』、『列藩騒動録』などを発表している。晩年は郷土の英雄の生涯をまとめる大長編史伝『西郷隆盛』に取り組むが、その死で未完となった。

底本：『悪人列伝　中世篇』（文春文庫）

一

今の鎌倉市に梶原というところがある。山内《やまのうち》の西南、鎌倉山の東北にあたる狭い地域だが、昔は深沢村の一部で、ずっと広く、今の大仏のあるあたりも、そうだったのではないかと思われる。ともあれ、この地名が梶原という名字のおこりである。

梶原氏は、史料編纂所《へんさんじょ》編纂の読史備要収録の諸氏系図では平将門のいとこ（「将門記」では叔父）で、常陸《ひたち》の水守《みずもり》に住んで、常陸六郎といわれていた平良正の末になっている。同族としては、三浦・和田・長田《おさだ》の諸氏はともに良正の末であり、大庭《おおば》氏は景時の伯父の景忠からはじまっている。続群書類従収録の平氏系図と三浦系図とでは、やはり平将門の叔父で、武蔵村岡（今の熊谷市の一部）に住んで、村岡ノ五郎といわれていた良文から出ているとある。ともあれ、坂東《ばんどう》平氏である。

彼の先祖として最も有名なのは、後三年の役で絶倫の武勇をうたわれた鎌倉権五郎景政（正ともある）である。景政は江戸歌舞伎の人気もので、歌舞伎十八番の「暫《しばらく》」の主人公は彼であるが、その曾孫の景時は代表的悪役となっている。皮肉である。

景時の父は景清。彼は平三《へいぞう》と通称したという。平姓の家の三男という意味だから、景清の三男だったのであろう。

彼の履歴が歴史の表にあらわれるのは、頼朝の石橋山合戦の時からである。

頼朝の挙兵は治承四年（一一八〇）八月十七日、三島神社の祭礼の翌日である。この夜、彼は兵を挙げて、平家の伊豆目代《もくだい》平兼隆を山木《やまき》（今の韮山《にらやま》。八牧とも書く）に襲撃してこれをたおし、叛形を明らかにした。彼は旗上げするまでに、東国の旧臣らに使者をつかわして、一応の連絡はとっていたのだが、形勢を観望していたのであろう。集まるものわずかに三百騎しかいなかった。

これを聞いておどろいたのが、大庭景親《かげちか》だ。大庭氏も鎌倉権五郎景政の末で、元来は最も関係深い源氏の郎党であるが、平治の乱後平氏に仕え、とりわけ景親は罪をおかして、あたり前なら斬らるべきところを平家の恩命で助命されたばかりか、その後いろいろと恩をこうむったので、無二の平家方となっていた。早速にふれをまわして、軍勢をかりもよおした。伊豆・相模・武蔵の兵どもが、われもわれもと馳《は》せ集まるものがひきもきらず、忽《たちま》ち三千余騎となった。景時もそのなかまだ。彼は大庭景親のいとこだ。

頼朝は味方に馳せ参ずる約束の出来ている三浦一党や千葉常胤《つねたね》の到着を待って戦うつもりで、接戦をさけて、今の小田原市の早川尻にかまえたが、大庭方がおし寄せて来るとの情報が入ったので、そこから海岸沿いに二十四五町南にさがった石橋山にこもった。大庭氏はおしよせて来た。彼らも頼朝が戦わずして時をかせぐつもりでいることを知っている。

「明日まで待っては、敵に大勢つき重なり、難儀な戦《いく》さになろう。敵方には三浦一党の者共が馳せ参ずる約束が出来ていると聞く。後ろをその者共にとり切られてはかのうまい。一気に攻めつぶしてしもうが上分別」

と決定し、日も早や暮れかかっていたのに、遮二無二《しゃにむに》攻撃にかかった。山木の夜討ちから六日目、八月二十三日の夕刻であったという。

夜戦である上に、吾妻鏡によると、終日の曇天は夜になって風雨となった。あやめもわからぬ疾風豪雨の中に、両軍必死になって戦ったが、多勢に無勢、頼朝方はついに敗れた。

頼朝は杉山の堀口のあたりに逃げたが、大庭勢がおしよせて来たので、さらに方々に逃げ、源平盛衰記によると鵐《ししど》の岩屋という谷に行き、臥木《ふしき》の洞穴《ほらあな》に身をひそめた。従うもの土肥実平《どひさねひら》、その子遠平、新開《しんかい》忠氏、土屋家遠、岡崎義実、安達藤九郎盛長のわずかに六騎であったという。吾妻鏡には特定の潜伏場所は書いてない。また、土肥実平が、

「君お一人なら、なんとしてでもおかくし申しますが、余人までは引き受けかねます」

といって、頼朝につきそっている武士らを分散させたとある。

とにかく、窮地に追いこめられているところに、大庭景親が兵をひきいてさがしさがしやって来て、臥木の上にのぼり、弓杖《ゆんづえ》ついて、

「たしかに佐殿《すけどの》はここに来られたに相違ない。この臥木こそ怪しけれ。中に入ってさがせ者共」

と命じた。すると、景時は、

「心得た。われらさがそう」

といい、弓を小脇にはさみ、太刀のつかに手をかけて洞穴に入ったところ、頼朝と真向《まっこう》から顔が合った。頼朝は運の尽きと思った。元来郎党である景時などに未練がましく降を乞うべきにあらず、切腹せんと、刀のつかに手をかけた。それを見て、景時はあわれと思い、

「しばらく相待ち給え。助け奉るべし。戦さに勝ち給わば、公《きみ》忘れ給うな。もしまた敵の手にかかり給わば、草葉の陰までも、景時が武運を守り給え」

とささやいて、身をひるがえして外に出、洞の口に弓杖をついて立ちふさがり、

「ここには虫一匹おらぬ。蝙蝠《こうもり》が多数さわいでいるぞ。――やあ土肥の真鶴《まなづる》の方に、武者七八騎見ゆるわ。佐殿らしいぞ。あれを追え！」

とはるかなかなたを指さして、兵共にさしずした。しかし、景親は、

「あれは佐殿ではない。どう見ても、この臥木こそ不審なれ、よしよし、われ入りてさがし見ん」

と臥木から飛び下り、さがそうとした。景時は洞の前に立ちふさがったまま、刀のつかに手をかけて、どなった。

「われらが見ておわさずと申したを疑いめさるか！　さてはわれらを平家に二心ありと見られたのだわ。疑われては身も立たぬ。男の意地も立たぬ。入ってさがすならさがされよ。その分にはおかぬぞ！」

それで、大庭も心をのこしつつ立ち去った。後年の景時にたいする頼朝の信任はここにはじまる。

以上は源平盛衰記の記事だ。吾妻鏡はごく簡略に、「景親、武衛《ぶえい》（兵衛佐《ひょうえのすけ》、頼朝のこと）の跡を追ひ、嶺渓《れいけい》を捜求す。時に梶原平三景時なる者あり。たしかに御在所を知るといへども、情あるの慮《おもんぱかり》を存して、此《この》山には人跡なしと称し、景親の手を曳《ひ》いて傍峯《ぼうほう》に登る」とある。いずれにしても、景時は味方を裏切って頼朝を窮地にすくったのである。

後世の人間が歴史時代の人物の行動を考える場合は、観念的になりがちなものだ。ここのくだりでも、景時が頼朝に、「いくさに勝ちたまわば、公忘れ給うな云々」といったことを、利害を打算してのことで、その心術の卑しさはすでにこの時にあらわれていると、古来論評しているが、こういう気持は当時普通のことで、とくに景時だけが利害にさとかったのではない。盛衰記にも、「景時あはれと見奉りて」とあり、吾妻鏡にも、「存㆓有㆑情之慮㆒」とある。景時の情ある心は十分に買っている。

もちろん、いつの時代だって、とくべつ見事な心術の人間はいる。三浦一党の中心人物であった大介《おおすけ》義明などそれで、八十九歳という頽齢《たいれい》でありながら、この後居城衣笠城《きぬがさ》を守り、節を守って屈せず、見事な死をとげているが、それは特別な人である。大いに礼讃《らいさん》には値するが、標準にはならない。こんな人を標準にしては、当時の人間の九十九パーセントまでは利害満腹の小人ということになってしもう。ともかくも、頼朝が景時に感謝したことは間違いない。

頼朝はここから安房《あわ》に逃れ、日ならずして大軍を集め、江戸湾の周囲をめぐり、十月六日には鎌倉に入った。この勢いにおそれて、大庭景親に従って彼を伐《う》った武士らは争って降服した。景親は頼朝の勢の大いに振うのを見て、東に下って来つつあった平家の追討軍と合流するため、兵一千騎をひきいて出発しようとしているると、あたかも頼朝は三十万の大軍をひきい、足柄《あしがら》をこえたので、行くに行けず、河村山に逃げこんだ。川村というのは郷名で、現在は山北・岸・向原の三里を合わせた地名だが、当時は足柄郡の松田の西の酒匂川《さかわ》の郷名であったという。盛衰記では、一旦足柄山をこえたが、前途の駿河に甲斐《かい》源氏の武田・一条らが大軍をもって待ちかまえ、後ろからは頼朝が雲霞《うんか》のごとき大軍で攻め上って来るというので、進退拠《よりどころ》を失い、家人《けにん》・郎党らが逃げ散ったので、足柄の北、星山に逃げこんだとある。彼は後に降服したが、頼朝の怒りが強くついに斬られた。兄の景義《かげよし》（能）が、

「他人に斬らせんより」

と、申し受け、自ら斬ったという。

景親に従って頼朝と戦ったのは、伊豆・武蔵・相模の武士どもであったが、ほとんど全部降服している。頼朝は大方これを助け、本領を安堵して、ゆるさなかったのは十分の一もなかったと、吾妻鏡は記述している。平家という大敵があり、同族である木曾・佐竹・新田等をはじめとして、伯叔父の

義広・行家等の有力なライヴァルもいるのだ。生かして使った方が得にきまっている。

景時は、この年の十二月に、土肥実平を頼んで降服しているが、翌年の養和元年（一一八一）の正月十一日、はじめて見参《げんざん》している。「仰せによつて初めて御前に参る」と吾妻鏡にあるから、頼朝の方から、この日会おうと言ったのである。「文筆を携へずといへども、言語を巧みにするの士なり。もつぱら賢慮に相叶ふ」ともある。才人なのである。学問のたしなみはないが、気のきいたことばづかいをする人物であるという意味である。才人なのである。頼朝は気に入ったのである。

危難の場を見のがしてくれたことにたいして話があったとは書いてないが、もちろん出たろう。定めて、景時は気のきいたことばで、しかもつつましやかに答えたであろう。ここで恩着せがましいことを言うようでは、才人とは言えない。

二

この以後、景時の名は吾妻鏡にしばしば見える。鶴ガ岡八幡の社殿の造営奉行・頼朝のご殿の造営奉行・頼朝夫人政子の産の時の雑事奉行等をつとめ、またこの時生まれた一万（後の頼家）は長男なので、頼朝は先例に従って家臣らから一万の護《まもりがたな》刀を献上させたが、指名されて献上した七人の中に、彼と彼の長男源太景季《かげすえ》の二人が入っている。景季は頼朝が御家人中、とくに弓箭《きゅうせん》の道に達し、隔心なきものという条件でえらんで、毎夜寝所近いところに伺候させた十一人の中に入っている。平氏の疎族である梶原家に源太という通称はめずらしい。ひょっとすると頼朝が、景季が長兄悪源太義平に似ているというところから、くれたのかも知れない。ともあれ、梶原父子にたいする頼朝の信任ぶりはずいぶん厚かったのである。

寿永二年（一一八三）の暮に、頼朝は上総権介《かずさごんのすけ》平広常を、謀反の疑いありとして殺している。広常は関東一の豪族であった。頼朝は石橋山に敗れて房総に遁《のが》れた時、広常の許《もと》に和田義盛をつかわして兵を徴したが、形勢を観望してなかなか腰をあげず、大勢が頼朝に利ありとわかるようになってから、二万の大軍をもって馳せ参じた。これを、頼朝が、

「心術不審である」

と言って、急には引見《いんけん》せず、土肥実平をして叱らせて、はるかに後陣にひかえさせたので、広常はかえって、

「この殿は必ず日本の大将軍になり給うであろう。当時無下に無勢におわすところに、この大軍をひきいて参ったのであれば、定めておよろこびのあまり、追従言《ついしょうごと》など仰せられるであろうと存じたるに、お目通りもゆるされず、実平をもってお叱りなされた。ことのほかに威のおわすおん大将かな」

と、舌をふるっておそれ、以後は二心なく忠勤をぬきんでたというのは、有名な話であるが、関東の豪族らの中ではケタちがいに身代が大きいので、相当傲慢なところもあったらしい。

吾妻鏡にはこんな記述がある。養和元年の六月十九日、頼朝が納涼のために三浦に行った時、広常は頼朝からの通知で佐賀岡浜（葉山一色海岸）で参会した。彼はひきいてきた五十の従騎らに皆馬から下りさせて大地に平伏させたが、彼自身は馬上手綱をひかえ、身をかがめているだけであった。三浦義連《よしつら》が走りよって無礼をとがめ、

「下馬なされよ」

と注意したところ、広常は、

「われらが家は三代、公私ともに何人《なんぴと》にたいしてもそれほどに卑下した礼をなした先例はござらぬ」

と、はねつけた。

その日、三浦氏の館で大宴会がひらかれた時、岡崎義実が頼朝の水干《すいかん》をいただきたいと所望した。頼朝はぬいであたえ、ここで着かえよと、その席で着かえさせた。広常がこれをねたんで、

「そのような美服は広常ごとき者が拝領すべきで、義実ごとき老人に賜うことは存外存外」

といったので、義実は怒り、

「ご辺は大功のあるお人じゃが、わしはそもそものはじめから君にご奉公の忠をいたしているのだ。中頃に帰参したご辺とはくらべものになり申さぬ」

と言った。広常また怒って言いかえし、あわや刃傷沙汰《にんじようざた》になろうとしたというのである。

これらはすべて広常の自分の力にたいする自信から出た傲慢のためである。猜疑心の強い頼朝としては、安心の出来ない人物と思ったのも道理だ。怪しいと言う者があると、すぐ好機として謀殺したのはそのためであろう。もっとも、謀殺の翌年の寿永三年の正月八日には、上総一の宮の神主らが、広常の生存中、小桜皮縅《かわおどし》の鎧《よろい》一領を奉納していると報告したので、頼朝はそれを鎌倉にとりよせ、十七日に一見したところ、冑《かぶと》の高紐に一封の書状が結びつけてある。ひらいてみると、広常の願文《がんもん》で、頼朝の武運の長久を祈ったものであった。頼朝は後悔して、冥福を祈ることにし、縁坐して囚人《めしゆうど》となっていた広常の弟天羽直胤・相馬常清らを厚くねぎらって赦免したという。

しかし、後悔したのも事実であろうが、いつかは整理しなければならないと思ったのも事実であろう。広常のような大豪族はどうせそのままにはおけない頼朝なのである。

愚管抄によれば、後に頼朝は広常を討ったことを、後白河にこう言っている。

「この者はわたくしのためには大功のある者で、わたくしが東国を従えることが出来たのも、そのは

じめはこの者が大軍をもって随従して勢いが出たからであります。しかしながら、この者はわたくしがいつも朝廷のごきげんを恐れているのを、そうまで朝廷を気にすることはない、こうして関東を拠有して堂々とかまえているのだから、誰がどう出来ましょうと、よく申しました。このように朝廷にたいして不臣の心ある者でありましたので、このようなものを郎党にしておいては、恐れ多いと思って、誅殺したのです」

これは朝廷をたらすために、広常の死を利用したのであろう。武家政治などという組織を思いつき、それを確立したほどの人物だけあって、なかなか食えない人物なのである。

この書にはまた、広常の討手を命ぜられたのは景時だとある。景時は広常を相手に雙六《すごろく》を打ち、ゲームなかばに盤をこえて斬りつけ、見事に首をあげたので、「景時が高名いふばかりなし」とある。

こういう討取り方にも、景時が単なる武辺一ぺんの人物でなく、知能的な人物であったことがわかる。広常に謀反の企てがあるというわさが頼朝の耳に入り、頼朝が景時に広常を討つことを命じたであろうことが書いてあったろうと思われる吾妻鏡の寿永二年の条《くだり》が一字ものこらずごそりと湮滅《いんめつ》しているので、詳細がわからないのであるが、案外景時が頼朝に謀反を理由に誅殺せよと説いたのかも知れない。後年の彼を見ると、ありそうなことである。

寿永三年に頼朝は木曾義仲を討つべく、弟の範頼《のりより》と義経を将として、関東の将士らをつかわしているが、景時は、長男景季・二男景高・三男景家（三浦系図では景茂）の三子とともに義経の手について出ていることが、盛衰記にある。記述はないが、義経が年若なので、頼朝が軍監的役目をもってつけたのであるようだ。記録にのこるところでは、梶原一族の勲功としては、源太景季が佐々木高綱と宇治川の先陣争いをしたことだけで、景時自身の功は出ていない。

しかし、吾妻鏡は、この時の捷報《しょうほう》を、範頼・義経・安田義定・一条忠頼らが飛脚を立てて鎌倉にたてまつっているが、それらは皆、

「去る二十日合戦を遂げ、義仲ならびに伴党を誅す」

とだけ書いて、詳細を欠いていたので、頼朝は使者らを庭に召して、聞きとっているところに、景時の飛脚が到着した。これは討取ったり生捕りにしたりした敵の名前や数をくわしく書いてあったので、頼朝は、

「誰の注進状よりくわしいわい。いつもながら神妙な思慮である」

と「御感《ぎょかん》再三に及んだ」と、記している。

引きつづき、一ノ谷の合戦になる。吾妻鏡では、景時は大手口に向う範頼に属しているが、このことについて盛衰記はこう記している。関東の命令では土肥実平を範頼隊の侍大将とし、景時を義経隊の侍大将としたのであったが、景時は義経と気が合わないので離れて範頼につき、そのために実平が義経についた。また畠山重忠は範頼隊に所属していたが、景時の統制を受けるのをきらい、去って義経に属したと。この時、義経は、

「実平と景時が入れかわったのは、おれにとって損でもなければ得でもないが、そのために畠山ほどの者が来てくれたのはありがたい。結句大もうけしたわい」

といったとも記している。

あとのことを考えると、こんなことがあったろうとは思われるが、実際のことはわからない。しかし、知能家肌の景時が、単純率直、武勇を専一とする東国の武士らにきらわれていたことは大いに可能性がある。

大手に向った範頼の軍勢は二月七日の払暁に生田《いくた》に到着した。逸《はや》りに逸った東国武士らは直《ただ》ちに攻撃にかかり、息もつかず攻め立てたが、平家方の抵抗が頑強で、せっかく城戸《きど》に攻め入った者も、あるいは討たれ、あるいは傷ついて退いて来る。

景時の二男平次景高が攻め入ろうとした時、範頼は、

「これはなかなかの城だ。城戸の上の高櫓《たかやぐら》に四国九州の精兵《せいびょう》(弓の上手)共をこめ、攻め入る者を射取ろうとかまえているぞ。はやるな。楯を重ね、馬にも鎧を着せ、後陣の大勢を待ちそろえて寄せよ」

とさしずした。人々が言いついで、景高に伝えたところ、景高はきッとふりかえり、

もののふのとりつたへたる梓弓《あずさゆみ》
　ひきては人のかへるものかは

と詠じて、城戸に近くおしよせ、さんざんに戦った。これを見て、東国勢はおとらじと攻めつけた。景時は足軽共に命じて、逆茂木《さかもぎ》を引きのけさせ、五百余騎をひきいて駆け入ったところ、敵は二千余騎をさし向けて防戦した。多勢に無勢敵しがたかったので、景時は退却して、一息いれて見まわしたところ、長男景季がいない。

「源太はいかに」

「あまりに逸って敵中深く入り、敵にとりこめられたのではありますまいか」

「あな心憂《う》。さては討たれたのであろうか。子を死なせて、いのち生きて何かせん。景季を討ったる敵に組んで死のう」

また二百余騎をひきいて突入し、

「鎌倉権五郎景政が末葉《まつよう》、梶原ノ平三景時ぞ。景政が武勇は聞き伝えおらん。その子孫なれば、これ

も一人当千の兵《つわもの》ぞ！　子景季がゆくえおぼつかなくて返し入ったぞ。われと思わんものは、大将も侍も、寄りて組めや、組めや」

と、名のりかけたところ、名と勢いにおそれて敵はなびいた。得たりやと進んで、景季の所在をさがしていると、ばったりと景季に逢った。景季は冑を打ちおとされて大童《おおわらわ》になり、敵の首を太刀の切っ先につらぬき、馬を打たせて来たのであった。

「無事であったか！」

景時は大いによろこび、景季をうしろにかこって甲冑を着直させ、休息させ、また進んで戦った。これを梶原が二度の駆けといい、当時有名な話になった。また、この時景時は咲き乱れた梅を胡箙《えびら》にさしそえていたので、平家の公達《きんだち》は、「花えびらとは優なり、やさし」と賞したという。

以上は源平盛衰記にあることだが、平家物語では、平次景高が突入しようとする時とめたのは範頼でなく父の景時で、

「後陣のつづかないのに先を駆けたからとて味方に何の益にもならぬ故《ゆえ》、かかる者には勧賞《けんじょう》せぬとの大将軍よりの仰せであるぞ」

といったことになっており、その、景高が前記の歌を詠じて突入したので、景時は、

「平次討たすな！」

と五百余騎をひきいて続いたことになっている。

また、景時が景季の身を案じて再び突入した時、景季は馬もたおされ、冑も打ちおとされ、二丈ばかりの切岸《きりぎし》を背にし、郎党二人を左右に立て、敵五人と必死に斬り結んでいたことになっている。

長門本《ながとぼん》の平家物語によると、えびらに梅をさしていたのは源太景季であったことになっている。

「梶原源太、駆くる時は旗をささげ、母衣《ほろ》をかけ、引く時は旗を巻き、母衣をぬぎて、度々《たびたび》入れかへ入れかへ戦ひけり。武芸の道ゆゆしく見えける中に、やさしきことは、片岡なる梅のまだ盛りなるを、一枝折りて箙《えびら》にさし具《ぐ》して、敵の中へ駆け入つて、戦ふ時も引く時も、梅は風に吹かれてさと散りければ、敵も味方もこれを見て感じける」

とある。

突進する時旗をささげ、母衣をかけ、退く時はこれをとりおさめたというのは、突進の際は目立つように、退却の際は目立たないようにしたのだ。これが武芸の道ゆゆしいというのだから、戦争が日常にあった時代の武士の心掛けと、全然戦争のなくなった江戸時代の武士が観念的に考えた合戦における心掛けとは大へんな違いであることがわかる。この出来るだけ勲功が目立つようにする武士の心掛けは戦国の世までおよんでいる。現代の人と大分似ている。

これらの記述は、梶原一族が武勇だけでなく風雅のたしなみもあったことを示している。これは一族の血なのであろう。

三

一ノ谷の戦いで、平重衡《しげひら》が捕虜になった。重衡は味方が潰走にうつったので、童子鹿毛《どうじかげ》と名づくる駿馬《しゅんめ》に打ち乗り、渚《なぎさ》に沿うて西をさして落ちつつあったところ、荘《しょう》ノ三郎家長という者が見つけて追いかけた。しかし、駿足に乗っていることとて、追いつけそうにない。馬を目がけて射た矢が馬の三頭《さんず》（尻の高い所）にあたった。たおれはしなかったが、急所のいたでに打てどもあおれども走らない。重衡には後藤守長という従者があった。少年の頃から特別に目をかけて召使い、いかなることがあっても一緒に死のうと約束し、この日も自分の乗りかえの駿馬「夜目なし鴾毛《つきげ》」と名づくるに乗せて召連れたのだが、人間は落ち目にはなりたくない、この守長が重衡の馬が負傷したと見ると、捨て鞭打って逃げ出してしまった。重衡は怒りなげきつつ、自殺しようとしていると、荘ノ家長が走りつき、つとよって抱きとめ、己《おの》が馬に掻きのせ、鞍にしばりつけ、自分は乗りかえの馬にのり、己が陣に引き上げたのである。

重衡はこの時ただ一人の捕虜になった平家の大将軍ではあり、清盛の命令とはいえ奈良の大仏殿を焼き、当時としては大悪業を行なった人物だ。荘ノ家長は大へんな手柄を立てたわけであった。

重衡は大事にあつかわれて、京に送られ、土肥実平があずかったが、間もなく鎌倉に送られた。その護送役をうけたまわったのが、景時である。どんな護送ぶりをしたかは、盛衰記にも、平家物語にも、吾妻鏡にも見えていないが、当時の武士に似気なく風雅のたしなみのある景時のことだから、情あるあつかいをしたことと思われる。

景時は三月二十七日に伊豆国府（三島）につき、ちょうど北条に来ていた頼朝のさしずを仰いで、その翌日重衡を頼朝の許に連れて行っていることが、吾妻鏡に見える。頼朝は重衡と会った後、これを狩野宗茂《かのうむねもち》にあずけた。

重衡は宗茂の館にいること一年余、平家の一族が壇ノ浦に亡《ほろ》んでしまった後、奈良の興福・東大両寺の僧徒らの所望によって京に連れて行かれ、引き渡されて奈良坂で斬られたのだが、その伊豆滞在中、頼朝はもと手越《てごし》（駿河安倍川の西岸）の遊女で当時自分の侍女であった千手と伊王という美女を一夜交代でつかわして、重衡をなぐさめさせたところ、重衡の死後二人とも尼となって菩提《ぼだい》をとむらったという話は有名である。殺伐な世になってはいたが、人の心はまだやさしさを失っていなかったのである。

さて、景時は鎌倉にとどまること一月、平家追討のために兵船を用意せよとの頼朝の命を受けて上洛すべく、土肥実平とともに、四月二十九日に鎌倉を出発している。この時の命令は、

「来る六月、海上の風波平穏となる季節に合戦がとげられるよう準備せよ」

というのであったと、吾妻鏡は記述しているが、同書のこの翌年四月六日の記事と照合すると、二人の上洛はこれだけが目的ではない。京都近くの国々の平家領を没収し、その地域における平家の残党を追捕《ついぶ》するのが主目的であったと思われる。もっとも、そうすることによって兵船の用意に必要な費用が出来るのだろうから、別段吾妻鏡がうそを書いているわけではあるまい。

しかし、船の準備もなかなかととのわなかったろうし、またこの頃から頼朝が義経に不快な感情を持つようになってもいるからでもあろう、範頼にひきいられた追討軍が鎌倉を出発したのは八月八日である。義経は追討将軍たることをはずされている。

十月二十七日の吾妻鏡の記事を見ると、淡路島に景時はいる趣《おもむ》きである。この島の広田の庄は少し前に頼朝から広田神社に寄進されたものであるのに、景時の軍勢がこの庄に乱入して貢賦《こうふ》の妨げをしているとの訴えがあり、それにたいして頼朝が景時によく注意するであろうと返事している記事である。この記事は景時が平家の所領没収と残党狩りのために淡路島に行っていたことを推察させる。

さて京都を通過して西に向った範頼軍は中国路の諸所で平家の軍と戦ってとにかくも勝ちはしたが、関門海峡を越えることが出来ない。周防《すおう》・長門の間をうろうろしながらその年を暮し、翌年正月二十六日にやっと海峡をこえて豊前《ぶぜん》にわたっている。

範頼がきかないので、業をにやした頼朝は義経を起用する気になり、その命令を下した。義経は勇躍して京を出発して難波の渡辺に下った。これが正月十日だ。船の用意をして、大風をおかして

出発したのが二月十七日の夜半、阿波に渡り、讃岐に急行、屋島の平家の本拠を奇襲して追いおとしたことは、武将列伝の源義経伝で述べた。またあの伝で、盛衰記や平家物語に伝えられる渡辺での逆《さか》櫓《ろ》の論争は、この時ではなく、屋島から平家を追いおとした後、次の海戦にそなえて船の支度をした時のことであろうとの見解も述べておいた。思い出していただきたい。

当時、景時は範頼に従って西国に行っている。その証拠は、吾妻鏡の文治元年二月十四日の条の記述だ。この日に頼朝は範頼に手紙をつかわしているが、その文面はこうだ。

「土肥二郎（実平）と梶原平三（景時）と相談して、九州の武士らを招諭し、もし帰服する形勢であったら、九州に入れよ。然《しか》らずば九州の武士共とは合戦におよばないようにして、直ちに四国に渡って、屋島を衝《つ》け。本日とどいたそなたの報告によると、九州に入るつもりでいるのに船がないために進めない、一度長門まで行ったが、兵糧が尽きたからまた周防に退いて来た。部下の将兵らが帰心を生じ、一致の心を欠いていると嘆いているが、今度決戦せずして帰洛するようなことがあっては、そなたの面目は立つまい。すぐに糧食を送ってやるゆえ忍耐せよ。平家は故郷を出て旅住いしながらも勇気をはげましてこらえているではないか。こちらは追討使だ。いくじのないことを言うな」

このように景時は頼朝から範頼つきを命ぜられているのだ。また義経は頼朝の機嫌を損じて追討使たることを免ぜられ、再び追討使を命ぜられて京都を出発しているのは前述したように正月十日であり、この手紙が鎌倉から差し立てられたのは、その二日後だ。かれこれ、景時は範頼とともに九州にいたにちがいないのである。義経のひきいている兵は、その直属の郎党らと、ごく少数の東国武士と、すべてで百五十騎あるやなしやであったろう。このことも、源義経伝で考証しておいた。

平家物語によると、屋島の戦いもすみ、志度《しど》の戦いもすみ、平家の勢力が完全に四国から掃蕩《そうとう》された二十二日に、景時をはじめとする東国武士らが、二百余艘の船をもって難波から来たので、「六日の菖蒲《あやめ》、会《え》（法会）にあはぬ花、いさかひはててのちぎり（ちぎり木の意、棒なり、立てて乳のあたりまでの長さにする故、こういうとぞ）かな」と笑われたとあるが、これは吾妻鏡では百四十余艘となっている。これは難波から来たのでなく、九州から来たのにちがいない。頼朝は再び義経を起用するにあたり、急使を景時に馳せて、義経軍の侍大将（参謀長）たるべく命じたので、景時は船の用意をして馳せ向ったが、義経の作戦ぶりがあまりにも神速で、間に合わなかったのであろう。義経が頼朝の命を受けて京から難波に下ってからこの時まで四十日ある。頼朝の急使が九州の景時のところへつき、景時が船用意して屋島に行くにちょうど適当な日数であろう。

壇ノ浦合戦は一月後の三月二十四日に行なわれた。平家物語はその開戦前、景時が義経に、先陣を所望したところ、義経は、

「われらがいないのなら、そなたを先陣にしようが、思いもよらず」

とはねつけた。景時が、

「殿は大将軍でおわす。先陣などなさるは軽々しゅうござる」

というと、義経は、

「思いもよらぬことを申す。大将軍は鎌倉殿よ。われらは軍《いくさ》奉行にすぎぬ。和殿《わどの》ばらと同格よ」

と言いかえした。いつもは尊敬もせず、都合のよい時だけ総大将あつかいにする景時ら東国武士にたいする痛烈な皮肉であったかも知れない。

義経のこういう言い方は一種の錦のみ旗的議論で、抵抗出来ないものがある。景時は口をつぐんだが、それでもつぶやいた。

「この殿は侍の主《あるじ》にはなれぬご性質のお人じゃわ」

景時のインテリ的批判性がちょいと出たのだ。

義経は怒った。

「和殿は日本一のおこの男かな！　これがわれらに言うことばか！」

と太刀のつかに手をかけた。景時も怒って、同じく太刀のつかに手をかけ、

「これはしたり！　われらは鎌倉殿よりほかに主は持ちませぬぞ！」

とどなり返した。

すると、源太景季・平次景高・三郎景家（三浦系図では景茂）、郎党らも立ちあがり、景時の左右につめ、刀を按じて、義経をにらみつける。義経方でも、伊勢三郎義盛・佐藤四郎兵衛忠信・江田ノ源三・熊井ノ太郎・武蔵坊弁慶などが気色《けしき》ばんでこれにたいする。

居合わす人々は仰天して、義経には三浦義澄が、梶原には土肥実平がすがりついて引きわけ、事おさまったと記述している。これは平家物語だけの記述で、他に書いたものはないが、これくらいなことはあったかも知れない。

四

壇ノ浦合戦から約一月後の四月二十一日の吾妻鏡に、景時が京都から親類におくり、親類から頼朝に差し出させた書状が出ている。こういうのだ。

「西海の合戦には吉瑞《きちずい》が多かった。めでたく勝利を得たことは、かねてから神明の示すところであった。一つ、壇ノ浦合戦に先立つ数日の三月二十日の夜、われらの郎党海太《かいた》成光が夢を見た。浄衣《じょうえ》を着

た男が立文《たてぶみ》をささげて来るという夢だ。この浄衣男は石清水《いわしみず》八幡のお使者である。あたえられたその立文をひらいてみたところ、『平家は未《ひつじ》の日に死すべし』と書かれていた。夢さめた後、海太はわれらにこの夢のことを告げた。それで、われらも決戦は未の日に行なわれるであろうと心組みしていると、果せるかな、二十四日丁 未《ひのとひつじ》の日に戦いは行なわれ、平氏は尽亡した。二つ、屋島合戦の時、味方の軍勢はいくらもなかったのであるが、数万の軍勢がまぼろしとなってあらわれて、敵にはそれが見えたのである。三つ、去年三河守（範頼）殿が長門国におられた時、大亀一匹海に浮かび、やがて陸に這《は》い上った。漁夫らはこれを捕えて三河守殿のところへ持って来た。六人がかりで持ち上げかねるほどの大亀であった。人々はその甲を引きはがすことにきめたが、これに先立って三河守殿には夢の告げがあったので、それと思い合わせて殺すことを禁じ、簡《ふだ》をつけて放してやられた。この亀が壇ノ浦合戦の時、源氏の船の前に浮かび上って来たのである。つけてある簡によって、その亀であることがわかった。四つ、白鳩二羽、船屋形の上に舞いめぐったが、その時平家の人々は入水《じゆすい》したのである。五つ、昨年三河守殿が周防で合戦された時、白旗一旒《いちりゆう》、中空《なかぞら》に現じて、しばらく味方の将兵の目に見えた後、虚空に消え去った」

と、奇瑞《きずい》を列挙して、こんどの勝利が神明の加護によることを証明した後、義経の非難にかかっている。

「判官殿は君のお代官として御家人らをそえて派遣され、そのために平家を討滅することが出来られたのでありますのに、すべてご自分の力であると思い上っておられます。申すまでもなく、これは一筋に皆が力を合わせて働いたからでありまして、人々が働いたのは、判官殿にたいする忠誠によるのではなく、君にたいする忠誠心によるのであります。しかるに、平氏を討滅して以後の判官殿の有様はこれまでとがらりとかわって、功に誇って傲慢であられますので、武士共は皆薄氷をふむがごとき恐れを感じ、心底から和順の心はありません。なかんずく、わたくしのように君にお近くお仕えしているものは、君の厳命をこうむっていますので（就《キ》レ中《ニ》、景時為《リ》二御所《ノ》近士《ト》一、憖《ナマジヒニ》伺《ヒ》二知《ル》厳命之趣《キヲ》一之間）、判官殿のなされようがよくないと、職責上、それでは関東のみ気色《けしき》に違いましょうなどと諫《いさ》めを奉らねばなりませんが、そうすると判官殿はお怒りになります。諫争《かんそう》かえって身のあだとなって、ややもすれば刑罰を招くおそれある状態であります。今はもう合戦もすんだことでありますから、判官殿のお側においてもせんないことであります。早くお許しをいただいて関東に帰りたいと存じます」

　はじめにこんどの勝利が天佑神助によると述べているのは、義経が功にほこっているのはいわれのないことであると証明せんとしているわけだ。色々な奇瑞をならべ立てたのは現代人にはなんの説得力も感ぜられないが、この時代の人には十分に効果があったのである。もちろん、景時はウソを書いているつもりはあるまい。景時が実見したこともあろうし、事後に陣中で風評となったこともあるであろうし、一般に信ぜられていたことでもあろうが、それを義経の功績の否定材料にしたところが、彼の頭のよさである。彼と義経とは相当険悪なかになっていたのであろう。

　しかし、吾妻鏡はこの書簡についてこう説明を加えている。

「およそ和田小太郎義盛と梶原平三景時の二人は侍《さむらい》別当《べっとう》の役目であるので、頼朝公が両ご舎弟を西海にさし向けられるについて、軍士らのことを奉行させるために、義盛を三河守（範頼）に、景時を廷尉《ていい》（義経、検非違使尉《けびいしのじょう》の唐名）におつけになったのである。しかるに、三河守は元来おとなしい人で頼朝公の仰せを忠実に守って、大小のこと皆常胤（千葉）や義盛と相談してなされたが、廷尉は頼朝公の仰せ含めを無視し、よろず独断でことをさばき、わがまま勝手になさった。そのため、人々に恨まれるようなことがいろいろとあった。景時にかぎったことではない云々」

歴史は多く抽象された形で伝えられる。また伝わる史実もつまりは一部分にすぎない。よほど注意して考える必要がある。自分がその時代にい、そのことに関係したこととして、四方八方から思いをめぐらして、はじめて正鵠《せいこく》を得るに近いであろう。判官びいきの心理など、この心掛けを忘れたところに生じたといえよう。

義経となかがわるく、義経のことを讒言《ざんげん》――悪《あ》しざまに頼朝に報告し、それが義経の悲運の動機の一つになっているという点が、景時が姦悪の人物として後世長く不評判となった最も大きい理由であるが、これらの記録を読み、前後の事情と照合すれば、義経にも責任はあったのである。

その上、景時は職務上、義経のことを報告しなければならない責任があったのであり、その報告したところは関東の武士らが皆考えていたことであったのだ。報告するにあたって、彼が大いに悪意を抱いているのが公正を欠いでいるといえばいえるが、関東にかえらせてもらいたいと上書しているくらいだ、二人の感情はよほどに悪化していたと見なければならない。

年少であり、天才であり、前古未曾《みぞう》有の大快勝をつづけさまに得て意気昂揚している義経に、謙抑《けんよく》であれといったところで無理な注文だ。その義経にしてみれば、頼朝の目付づらしてことごとにうるさいことを言う上に、景時は関東武士にめずらしくインテリがかった男だ。性格に直情径行の爽快さがない。陰険な性質に見えたであろう。最もいまいましい人物であったに違いない。この感情はそのままに景時に反射する。それが人間なのだ。景時の報告書に憎悪感があふれていても、それはいたし方ないことであろう。どちらが悪いのでもない。双方の不運であったと見るのが最も公正な批評であろう。景時には相当性格的に欠陥があり、普通の意味では姦悪と称せられてもしかたのないところがあることは、追々わかるはずであるが、この場合にかぎって言えば以上の通りに考えるべきであろう。

景時はこの時帰国はゆるされなかったようである。この翌月四日の条に、景時のこの手紙の返書を持たせてかえしたことが出ているが、それはこんな意味のものであったとある。

「義経には叱責してやった。以後は彼の下知に従わんでもよいが、平家の捕虜がすでに入洛《じゅらく》している。これは大事なことであるから、捕虜らの罪が確定するまで、景時以下の御家人らは皆心を一にして守護せよ。各自心にまかせて帰東してはならない」

しかし、八月の末頃までには帰国しているようである。

九月二日に、景時の長男源太景季が僧義勝房成尋《ぎしょうぼうじょうじん》と頼朝の使者として入洛している。このほど竣《しゅん》功《こう》した南御堂《みなみみどう》と通称される勝長寿院の落慶供養に使用する諸道具がすでに京で購《あがな》ってあるので、それを持ち帰るのと、なお不足の分を購求するのが、その使命であるが、景季には他に二つの任務があった。

一つは、平家の罪に縁坐している者で、まだ配所におもむかない者がある。すでに勅赦せられたものは問題はないが、しからざる者は早く配所におもむくべく朝廷をうながしてご沙汰を出していただくこと。

二つは、頼朝の使者と称して義経の許に行き、行家を誅殺するように命じ、合わせて義経の様子を見て来ること。行家とは頼朝・義経らの末の叔父である。以仁王《もちひと》の平家討伐の令旨《りょうじ》を頼朝をはじめとして諸国の源氏に配布して歩いた大功のある人物であったが、頼朝に身を寄せている間に不平を抱いて義仲の許に奔《はし》って義仲と共に平家を追いおとして上洛し、義仲がほろんだ後には義経に身を寄せ、頼朝に敵対の心を抱いていた。これは木曾義仲伝・義経伝ですでにくわしく書いた。

景季らは十二日に着京し、翌月の十月六日に鎌倉に帰っているが、直ちに頼朝の前に出て、義経のことを報告している。

「伊予守殿のお家にまいり、君のご使者として参ったと申し入れましたところ、ご病気の由《よし》でご対面なく、ご家来の者に、ご用の趣きを申すべき由を仰せられましたが、てまえは、

『これは密事でございますから、人伝《ひとづ》てには申されません。追ってまた参上いたします』

と申して、六条油小路の旅宿にまかりかえり、一両日の後、またまいりましたところ、こんどはお目通り出来ました。大儀げに脇息にもたれておられましたが、ひどくおやつれであり、灸をされたあとが数カ所ありました。行家追討のことを申し達しましたところ、

『見る通り、病気なのである。わしはたとえ盗賊のような者でも、自ら行ってこれを捕え糺《ただ》したいと思うのだ。まして行家は他家の者ではない。われらと同じく六孫王《ろくそんのう》の子孫たる武将である。普通の者のようには出来ない。また、家人らをつかわしても、やみやみと討取られるような相手ではない。治療を加えて出来るだけ早く快癒した後、計をめぐらすことにするであろう。このこと、ご前《ぜん》に披露してくれるよう』

と仰せられました」

この報告を聞いて、頼朝は不機嫌になり、

「やつは行家に同心している故、仮病をかまえたのじゃ」

と言ったところ、そばにいた景時は同意してこう言った。

「いかさま仮病でありましょう。最初に景季がまいった時お会いなされず、一両日をへだててお会いになったというのが臭うござる。人間は一日食わず、一夜眠らねば、必ずやつれの見えるものであり

ます。灸のあとなど、一瞬の間に何カ所でもこしらえられます。まして中一両日のあればなんでもありません。行家と同心、合体なさっていることは疑うべくもございません」

こんなことがあったので、土佐房昌俊の派遣となるのである。

源平盛衰記には、頼朝が自分の許可を得ないで義経が任官叙位したり、壇ノ浦合戦の後建礼門院の船に行って会うなどという狼藉《ろうぜき》を働いたり（女院の御船《みふね》に参り会う条狼藉なり。ただ行ってお会いしただけでないことはもちろんだ。盛衰記の作者は世に伝えられている義経と建礼門院との情事を信じているのである）、平大納言時忠の姫君の婿になったりしたことを怒り、合点の行かぬ義経のふるまいである、心をゆるせぬと思っているところに、景時が逆櫓の論争を根にもって、おりおり、

「平家すでに亡滅した以上、今後天下のことは君の思召《おぼしめ》しのままであります。しかし、九郎判官殿だけは自立のお心がおありでありましょう。判官殿は心《こころ》剛に謀《ぼう》すぐれておわします。一ノ谷の逆落し、大風をおかしての船出、すべて鬼神の所業としか思われません。敵に向っては一歩も退かず、将才まことにおそろしい人であります。ご注意あるべきでありましょう。必ずおん敵とならせ給うにちがいないと思っています」

と讒言したので、頼朝も、

「後来心《こうらい》がかりなことと思うのだ」

と言い、追討の心がきざし、ある時、三浦・佐々木・千葉・畠山等の勇士らが多数集まった席で、

「九郎はわれらを凌《しの》ぐ気がある。後来いぶせく思う。われと思わん人々、九郎を討ってもらいたい」

といったが、人々口を閉じて返事をしない。頼朝は腹を立てながらも、景時こそ引き受けるであろうと、命じた。狡猾《こうかつ》な景時は到底義経に敵しがたいことを知っていたので、ご前に進み出て、袂《たもと》をか

き合わせ、子細らしく容儀をつくろい、

「仰せでありますれば、東は駒の蹄《ひづめ》の通うかぎり、西は櫓櫂《ろかい》のつづくきわみ、いずれへでも異議なく参るべきではありますが、判官殿の討手としてわたくしがまいることはよろしくないと存じます。わたくしは平素から判官殿と仲の悪いものでございますから、わたくしが上洛しましたなら、判官殿は、梶原が上洛いぶかし、必定《ひつじょう》追討使を所望して来たのであろうと、逆討ちされるでありましょう。出来るだけ損害を少なくして敵を亡ぼすをこそ、よき謀《はかりごと》とは申せ。判官殿の思いもよらせられぬ人に仰せて、油断をさせ申し、安々と討取り申すこそ肝要でありましょう」

と言いぬけたので、人々は皆景時の狡猾をにくんだ。そこで、頼朝は土佐房を召出して討手を命じたとある。

もちろん、これはフィクションであろう。景時の言ったようなことのわからない頼朝であろうはずがない。ここに上げられた東国武士だって、義経にたいして特別な愛情を持っているはずはない。相当程度の愛情を持っていても、命ぜられれば討手に行き向うのが当時の武士なのだ。行かないのは臆病であり、臆病は武士にとっては最大の悪徳なのである。盛衰記は義経びいきの書物だし、そのために梶原に好意を持っていないから、こういうフィクションを構成したのであろう。

五

梶原一族は当時よほどきらわれていたもののようで、彼らの風雅と二度の駆け以外は、盛衰記は悪意をもって書いているが、吾妻鏡もまた相当悪意をもって記述している。その一例に、義経の妾《めかけ》静が護送されて鎌倉に来、八幡祠前における劇的の場面があって月余の後、文治二年五月十四日に、景時の三男景家・千葉常秀・八田《はった》朝重・藤原邦通らがうちつれて、静の旅宿に行き、酒宴を催したことがある。静はいやであったろうが、その相手をして唄などうたい、静の母の磯禅師《いそのぜんじ》（日本最初の白拍子であることは「武将列伝」悪源太義平伝で述べた）もまた芸をした。その時、景家は酔ったまぎれに「艶言《えんげん》を静に通じた」というのだから、口説いたのだ、すると、静ははらはらと落涙し、きっとなって言った。

「伊予守殿は鎌倉殿のご連枝でおわす。わらわはその人の妾であります。ご家人の身として、どうしてわらわに普通の男女の情を持って対せられるのであろうか。伊予守殿にしてもしご勘気をこうむっておられないなら、和主《わぬし》らにこうして対面することだってあることではないのです。ましてや、今のようなたわむれごとなど！」

痛烈な肘鉄砲を食って、男を下げているのである。

吾妻鏡は、またこの翌年の文治三年三月十日の条に、こんなことを記述している。

土佐の国の住人夜須《やす》七郎行宗という人物があった。これは壇ノ浦の合戦の時、平家の家人で周防の住人岩国二郎兼秀・同三郎兼末らを生捕りして差し出した功を申し立て、恩賞を賜わりたいと言上していたのであるが、景時がこれに異議を申し立てていた。

「あの合戦の時には夜須などという人物はいなかった。また生捕って差し出したと称する岩国らは自ら帰降した者共である。壇ノ浦合戦から満二年も経っている今頃そんなことを申し出てくるのは奸《かん》曲《きょく》をめぐらしてのことに相違ござらぬ」

そこで、行宗と景時との対決になった。行宗は、

「あの時、われらは春日部《かすかべ》（粕壁・埼玉県）兵衛尉と同船しておりました。かの者がまさしく見てい

たのであります。召寄せておたずね下されば分明《ぶんみよう》でござる」

と申し立てた。

頼朝は春日部兵衛尉を呼び出して尋問させたところ、

「同船しておりました。たしかに夜須は岩国二郎を生捕ったに相違ございません」

と答えた。

景時の敗訴である。頼朝は夜須に賞をあてがうであろうと申し渡し、景時には讒訴《ざんそ》の科《とが》として鎌倉中の道路を作るよう命じたとあるのである。

この事実は、ちょっと考えると、人の功を嫉《ねた》んでのことと考えられそうだが、御家人中の大身でもあり、頼朝の信任を得て左右去らぬ権勢家《きりもの》である景時が、土佐あたりの小身の武士の功を嫉むとは考えられない。権勢家にはよくあることだが、先《ま》ず自分を頼って来なかったのが癪《しやく》にさわったのかも知れない。しかし、ぼくは、それもあろうが、むしろ景時の神経質さから来たあやまちであろうと解釈する。おそらく彼はインテリにありがちな神経質なところのある人物であったろうし、頼朝の信任を受けているだけに、頼朝の利害についてはよほどに気をくばって、いつも一毫《いちごう》も頼朝に損をさせてはならないと思っていたであろう。その彼はたまたま夜須のことを壇ノ浦で聞いていなかったため、夜須の勲功の申し立てをさえぎる結果になったのではないかと思うのだ。思うに、彼には邪悪な気持はなかったろう。一筋に頼朝を詐欺にかからせてはならないという、いわば忠誠心からだったにちがいないのであるが、結果がこうなっては、彼の評判が悪くなり、いじわる、あるいは姦悪をもって目されるようになるのは当然のことである。

景時のような性質は官僚によくある性質だ。優秀といわれる官僚には、皆この性質がある。この性質を欠いては官僚たることをつづけることが出来ないのではないかとさえ、ぼくは見ている。思うに、景時は生まれながらにこの官僚的素質をもっていたのであろう。彼の長所もその生まれながらの官僚であるところにある。

次の話も、それを証するものであろう。

やはり吾妻鏡のこの年の十一月十五日の条にある話である。この年の夏、かねて重忠がもらってい た伊勢の国の荘園（平家の荘園だったのを頼朝が没収して重忠にあたえたのである）の目代が大神宮領に侵入して掠奪《りやくだつ》したというので、所々から訴訟が提起された。これは重忠の全然知らないことで、目代らが勝手にやったことではあるが、重忠は恐れ入って罪に伏《ふく》した。頼朝は重忠を千葉胤正《たねまさ》にあずけて囚禁させ、重忠の目代らを捕えて処分し、重忠の荘園四カ所はとり上げてしまった。

重忠はこの時代の諸書いずれもから筆をきわめて賞讃されている人物だ。武勇すぐれ、心術また廉潔、坂東武士の精髄的人がらだ。家来の不心得からこの恥辱にあったことをよほどに恥じたのであろう、胤正にあずけられて以後、寝食ともに絶つこと七日、一切口をきかず、凝然として端坐したまま動かない。一向におとろえが見えない。しかし、八日目になって、顔色ややおとろえて来た。胤正は食膳をたずさえて来て、ことばをつくして摂《と》るようにすすめたが、依然としてきかない。恥辱にたえずして死のうとしているのだと推察された。胤正は心を打たれた。大急ぎで頼朝の許に行き、重忠の様子を語り、

「世上のことはふッつりと思い切ったかに見えます。あッたら勇士を失うことであります。早くご赦免のほどお願い申し上げます」

と嘆願した。頼朝は感動した。早速に赦免し、連れて来るように命じた。胤正は喜び、とんで帰って、同道して参上した。重忠は頼朝に謁してお礼言上した後、武士らの席についたが、里見義成の上

席に坐して、人々に、

「各々方、加恩の土地を賜わる時には、先ず目代に適当な者がいるかどうかを考え、適当な者なき時には辞退すべきでござる。われらは常に廉潔を心掛け、この点だけは人まさりと心中ひそかに自讃していましたが、よしなき者を目代にしていたため、このような恥辱に逢い申した」

と述懐し、すぐ席を立って武蔵にかえった。

以上は十月四日のことであったが、その後、ある夜、景時は頼朝に、

「畠山は大した科でもなかったのに、囚禁させられたので、これまでの大功もお見捨てになったのだと、本拠たる武蔵の菅谷の館に引きこもり、反逆を企てているとの風聞がございます。おりから、彼の一族は全部武蔵にかえっています。何とやらいぶかしくはございませんか。賢慮をめぐらし給うべき場合でございましょう」

と言った。神経質で、用心深くて、人を疑ってしか考えられないところがよく出ている。つまり猜疑心が強く、自分の所属している権力者だけしか信ずることが出来ないのである。この忠誠心は犬のものである。人間なら官僚のものである。

頼朝も猜疑心の強いことは人一倍の人物だ。それもそうだと思い、十一月十五日の朝、小山朝政《おやまともまさ》・下河辺《しもこうべ》行平・小山朝光《ともみつ》・三浦義隆・和田義盛らの勇士を召して、相談した。

「使者をつかわして子細を問うべきであろうか。直ちに討手をつかわすべきであろうか」

すると、小山朝光が云った。

「重忠は天性廉直で、道理のよくわかる男であります。謀反など企てていようとは思われません。館にとじこもっているのは、代官の不義によってみ気色をこうむったことと、ほかならぬ大神宮領を犯

したことをおそれつつしんでいるためでありましょう。謀反などのことは信ぜられぬことでございます。さればお使いをつかわされて、わけをお聞きになるべきであると存じます」

一同これに同意した。

頼朝は、下河辺行平を呼んで、

「そちは重忠とは親しい友垣じゃ。急ぎ行って、所存を尋問してまいれ。彼に異心ないなら、同道してまいれ」

「かしこまりました」

行平は翌早朝、武蔵に急行し、その翌日に重忠の館について、ことの次第を話した。重忠は激怒した。

「何の恨みがあれば、多年奉公の勲功を無にして、反逆の凶徒になろうぞ。わしが心は二品《にほん》（頼朝、壇ノ浦合戦の翌月従二位に叙せられた）はよくごぞんじじゃ。今さらお疑いなどあろうはずはない。ひとえに讒者らの口上を信じたふりをなされ、呼びよせて誅戮《ちゆうりく》をお加えになるおつもりに相違なし。澆季《ぎようき》の世に生まれ合わしたため、かような恥に逢うことじゃ。おりゃ死んでこます」

と腰の刀をぬいて自殺しようとした。

行平はおどろきあわててとめ、

「貴殿はいつわりを申さぬお人じゃ。かく申す行平もまた誠心の者だ。二品に忠心を存《そん》していることは貴殿も拙者も同じだ。貴殿を誅する二品の思召しがあるなら、拙者はこの場で即座に打ってかかるわ。いつわりなどいうておびき出そうか。貴殿は鎮守府将軍平良文殿の御子孫であるが、拙者も鎮守府将軍藤原秀郷《ひでさと》殿の末裔《まつえい》だ。あからさまに言うて挑みかけるわ。その方が何ぼうかおもしろいか。たまたま拙者が貴殿と朋友なので、お使いにえらばれて来たのだ。八幡大菩薩も照覧あれ、拙者は貴殿に異心なくば伴い来れとの仰せを受けてまいったに違いなし」

と、言った。

重忠は笑い出し、酒をすすめ、ともによい機嫌になって、鎌倉に向った。

二人は二十一日に鎌倉についた。重忠は景時にたいして、逆心などさらに持っていないと申しひらいた。「重忠属《ツキ》二景時《ニ》一云々」とあるが、頼朝が景時に尋問役を命じたのであろう。景時は、

「逆心の企てなくば、起誓文《きしょうもん》を差し出されよ」

といった。重忠はきっとなって言う。

「重忠がごとき勇士は、武威にまかせて民百姓の財宝などを奪い取って世渡りの計をなしているなどのうわさが立ったら最大の恥辱となすべきであるが、謀反を企てているなどという噂はかえって名誉とすべきである。しかしながら、拙者は源氏の世となり、二品を武将の主と仰ぐようになって以後は、更《さら》に二心を抱こうとは思わない。然るに今この殃《わざわ》いに逢った。運命ちぢまったのである。且《か》つ拙者は元来言葉と本心とをちがえないことを本領としている者である。起誓文など、それの違う人間がこのことだけはいつわりでないと誓うためのものである。拙者が言心常に一致の者であることは、二品はご承知のはずである。そうご披露ありたい」

断乎たることばだ。

景時はどんな気持であったろう。疑心多い自分を恥じたであろうか、昔かたぎの木強漢《ぼっきょうかん》めとひそかにあざ笑ったであろうか。恥じるような人間はいつもこんなことばかりはしない。至って冷淡に聞いたろう。とにかく、入って頼朝に告げた。頼朝は格別な意思表示はせず、重忠と行平を前に召して、しばらく世間話をして過ごして、奥に入ったが、すぐ近臣をして行平に太刀をあたえて、重忠をなだ

めて連れて来た功に報いたという。

六

文治五年（一一八九）閏《うるう》四月三十日、義経が奥州平泉で死んだ。頼朝が平泉藤原氏に圧力を加えて殺させたのだ。そのいきさつについては義経伝でくわしく書いた。

義経の首は翌々月の六月十三日に、藤原泰衡《やすひら》の使者新田高平が持参して腰越《こしごえ》についた。その検分役につかわされたのが、和田義盛と景時だ。二人は鎧直垂《ひたたれ》を着、甲冑姿の従者二十騎ずつを従えて腰越に行き、首実検した。義盛も景時も高級将校として義経をよく見知っており、とくに景時はその侍大将であったのだ。実検役としては最適当な人物達だ。頼朝の心を用いたところであったろう。首は黒漆を塗った櫃《ひつ》に入れ、美酒にひたして、高平の従者二人がこれをさし荷《にな》いにして持って来た。「観ル者皆拭ヒ二双涙ヲ一湿ス二両衫《さん》ヲ一」と吾妻鏡は記述している。この観る者の中に景時も入っているかどうか。人間の運命のはかり難さを感じて一掬《いっきく》の涙があったか、いい気味だと思ったか、いずれにしても、感慨は一通りではなかったであろう。やがては彼も同じ運命をたどることになるのだが、もちろん、それを知ろう道理はない。

古来、義経が平泉郊外の衣川《ころもがわ》の高館《たかだて》で死んでからその首を鎌倉に持って来るまで四十三日も経っているのがあやしい、また、酷暑の候にそんなに長い日数を経ているのだから、美酒にひたしてあったにしても腐爛《ふらん》して識別がつかなくなっていたろうということをよりどころにして、義経の高館における死を疑う議論があり、それが発展してジンギス汗義経説にまでなったのであるが、首の到着がおそくなったのは、ちょうどこの頃頼朝は鶴ガ岡八幡内に亡母の供養のために塔を建て、その祭典の日を六月九日に予定して一切の準備をととのえていたので、とくに使いを出して、首は塔の供養がすんでから到着するようにと言ってやったからである。また首は義経と深い憎悪と怨恨のからんでいる景時が実検役の一人として実検し、間違いなしと認めているのだ。一点でも怪しい点があったら、そう認めるはずがない。首は腐爛していたかも知れないが、識別のつかないほどではなかったろう。

義経が死んだ以上、平泉藤原氏は頼朝にとってはなんの恐れるところはない。天下統一を念とした頼朝にとっては、奥・羽両国を拠有して事実上の独立王国を立てている平泉藤原氏の存在は許容出来るものではなかった。いつかは亡ぼさなければならないものと思っていた。ただ義経の軍事的天才を恐れるが故に、これと藤原氏の兵力・財力とが結びつけば、容易にことが運ぶまいと、さしひかえていたにすぎない。六月三十日には征伐の軍議を行ない、七月十九日には奥州へ向って出発している。

その出発にあたって、景時は頼朝に、

「城《じょう》四郎長茂《ながもち》は無双の勇士であります。今囚人《めしゅうど》となってはいますが、お召連れになってはいかがでありましょうか」

と言った。頼朝はこれをゆるした。

城長茂は平家の一族である。平貞盛の弟繁盛の子で、余五《よご》将軍という名で知られている維茂《これもち》の末裔だ。代々越後に居住して城氏を称し、越後一の大豪族であった。長茂は木曾義仲と戦って敗れた。義仲の勢いが飛躍的に増大したのはこの時からである。これは義仲伝で述べた。

長茂は義仲を終生の敵としてこれと戦ったが、義仲の死後は頼朝とも戦った。源氏が憎かったのであろう。ついに捕えられて、景時にあずけられていた。彼はたけ七尺、見るから無双の勇士であったという。

長茂は供をゆるされ、大いに喜び、

「われら囚人でござれば、家の旗を用うるは恐れあり。おん旗をたまわりとうござる」

と乞うたところ、頼朝は、神妙な申し条ではあるが、家の旗を立ててよろしいと許した。長茂はよろこんで家の旗を立て、人に、

「この旗を立てれば、逃げ散っている郎党共が集まってまいる」

といったが、果せるかな、頼朝が白河の関の手前まで行く頃には二百余人の郎党がつき従っていたので、頼朝は驚き恐怖さえし、景時が取りなしたので、きげんをなおしたという。

以上は吾妻鏡の記述だ。景時は頼朝にたいしてはこんな工合に、お役に立つ者と見れば囚人すらも推薦するほどの忠誠心があるのだ、これも悪意を持って見るものには、城氏は大豪族だし、本人は稀世の勇士だ、情をかけて心を攬《と》っておけば後の利益になると打算したのだと解釈されるであろうが、ぼくは景時の官僚的忠義心からのことと見たい。

白河の関を越えたのは、あたかも七月二十九日だ、初秋である。頼朝は、側近の者に、能因法師の古い歌など思い出すの、と言ったところ、源太景季は馬をひかえて、一首をくちずさんだ。

　秋風に草木の露をはらはせて
　　君が越ゆれば関守もなし

梶原一族は風雅の嗜《たしな》みある一族だったのである。

迎え戦う泰衡軍を諸所に撃破して、平泉近くの津久毛《つくも》橋についたのが八月二十一日であったが、ここでは景時が一首詠じて、頼朝の御感にあずかっている。

　みちのくの勢《せい》は御方《みかた》に津久毛橋

渡してかけん泰衡が首

つまらない歌だが、「御方に付く」といい、また橋の縁語「かける」を泰衡の首を梟木《きようぼく》にかけるに引っかけたりして、大いに縁起にかついでいるわけで、この際としてはたくみなものである。

平泉軍は到るところに敗れ、泰衡は累代の郎党河田次郎という者にだまし討ちにされ、首は九月六日に頼朝の本陣に持って来られた。頼朝は父義朝を重代の郎党長田忠致《ただむね》父子に討取られている。彼の半生の屈辱と艱苦《かんく》と恐怖にみちた生活は、このために生じたのだ。彼は河田を憎いと思い、景時に申しつけて、河田に、

「そちのしたことは一応の功績のようではあるが、泰衡はすでに当方の掌中にあると同然のものであった。そちの助けなど借りる必要はさらになかったのだ。譜代《ふだい》の恩を忘れて主君を弑殺《しいさつ》する者には抽賞《ちゆうしよう》あるべきでない。後世の見せしめのため、身の暇《いとま》を賜わるぞ」

と申しわたさせ、小山朝光にあずけて斬首させた。

その翌日、泰衡の郎党で由利八郎という者が捕虜となって連れて来られた。連れて来たのは宇佐美実政であったが、天野則景《のりかげ》が本来これは拙者が生捕ったのであると異議を申し立てた。当時はよくこういうことがあったのだが、功は最初に最も大きい打撃をあたえた者に帰することに定まっていたようである。

頼朝は両人の当時の馬の毛色と鎧の縅毛の色を聞かせて書きとめさせた後、景時に命じて、由利八郎に尋問させた。

吾妻鏡はこの時の景時の服装まで詳記しているが、白の直垂に紫革の紐で結んだ折烏帽子《おりえぼし》をかぶっていたという。彼は由利の許に行き、前に立ちはだかったまま、

「汝《なんじ》は泰衡の郎従中で名のある者なれば、つつみかくすなく、飾り立てるなく、実正《じつしょう》に言上せよ。何色の縅毛の鎧を着し、何毛の馬に騎《の》った者が、汝を生捕ったか」

と、問いかけた。傲慢な態度だ。事実上の奥・羽国王として多年権勢をふるってきた藤原氏の屈指の郎党だ。大いに鎌倉殿の権威を示して慴伏《しょうふく》させる必要があると、思ってのこの態度であったと思われる。占領軍の将校というものはいつでもこんな気持ちでいるものだ。由利は激怒した。

「汝は兵衛佐殿の家人か。口のききかたを知らんな。故御館《こみやかた》は秀郷将軍の嫡々の正統として（事実は然らず）、父祖以来三代にわたって鎮守府将軍であられたのだ。汝が主人の佐殿でも今のような口のきき方をなさってはならぬのだ。まして、汝ごときが！　汝とおれとは、身分に優劣はないぞ。武運つきて捕われの身となるは、勇士にはめずらしからぬことだ。鎌倉殿の家人ぐらいの分際をもって、奇怪しごくのふるまい。沙汰のかぎりじゃ。答えてやらぬぞ！」

と、どなり返した。

景時は赤面して引き退《しりぞ》き、頼朝の前に出て、

「あの男は悪口ばかり申しています。糾明《きゅうめい》のしようがございません」

といった。頼朝は、

「そちが礼を履《ふ》んでたずねぬ故、腹を立てたのであろう。道理しごくであるぞ」

といい、畠山重忠に、

「その方行ってたずねよ」

と命じた。

重忠は出かけたが、自ら敷皮をとって由利の前にしいてすわらせ、自分もすわり、礼を正して、

「武士が武運つたなく敵の虜《とりこ》となるは和漢めずらしからぬことでござる。必ず恥辱と称すべきではござらぬ。われらが主人二品公の父君故左馬頭《さまのかみ》殿も平治の乱に敗れられて、賊臣のために落命され、二品公もとらわれの身となられて六波羅《ろくはら》に囚禁、やがて豆州に配流《はいる》されなされたのでござるが、佳運めぐり来って、天下に臨み給う今の身分になられたのでござる。貴殿も今は捕われ人であられても、いつまでも悲運に沈淪《ちんりん》されることはござるまい。奥州六郡のうちで、貴殿は武将の誉れ高きお人と、かねてその名をうかがっています。それほどのお人を捕え申した名誉を争って、武士共の間に争論がおこっています。何とぞ、貴殿を搦《から》めた者の馬の毛色、鎧の縅毛をお漏《も》し願いたいのでござる」

由利は心とけたおももちになった。

「貴殿は畠山殿でありましょうな。よく礼法をお知りでござる。先刻の男の奇怪とは雲泥のちがいでござる。申すどころではござらぬ。黒糸縅の鎧を、鹿毛《かげ》なる馬にまたがったものが、先ず拙者をとって馬より引きおとし申した。その後に馳せ集まる者が多数いましたが、いずれも色目分明でありません」

重忠は頼朝の許にかえって報告した。由利の答えた毛色は宇佐美実政のものであったので、実政の功ときまった。

この時、頼朝は由利の剛強不屈に感じて、召寄せ、

「汝の主《あるじ》泰衡は両国を領有し、威勢を振っていたが、最後にはよき郎党も従えていなかったために、河田という逆臣に殺されてしまった。また十七万の軍勢をもちながら、わずかに二十日のうちに一族尽亡してしまった。言い甲斐なきことである」

と言ったところ、由利は、

「よき郎党共がなかったわけではござらぬが、壮士は所々の要害に分《わか》ち遣わし、老者は行歩《ぎょうぶ》進退思う

にまかせぬために自殺し、拙者ごときは生捕られてしまいましたので、主人の最後の際《きわ》によき者がいなかったのであります。それはともかくとして、おん父君の故左馬頭殿はどうでございました。海道十五カ国を管領し、数万騎の主でおわしたというに、平治の逆乱には一日を持ちこたえることも出来ず都を落ちられ、譜代の郎党たる長田父子のために落命なされたではござらんか。主人泰衡はわずかに両国の主であり、両国の武士の主でござる。数十日にわたってお軍勢を悩まし申したことは、あながち不覚とは申せますまい」

と、はばかるところなく抗論した。頼朝は何にも言わず、幕を垂れさせたが、由利は重忠にあずけておくことにして、

「よくいたわって取らせよ」

とことばを添えたとある。

頼朝は十月二十四日に鎌倉に帰りついている。

七

奥州征伐の翌年、建久元年（一一九〇）十月三日、頼朝は上洛の途についた。数え年十四歳で伊豆に下ってからはじめての上洛である。流人《るにん》として下った彼が、今では事実上の天下の主として上るのだ、無量の感慨があったろう。

その途中、遠江《とおとうみ》の橋本の宿につくと、所の遊女共が美しく着かざって本陣におしかけて来た。橋本は今の新居《あらい》の西南大字浜名だ。海道筋の要地なので遊女が多数いたところである。

当時の遊女は、招かれればもちろん行くが、招かれなくても、身分高い人が来ていると聞くと、お

しかけて行くのがならわしになっていたのである。
頼朝は笑って、
はしもとの君《きみ》になにをか渡すべき
と口ずさんだ。君は遊女のことだ。遊君・君傾城《きみけいせい》などと熟する。「橋」と「渡す」とが縁語だから
こんな句にしたわけだ。すると、景時は即座に、
ただ杣山《そまやま》のくれであらばや
とつけた。くれは榑《くれ》で、丸太だ。杣と縁語なのだ。
「いとあひだてなしや（分けへだてのないことだなあ）」
と、増鏡は君臣のなかのよさを感嘆して書きしるしている。
頼朝はこの時から八年後に死んでいるが、景時はずっと頼朝の信任を得て重く用いられている。
前述したように土佐の夜須某の勲功の申し立てをさえぎったり、畠山重忠に謀反の企てがあると言ったりし、それが無根のことであることはすぐ判明したのであるから、頼朝の寵愛はおとろえそうなものであるのに、夜須某の時には鎌倉中の道路の修理を科料として課しただけ、重忠の場合には何の処罰もしていないばかりか、依然として重く用いている。よほどに頼朝は気に入っていたのであろう。
景時のきげんとりが上手であったせいもあろうし、少年時代を京都で育って終生みやびなところのあった頼朝には、荒々しい坂東武士の中で風雅な嗜みのある景時と何よりもしっくりと合うものを感じていたからでもあろう。しかし、何よりも景時の忠心を買っていたからだとぼくは見たい。景時の言上したことのあるものは讒言だったのだが、それは結果的にそうなったので、最初言上するにあたっては、彼はそう信じきっていたのであり、一筋に主家のためを思ってのことであろうと思われるのだ。

少なくとも、頼朝はそう考えていたろう。だから退けなかったのであり、仕事のよく出来る才人だったので重用することをやめなかったのだと、ぼくは見たいのである。

頼朝は正治元年（一一九九）正月十三日に死んで、嫡男頼家があとをついで立った。十八歳の少年公子であった。

頼家は賢明であったか、不肖であったか、議論は色々に立とう。現代の歴史家の中にはそう愚昧な人間ではなかろうと言っている人もいるが、ぼくはそれを信じない。ともあれ、父にくらべれば大いに見おとりがしたことは言うまでもない。年もまた若い。そのためであったろう、その年の四月十二日、母の政子は頼家が自分でいろいろな訴訟を裁くことをやめさせ、以後は大小のことすべて、北条時政・その子義時・大江広元・三善《みよし》康信・藤原親能《ちかよし》・三浦義澄・八田知家・和田義盛・比企能員《ひきよしかず》・安達盛長・足立遠元《とおもと》・梶原景時・藤原行政の十三人が合議してさばくことにきめた。

ところが、その十九日には、頼家は景時と中原仲業《なかなり》を奉行として書を政所《まんどころ》に下して、自分の近臣小笠原弥太郎・比企三郎・同弥四郎・中野五郎にたいしては、たとえ鎌倉中で狼藉を働いても抵抗する者は罪科にあてるから、名前をたしかに注進するよう、村里に申し触れよと命じた。また右四人のほかには別命しないかぎり、自分の前に出てはならないとも触れた。

乱暴な話だが、これは恐らく頼家の抵抗であったろう。

十三人の長老の一人となっている景時が奉行の一人となってこの命令を下している点、注意すべきであろう。

さらに七月になると、頼家は一層乱暴なことをした。その頃、三河国で室賀《むろが》某という者が盗人共を糾合して乱暴をはたらき人々の迷惑になっているのとの訴えがあった。頼家は安達景盛《かげもり》を討手としてつかわした。頼家には魂胆があった。景盛は去年の春、京都から美しい妾をかかえて連れ帰り寵愛していたのだが、この女を頼家が見て恋慕していた。だから、こうして景盛に鎌倉を去らせておいて、女を奪おうという魂胆。

景盛は十六日に出発したが、頼家はその二十日の深夜、近臣中野五郎を景盛の館につかわし、女を召し、やはり近臣小笠原弥太郎の家におき、無理往生に言うことを聞かせ、二十六日からは御所に入れて寵愛をつづけた。

このことは翌月景盛が三河から帰って来て大問題になった。景盛の方は腹は立っても、相手が将軍だから胸をさすってこらえる気でいたのだが、頼家の方が気をまわし、安達家に討手をさし向けた。こうなれば景盛の方でもおめおめとはしていない。景盛の父藤九郎盛長は当時入道して蓮西《れんせい》と号していたが、頼朝が蛭《ひる》ヶ小島《こじま》の流人であった頃から近侍して忠勤をぬきんで、その挙兵にあたっては旧御家人らを説いて歩いて味方させた人物だ。十三人の長老の一人にもなっている。大族である。迎え戦うべく戦備をととのえた。この形勢を見て、鎌倉中の武士がそれぞれにひいきの方に集まり、大へんなさわぎとなった。

政子は仰天して、頼家を叱責訓戒し、また安達方もなだめて、やっと事をとりしずめた。

こうした頼家には誰しもがにがにがしい気持になったろうが、結城《ゆうき》朝光はとりわけ感ずるところ切であったのであろう。御所の侍（武士の詰所）で、同座の人々にむかって、

「忠臣は二君につかえずと申す古語がござる。わしは故将軍のご恩をとりわけ厚くこうむったものである。ご死去の時、出家遁世《とんせい》しようと思うたのだが、御遺言があったので、それを遂げることが出来なかった。今の世上を見るに、薄氷を踏むがごときものがある」

と言った。頼家のしわざにたいする気持は皆同じだ。先君の殊恩をこうむった朝光としてはさぞかし昔恋しい気持であろうと、皆涙をこぼした。

ところが、このことを、景時が聞きつけて、朝光のことばを頼家に告げ、こう言った。

「朝光は先君を追慕することばに託して、君を誹謗したのでござる。君を讐敵《しゅうてき》と思うでいるのでござる。人々の見懲《みごら》しのため、早く断罪なさるべきでござる」

これを御所に仕える女房阿波局《あわのつぼね》（北条時政の女《むすめ》、政子の妹である）が聞いたので、朝光に告げた。

朝光はおどろき、あわて、懊悩《おうのう》して、親友である三浦義村の家に駆けつけ、このことを告げた。義村は勃然《ぼつぜん》として怒り、

「景時め、またさような讒言をかまえたか！　文治以来、彼のあの蝮《まむし》のごとき口先《くちさ》きにかかって罪なくして死んだ者は数えきれぬほどじゃ。今は捨ておくべきにあらず」

と、和田義盛らと相談して、御家人中の主な者六十六人に鶴ガ岡八幡に集まってもらい、景時排斥を決議し、連署して訴えた。

中原仲業は元来京都の下級廷臣で、東国に下って来て頼朝につかえるようになった人物だが、元来が文墨の家に育ち、文書はその本業だ。その上書文を起草する役にあたったが、文中、

「鶏を養ふ者は狸を畜《やしな》はず、獣を牧《か》ふ者は豺《さい》は育《やしは》はず」

という文句があったところ、義村は大いに感心したという。おそらく、この上書の中には、景時がこれまであれこれと申し上げて人々を無実の罪におとしてほろぼしたり、苦しめたりしたことが列記してあったと思われる。

上書が提出されると、頼家はこれを一見して景時に下げわたし、申しひらくべきことあらば申すよ

うと言ったが、景時は一言も申しひらくことが出来なかった。

これは十一月十二日のことであったが、翌日、景時は子供や一族をひきいて、相模の一之宮に退いた。ただ三男の景家だけをとどめおいた。情報がかりのつもりであったろう。一之宮は高座郡の今の寒川町である。

翌月九日に一旦鎌倉に帰ったが、十八日に彼を鎌倉から追放することが正式に決定し、屋敷まで破却されることになったので、また一之宮にかえった。

景時のしたことは悪いことにはちがいないが、彼自身は、おれは将軍家のおんためを思ってしたのだという自信があったろう。それゆえに、頼家がこの切所《せっしょ》にあたって自分を見捨てたことに、一方ならぬ憤りを感じたにちがいない。彼は一之宮に城郭をかまえて、いざという時には徹底的に抵抗する準備にかかったが、これが世間に高いうわさとなったので、もういけないと思った。

翌年の正月十九日の深夜、一族をひきつれ京都をさして逃げ出した。

報告は二十日の朝辰《たつ》ノ刻《こく》（八時）に、鎌倉についた。討手がさし向けられた。

景時一行は馬を速めて、駿河の清見ガ関近くまで行ったところ、ちょうどその日、その近くの武士らが野外に出て参集し、的矢《まとや》を射て遊び、帰宅しつつあったが、それと出逢った。一旦はたがいに行き過ぎたが、

「あやしいぞ！　追え」

と、この者共は馬をかえして追いかけた。

景時は文吏肌《ぶんりはだ》の男ではあるが、武勇もまたすぐれている。のがれぬところと覚悟をきめると、とって返して狐ガ崎に陣をしいて戦った。吉田東伍博士の大日本地名辞書によると、狐ガ崎は安倍郡の、

今の豊田村の大字《おおあざ》にその名がのこっているという。文藝春秋校閲部の調査では、豊田村は現在は焼津市になっているが、ここには狐ヶ崎の大字はなく、安倍郡有度《うど》村に草薙《くさなぎ》という地があり、この村に狐ヶ崎遊園地というのがあった由。いずれがそれかわからない。

敵味方ともに東国武士だ。壮烈な戦いが行なわれ、景時をはじめとして、梶原一族はことごとく討取られた。景時の年はわからないが、長男景季三十九、次男景高三十六、三男景家三十四だ。これから推すと、景時の年は六十を少し出たくらいのものであったろうか。

吾妻鏡によると、景時の京都を目ざしての亡命は相当周到な陰謀をめぐらしてのことであった。先ず甲斐源氏の武田有光を将軍にすることにして有光を承諾させている。京都朝廷とも連絡のあったらしいことは、正治二年二月二十二日の条に、景時が関東を逐電《ちくでん》したことがこの一日に京都に披露されると、仙洞《せんどう》では五壇の御修法をはじめられた、まことに怪しむべきことである、一体誰が景時の関東出発を奏聞《そうもん》したのであろうか、前もって朝廷と連絡があったようである、との記述があるによってわかる。彼にくみしていた武士らも相当あり、捕えられている記事がある。越後の城長茂は京都で兵を挙げて、上皇御所に行って院宣を強請して、ゆるされずして吉野に奔《はし》り、ここで亡ぼされている。城の本国越後ではその一族が叛旗をひるがえしている。知恵はある男だけに、景時の叛乱計画は相当に大がかり、かつ行きとどいていたのである。

世間には頭脳が優秀であるくせに狂信的な人間がいる。こんな人間は往々にして神経質で、陰湿で、意地悪い性質になる。いわゆる刻深《こくしん》というやつ。官僚などになると出世する型である。景時はそれだったと、ぼくは見ている。

悲命に甃《たお》る

高橋直樹

高橋直樹（たかはし・なおき）1960～

東京都生まれ。1992年「尼子秘話」で第72回オール讀物新人賞を受賞。1994年、「悲刃」で第1回松本清張賞候補。1995年、上記作品収録の『闇の松明』が山本周五郎賞候補となる。1996年、「異形の寵児」が直木賞候補になり、1997年、同作及び「非命に斃る」収録の『鎌倉擾乱』で第5回中山義秀文学賞を受賞するなど、本格的な歴史作家として活躍している。著書に、『日輪を狙う者』、『山中鹿之助』、『大友二階崩れ』、『虚空伝説』、『異形武夫』、『湖賊の風』、『裏返しお旦那博徒』、『平将門　射止めよ、武者の天下』、『霊鬼頼朝』、『天皇の刺客』などがある。

底本：『鎌倉擾乱』（文春文庫）

一

寿永元年（一一八二）八月十二日、武家の新都、鎌倉は大きな喜びに包まれていた。武家の棟梁、源頼朝に待望の嫡男が誕生したのである。全鎌倉の御家人《ごけにん》に歓喜の声で迎えられたこの子の未来は、当然栄華に包まれたものとなるはずであった。この子の運命を襲った出来事は、この子が自らの不徳によって招いたのか、それとも歴史の必然による不可抗力であったのか。答えを出す資格のある者はひとりもいない。

建久十年一月十三日、前《さきの》征夷大将軍源頼朝はこの世を去った。このとき寿永元年に生まれたこの子はすでに十八歳、元服して頼家と名を改めていた。

この子の父、頼朝の偉業はいまさら言うまでもない。初めて武士の世をつくった。かつて坂東《ばんどう》の武士たちは「東夷《あずまえびす》」と蔑《さげす》まれるだけの地位にあった。武技を磨き新田の開発にいそしみ、東国の基盤を支えてきたのは坂東武士たちであった。しかし彼らは仲間同士で目先の寸土を争うほどの裁量しか持たぬ者が多く、都の貴族たちの頤使《いし》に甘んじてきた。その坂東武士たちをひとつにまとめ大きな力に結集していったのが頼朝なのだ。頼朝は源氏の嫡流の出である。坂東武士たちにとって、それは仰ぎ見るような尊い血であり、そして頼朝は貴種というにふさわしい男であった。背丈こそ長《た》りなかったが、品位のある整った顔立ちは、見る者を畏怖せしむる威厳を常に感じさせた。少し冷たい印象だが、それが余計に武士たちの畏敬を集めたようである。根が単純な多くの坂東武士たちにとって、この頼朝の威厳は大きな効果を生み、統率の武器となった。

頼朝は政治力においてもひとり卓越していた。その導きにより、ついに「東夷」たちは武士の世にたどり着き、貴族たちの支配から解放された。己《おの》れの骨身より愛《いとお》しい所領を格段に増やすことができた坂東武士たちは、頼朝を神とも仰いだ。そして頼朝と直接主従関係を結ぶ「御家人」になることを何よりの名誉とした。頼朝が晩年、側近官僚を重視し独裁色を強めたとき、旗揚げ以来の御家人たちは頼朝に不満を持ったが、敢《あ》えてそれを口に出す者はなかった。

武士の世は頼朝の手によって誕生したのだ。頼朝以前は彼らが人がましく住める場所はこの世の何《ど》処《こ》にもなかった。ゆえに武士たちは頼朝の治世を規範としてこれに従い、背くことを禁忌とした。そうせねば安心できなかった。しかし武士の世を一人で支えてきた頼朝はこの世を去り、彼の血をもっとも濃く受けた嫡男頼家が跡を嗣《つ》いだ。頼家が家督を継いで二代目となったとき、頼家と鎌倉の武士たちは新たな局面を迎えた。

頼朝のいない鎌倉で、頼家も武士たちもそれぞれに未知の闇夜を手探りのまま走り出さねばならなかったのである。

二

建久十年の春まだ浅いある日、新将軍頼家は幕府政所《まんどころ》に威勢の良い近習たちを従えて現われた。二人の年配の男が待ちかねたようにこれを迎え、中へ招じ入れた。二人は先代頼朝のとき左右の両輪としてその政務をたすけた大江広元と三善善信《みよしぜんしん》である。二人は最も優秀な頼朝の側近吏僚《りりよう》であった。両名は所領安堵の代償として軍事奉仕をつとめる御家人とは異なり、源家に直接仕え、家政を取りしきり、家を内側から支える役目を持っていた。大江広元は政所を所掌し三善善信は問注所《もんちゆうじよ》を所掌したが、二人は先代のころより機に応じた連携によって職務に当っていた。広元は頼家の後からかしましく従う若者たちを眼で叱り、頼家ひとりを中に入れた。広元に近習たちを追われ、頼家はむっつりと黙り込んだ。そして自分の円座の横に山と積まれてある訴状を見て露骨にいやな顔をした。

「わしは政務を嫌っておるわけではない」

頼家は円座にすわると、左右から迫るように控えた二人に言った。

「そちたちのやり様はあまりにまわりくどく時間の無駄かと思うゆえ言うのじゃ。いま少し新しき事を考えてみよ」

頼家は不機嫌に口を尖らせたが、善信は知らぬ顔で言った。

「御所、幕下《ばつか》（頼朝）のご治世をなんと心得られる。幕下のご治世を見倣《みなら》わずして武家棟梁のつとめがなりましょうや」

頼家はむっとしたように口をむすんだ。同じ口上をくりかえす善信への反発が顕《あら》われていた。黙り込んだ頼家に、広元がとりなすように言った。

「われらはなにも御所に自らのお考えによる裁断をやめよと申しておるわけではございませぬ。ただ偉業を達せられた幕下に学ぶことの大切さを、幕下の側近く仕えた者として忘れてはならぬと、自ら戒めているゆえに申し上げるのでございます」

頼家は分別くさい広元の顔を見やり、少し意地悪く言った。

「幕下は予の父じゃ。予はこの世で最も幕下の血を濃く受けて生まれておる」

頼家の言葉に広元は急所を突かれたように口ごもり面《おもて》を伏せた。頼家はきまり悪げな広元にちらと目をくれ訴状に眼を通しはじめた。ややあって頼家が急に訴状から顔を上げた。頼家は一枚の訴状を問注所を所掌する三善善信の前に置いた。

「この件まだ片付いておらぬのか」

頼家は呆れたように言った。善信は頼家に示された訴状をのぞき込むように見たが、すぐ合点してうなずいた。

「この者はなかなかうるそうございましてな。こじれてはいけませぬゆえ、いま問注所で慎重に審理しております」

善信がそう答えると、頼家は不快げな顔をした。

「奇態なことを申すものじゃ。この件、提出の書状証文らを引き比べれば、この者に非があること分《ぶん》明《みよう》ではないか。かような審理に問注所が無駄な時間を費やすとは、ご先代旧例もあったものではないぞ」

腹立たしげな表情の頼家に、善信はややためらうように小さな声で答えた。

「されどこの者は治承の旗揚げ以来、変らぬ忠勤を奉っておる者にございますれば――」

善信がここまで言いかけると、頼家はたまりかねたようにこれをさえぎった。

「また治承の旗揚げ以来か」

頼家は二人の顔を交互に睨んだ。

「治承の旗揚げ以来の者たちが大切であることは予も承知じゃ。なれどその者たちは、みな幕下よりそれぞれ働きにふさわしい恩賞を賜わっておるはずであろう。幕下のご恩を蒙《こうむ》りながら、なお理屈の通らぬ訴状を持ち込んでわれらの手を煩《わずら》わすとは、弓矢取る者として恥ずかしい不忠者とは思わぬか」

頼家の非難に、広元と善信はしばし顔を見合わせた。ややあって広元が押さえた声で口を切った。

「御所よ、道理はまさしく御所がいま仰せになられた通りにございます。なれど政事の中には道理で割り切れぬ所がずいぶん多うございます。御所にぜひ知っていただきたいのは、幕下（頼朝）も決してお血筋とご器量のみで武家の棟梁になられたのではないということでございます。幕下は他の誰よりも人の心というものをご存じであられました。御所もご承知のことと存じますが、幕下はご若年のころ父君大僕卿《たいぼくきょう》様（義朝）を家人の裏切りによってなくされ、幾多の苦難を味わってこられました。その辛苦が幕下を育てたのです。畏《おそ》れながら御所はご幼少よりこの方、幕下のごときお苦しみは何ひとつ味わわれたことはないはず。ゆえに人の心というものがおわかりになっておられませぬ。武家の棟梁のつとめとは、武技を磨くことよりも学問を学ぶことよりも、まず御家人たちの心を知ることにあります。理屈の通らぬ訴状を提出する者に対しては、なぜさような行為に及んだのかを察せられねば棟梁にふさわしい裁きもできませぬ。御所はお若くともこの鎌倉の棟梁。御家人たちはみな御所に幕下のごときご裁量を望んでおりますぞ。その点をようお考えに入れてわれらの申す事をお聞き下されれ」

広元は話し終えると重々しく一礼した。善信が頼家の膝下《しっか》に置かれた件《くだん》の訴状を取り上げて言った。

「この件につきましては明後日に問注所の審理を終え、その後に御所の直裁をいただきます。訴人の武士も参りますので棟梁にふさわしいお裁きをいただけますよう」

それからしばらくの後、件の訴状に対する裁決が行なわれた。訴人の武士は下座に控え、主座の左右に大江広元と三善善信が並んだ。やがて頼家の側近が入御を告げ、一同平伏するなか、頼家が主座についた。御簾《みす》が巻かれ、訴人である武士の姿が頼家の眼に入った。急に頼家の表情が不快げにゆがんだ。武士に非礼があったわけではない。

——ひどい金壺眼《かなつぼまなこ》じゃ

頼家は武士の顔に強い嫌悪感を覚えた。眼窩《がんか》の奥深くに陥没したまるい眼は、いたちのように光り酷《むご》い印象を人に与えた。癇癖《かんぺき》が強い頼家はこの武士が漂わせるけものじみた賤《いや》しさに我慢がならなかった。理屈の通らぬ訴状を持ち込んだことに対する怒りが再び涌《わ》き上り、頼家はその金壺眼の奥に将軍に拝謁した喜びが宿っていることに気づかなかった。

「そちの訴え、誠に不届きじゃ」

頼家は前触れもなく怒鳴りつけた。武士が驚いたように眼を見瞠《みひら》いた。広元と善信があわてたように腰を浮かし、頼家と武士の双方をうかがった。頼家も最初から怒鳴りつけるつもりではなかった。諄々《じゅんじゅん》と説き、最後に非法を戒めるつもりであったが、口の方が先にすべり出してしまった。頼家は、この武士がある寺の領家職を持つ郷に濫妨《らんぼう》を働き、所領を押領した件について、容赦なく叱りつけた。押領した上に領家の方を泥棒呼ばわりにするなど弓矢取る者の風上にもおけぬ、と怒鳴った。怒鳴るうちにますます感情が激していき、とうとう「うぬは御家人より召し放ちじゃ」とわめいた。

さすがに頼家も言い過ぎたと感じたが、自分にここまでの不快感を与えた者に思い知らせねば気がすまなかった。憐憫《れんびん》は一切不要と思った。

頼家は一方的にまくしたてると、呆然とする武士を置いて即座に退出してしまった。武士はしばしその場で魂が抜けたようにすわり込んでいたが、やがてその金壺眼からぽろぽろと涙をこぼしはじめた。武士の様子を見かねた広元と善信が慰めの言葉をかけたが、武士はまったく耳に入らぬ様子で、ついに大きな声をあげて泣きはじめた。広元と善信は深い溜息をつき、苦り切った顔を互いに見合わせた。突然武士の泣き声が止んだ。と同時に武士の体が野獣のように跳ね、広元と善信の前を塞《ふさ》ぐように手をついた。二人は驚き、ぎょっとして腰を引いた。

「お願いにござる」

武士の生暖かい息吹が二人の頬を撫《な》でた。

「なにとぞいま一度のおとりなしを」

金壺眼が狂気じみて光った。

「まぁ落ち着け」

広元が困惑したように言う。頼家の性格を考えれば、今一度取りつぐことの結果は火を見るよりあきらかである。難しい顔になって広元は考え込んだ。横合いから善信が言った。

「この際、尼御台《あまみだい》様におすがりしてみてはいかがにござろう」

「うむ」

広元は善信の顔を見てうなずいた。

「それより方法はあるまい。このまま放っておいては訴人の一分《いちぶん》も立つまい」

広元はそう言って、横で異様な眼つきをしている武士をちらと見やった。

広元と善信は、この武士の件を尼御台所へまわした。

御家人たちに「尼御台」と敬称される北条政子は、故頼朝の正夫人であり、頼家の生母である。政子の威権は頼朝の死後、急速に高まった。これは政子が特別な政治力をふるったからではない。頼朝なき後、御家人たちの精神的支柱になり得たのは政子だけであったからだ。治承の旗揚げ以来、常に頼朝の側にあり、苦労をともにしてきた政子は、嫡男の頼家よりも頼朝に近い存在として感じられた。このため政子は、おのずと幕府内に特別な地位を占めるようになったのだ。

頼家の叱責を受けた件の武士は、広元と善信の計らいで尼御台所に参上した。武士が御座所に進み出て平伏すると、尼御台政子の隣に二人の男が同席していた。政子は勝気そうな眼で武士を見やり、同席者を紹介した。

「北条の四郎時政殿と小四郎義時殿じゃ。大夫属殿《だいぶのさかん》（三善善信）からそちの話を聞き、ちょうど良いと思うて同席してもろうた」

「これはこれは」

同席者の名前を聞いた武士はあわてて二人に会釈をした。尼御台政子は、ここにいる北条四郎時政の長女として生まれ、小四郎義時とは姉弟である。

「おおよそは大夫属殿から聞いていますが、いま一度詳細を聞かせてくれるように」

政子のよく通る声にうながされ、武士は頼家との経緯を語った。

――わしは何も押領の事実を認めぬわけではございませぬ。ただあの領家の雑掌《ざつしよう》が、あのクソ坊主が、地頭であるわしに正当な取り分をよこそうとしないので、腹を立ててあのクソ坊主どもを追い出してやったのでございます。するとあのクソ坊主どもはわしを泥棒呼ばわりにして訴え出ました。

わしは泥棒呼ばわりされては弓矢取りの沽券《こけん》にかかわると思い、逆にクソ坊主どもを泥棒呼ばわりにして訴えてやったのでございます

武士は話し終えるとまじめな顔をして政子を見た。政子はこらえ切れなかったのか、袖で口をおおい小さく忍び笑った。武士はきまり悪げにうつむいたが、邪気のない政子の笑いに悪い感じはしなかった。政子は赧《あか》くなっている武士を見てあわてたように笑みを引っ込めると、父親に対して言った。

「時政殿、いかがしたらよろしゅうございましょうな」

時政は太った軀《からだ》を揺すり、白髪まじりの鬢毛《びんもう》をかき上げながら少し思案したすえ、隣にすわる小四郎義時に小声でこう言った。

「ここは五郎に働いてもらうよりあるまい」

義時は、そっけない顔で父の塩辛声を聞いていたが、「五郎には私から話しておきます」と答えた。

「それは良い」

政子は、常に反応の鈍い弟の分まで声を弾ませて言った。

五郎時連《ときつら》は時政の三男で、政子、義時の実弟であるが、北条一門でただ一人頼家の近習としてその側近く仕えている。如才がなく立居振舞の清々しい五郎時連は、頼家お気に入りの一人だ。

「そちの面目、わしと小四郎がしかと引き受けた。ご安心召されよ」

頼もしげな時政の言葉に、武士はかしこまって頭を下げた。

政子が武士の方に向き直る。

「御所は未だ若輩ゆえ、なにごとも幕下と同じというわけにはまいらぬが、このたびのことで御所に遺恨を含むことのないよう尼は願っております。今後とも御所のことを頼みますぞ」

武士は尼御台直々《じきじき》の言葉を賜わり、手をついて平伏した。

感激の面持ちで武士が下ろうとしたとき、義時がこれを呼びとめた。懐から控えめにあや絹の包みを取り出して、武士の手に軽く握らせる。

「些少ながらお受け取り願いたい」

武士は掌《てのひら》に砂金の重みを感じつつ眼を白黒とさせた。

「こ、このようなことまでしていただいては――」

武士はうろたえたように「お気持ちだけを頂戴《ちょうだい》つかまつります」と固辞した。

「小四郎の気持ちじゃ、受け取ってくだされ」

時政が大きな眼をぎょろりとさせた。

「こたびの訴訟はさぞ物入りにござったろう。われらはみな、ひとしく幕下の御恩を蒙った御家人同士じゃ。困ったときは相身互い。己れの所領に執着を持たぬ者などあろうか。水くさい遠慮などしてくださるな」

武士の金壺眼に涙がにじんできた。

「こ、この御恩は生涯忘れませぬ。この後、わたくしめがお役に立つときがございましたら、いつでもお召しくださいませ。必ずや命を的のご奉公を申し上げるでありましょう」

武士が御前を退出し、後に親子三人のみが残ると、政子が嘆息してつぶやいた。

「御所はどうにも御家人たちのことがおわかりになっておられぬようじゃ。若過ぎるせいもあろうが、何より幕下（頼朝）のご逝去があまり急であったことが悼まれてならぬ。幕下はあの子に武家の棟梁のあり方についてろくに伝える間もなく逝ってしまわれた。ほんに幕下がいま少しこの世にあって訓育を施されておられれば、かように続けて面倒を起すこともなかったろうに」

政子がとりとめもなく言ったとき、時政がちらと義時の横顔を振り返った。

時政は政子に向き直った。

「それにしても尼御台。御所はどうしてああもご気性がきついのであろうか」

政子は弱く首を振った。

「じつはわたしもあの子のことはよくわからないのです。存知のとおり御所はお生まれになって以来ずっと比企廷尉《ひきていい》（能員《よしかず》）の館《やかた》でお育ちになりました。わたしは実の母とは申せ、決められた日に短い時間お会いするだけ。それも多くの取り巻きたちが一緒で、わたしはあの子と二人きりで母子らしい話をしたこともないのですよ」

政子はそう言って表情を曇らせた。

時政は何度も大仰にうなずいていたが「じつはの、尼御台」と、その巨軀を揺すってすわり直した。

「これはわしだけの存念ではなく、小四郎や因幡前司《いなばのぜんじ》（大江広元）、大夫属らとよう話し合《お》うて諮《はか》ったことなのじゃが」

いつの間にか時政の表情がきびしくなっていた。政子も父の様子につられて容儀を改めた。

「これからしばらくの間、御所の政務直裁を停止《ちょうじ》してはいかがかと思うのじゃ」

政子が息を呑む。

「しばらくの間、政務はわれら宿老による合議制とし、御所にはその間武家の棟梁としての器を磨いていただくこととする……。これはここに居る小四郎や他の宿老たちすべての総意じゃ」

政子の顔が次第に険しくなってきた。確かに頼家の振舞には将軍としての自覚に欠ける所が見られるが、直裁停止は征夷大将軍の権威そのものにかかわってくる。頼朝の威名を損なうことにもなりかねない。

時政は政子の危惧を読み取ったのか、急に表情をやわらげた。

「尼御台、われら御家人の中に幕下の遺命にそむこうとする者はひとりもおりませぬ。われらはみな幕下の偉業を末代まで守り抜く覚悟。なれど御所を今のままに措《お》いては、征夷大将軍の権威を汚しかねませぬぞ。われらが恐るるはその事のみじゃ。むろん合議制は期間を限ったかりそめの処置に過ぎぬ。預かった政務はおりを見て少しずつ御所へお返しし、御所が一人前になられたならば、幕下のなされたようにすべての政務を親裁していただくこととする。いかがじゃ」

政子は硬い表情で時政の話を聞いていたが、やがて重苦しい声で言った。

「合議制は宿老たちの総意であるなら仕方あるまい。御所にもその責任はあるのじゃ。なれどこのことを御所が伝え聞けば、激昂するだけではすみますまいぞ。鎌倉が割れるようなことにでもなれば、わたくしは浄土で幕下にお合わせする顔がありませぬ」

このとき義時が初めて口を開いた。

「それゆえ、このたびの合議制については尼御台直々のお指図としていただきたいのです」

義時は表情に乏しい瞳でじっと政子の顔を見た。

「わたしに何をせよというのじゃ」

政子は頰に苦笑いをにじませた。

「御所の直裁停止を、梶原平三《へいぞう》（景時）と比企廷尉の両名に対し、尼御台おん自らお命じになっていただきたい。梶原と比企がこの処置に従うならば、いかに御所がご不満でも勝手はなりますまい」

義時はそう言うと「よろしゅうに」と頭《こうべ》を垂れた。

政子は父や弟に何がしかの底意を感じたが、

「ようわかった。引き受けましょう。御所にはよい薬かもしれぬ。わたしもこの後は折あるごとに幕下の故例など伝え、御所の母としてのつとめを果たしたいと思います」

と答えた。

政子の瞳が強い光を帯び、父と弟を交互に見すえた。

三

その日の早朝、西侍《にしざむらい》から寝殿へ通ずる廊下に荒々しい足音が響いた。血相を変えた頼家の背後に近習たちが続く。頼家の眼が廊下の中央に立つ一人の男をとらえた。その男を見留めると、ことさらに怒気をあらわし、押しのけて通り過ぎようとする。瞬間頼家は顔をしかめた。男が強く頼家の手首を握ったのである。

「平三！」

頼家はうなり、梶原平三景時の横顔を睨んだ。しかし景時は頼家の手首を離そうとはせず、引きずるように奥の一室へ押し込んだ。景時が蔀戸《しとみど》を閉じるや、頼家の方が先に口を切った。

「うぬはわしの後見であろう。わが父の恩を忘れたか！」

景時は黙って奥の円座をすすめた。

「宿老のうぬがこの件を事前に知らなんだはずはあるまい」

「いかにも存じておりました」

景時の落ち着き払った態度に、頼家は癇癪《かんしゃく》を破裂させた。

「知っておってなぜそのまま黙過した。うぬは腰抜けじゃ！」

頼家は手の扇子を投げつけた。扇子は景時の厚い胸板に当り、床に落ちた。筋ひとつ動かさず頼家を見る。ぷいと頼家が横を向いたとき、雷鳴のとどろくがごとくに景時が発した。

「たわけた振舞はいい加減に召されい」

顔色ひとつ変えぬのに、すさまじい迫力があった。

「御所、この鎌倉は強い者しか生きてゆけぬ所じゃ。その事しかと肝に銘じられよ」

頼家は目を剝《む》いた。

「何を抜かす！　己の不始末を棚に上げて予を弱武者呼ばわりするか」

面を紅潮させて頼家は腰を浮かした。

景時が軽く目礼して立ち上る。

「御所、なぜかような仕儀となったのか。誰が仕掛けたものなのか。とくと考えてから騒がれることじゃ」

「待たぬか！」

頼家は叫んだが、すでに景時は背を向けていた。蔀戸がゆっくり閉まって景時の姿が消え、床に先ほど投げつけた扇子だけが残された。

「くそったれ！」

頼家は扇子を蔀戸に叩きつけた。

それから八日後、頼家は侍所別当、梶原景時を呼びつけると、新たな命令を布告した。

――将軍に対するお目見得《めみえ》は特に頼家の選んだ五名の近習のみとし、他の者は許可なく将軍にお目見得することを禁ず。また前記五名の者は将軍の思し召し格別の者であるゆえ、市中で狼藉《ろうぜき》があろうとも、これを勝手に処罰することを禁ず
という内容で、直裁権停止に対する報復だった。

景時は何も言わず頼家の命を拝受して退出した。そのまま政所の大江広元、問注所の三善善信に伝える。

「なんとまた拗《す》ねた童《わらわ》のようなことを……」

まず広元が嘆息をついた。

「平三殿は侍所別当であろう。なぜ御所に意見されなんだ」

二人の吏僚は口を揃えて言った。

しかし景時は思いがけず眼を怒《いか》らせ二人を威嚇してきた。

「ご両所、己れの職責をわきまえられよ。将軍家の命を直接奉行する者が、御所の下命を軽んじては、亡き幕下に対する不忠ぞ」

「何をいわれる。われらは将軍家大切を思うゆえ、御所の威を損ねかねぬこたびの御命を案じておるのだ」

広元の言葉に、景時の眼が凄《すご》みを帯びて光った。

「因幡前司、御所を侮《あなど》るか」

広元と善信の顔が紙のように白くなる。

「これは将軍家直々の命じゃ。懈怠《けたい》なく行なわれるべし」

射すくめるような景時の眼光に、二人は気圧《けお》されてうなずいた。

このころ、頼家は比企能員邸で気に入りの近習衆を前に盃を傾けていた。頼家は比企能員の妻を乳母《めのと》としてこの邸に育ち、能員の娘、若狭局《わかさのつぼね》との間に一子一幡《いちまん》をもうけている。生まれ育った比企邸は、頼家の実家といってよい。

頼家は酔いに充血した眼に皮肉な色を浮かべていた。

「ご老体どもが予に休みをくれたわ。ありがたく頂戴して酒を飲み女でも抱こうぞ」

一息に盃を干す。

「予はあの分別顔の親爺どもと違うて若いのじゃ。予が充実するころには、親爺どもはみな杖にすがって歩きおろう。その時にはたっぷりとこたびの礼をさせてもらう」

頼家は盃を置き、北条五郎時連の顔を見た。

「のう五郎、そちの親父の時政と兄の義時にはとりわけ念入りにさせてもらいたいがかまわぬか」

頼家は荒《すさ》んだ眼で、五郎の反応をうかがった。

「御所のご存分に」

五郎は、はっきりと顔を上げて言った。

「ほう」

頼家は屈託を感じさせる五郎の瞳に見入った。

「父や兄が没落してもかまわぬか」

「代りに私めにご厚恩を賜われば」

五郎はぬけぬけと言ってのけた。

頼家は一瞬毒気を抜かれたようにきょとんとしたが、すぐに手を拍《う》って大笑した。

「愉快じゃ」

心地良げに五郎へ盃を突き出す。

「取らす」

五郎は盃を受け一息に飲み干した。すずやかな立居振舞である。

「親父や兄とは似ても似つかぬ」

頼家はそうつぶやき、急に考え込むような表情になった。座が沈黙した。頼家の横に侍《はべ》る比企弥四郎が、座を取りなそうと元気の良い声を上げる。

「ときに御所、あの安達弥九郎めに女ができたことをご存じにおわすか」

頼家は眼を上げた。

「なんとな。して、いかなる女子《おなご》じゃ」

「なんでも京下りの白拍子とか。弥九郎め、他人《ひと》の女遊《あそ》びを咎《とが》め立てしながら、己れが白拍子を引っ張り込むとはまこと不埒《ふらち》な奴にございます」

比企弥四郎は頼家の顔をうかがった。

「おお、その話ならわしも聞いておる」

と他の近習たちも応ずる。

「なんでも女の側を離れたくないばかりに任国の三河へ出向する日を延ばし延ばしにしておるとか。

あのカタブツがえらいことになったものじゃ。それにしても弥九郎めはいかなるふうに女をくどくのかの。あの取り澄ました顔で『ソチナシデハワシハイキテユケヌ』などとほざきおるのかのう」

近習が弥九郎の口真似をしてみせ、一座はどっと沸いた。

しかしともに笑った頼家が突然怒気を顔に表わした。

「たわけめ！」

頼家は安達弥九郎のまじめくさった顔を見るたびに小癪な思いがしてならなかった。

「あの者、尼御台や北条にへつらい、いい気になっておる。三河国は近年盗賊の押妨《おうぼう》度々《たびたび》に及び、往来の旅人を悩ませておる。三河は安達の任国。かような懈怠は許せぬ。予をないがしろにする振舞じゃ」

頼家は憎々しげに顔をゆがめた。

座が再び静かになったとき、体格の良い中年の男が入ってきた。この邸《やしき》の主《あるじ》、比企廷尉能員である。

比企能員は常と変らぬ快活な表情を見せて頼家に挨拶した。

「御所、こたびの事、気に病まれるには及びませぬぞ。この廷尉も宿老のひとりなれば、かの合議制などたちまち骨抜きにしてご覧に入れ申す」

「言うな」

頼家は横を向いた。

「かの者たちには、予が幕下に劣らぬことを思い知らせてくれるわ」

「おお、その意気にござる」

能員は破顔して大きくうなずいた。

「この廷尉、御所のお気持ちが少しも萎《な》えておられぬのを知って安堵いたしました」

能員は頼家の盃に酒を満たした。

「今宵はこちらにお泊まりになられ、ゆったりとされることです。一幡若君もちょっと見ぬ間に一段と大きゅうなられて爺などの腕にはずしりとこたえますぞ。若狭も首を長うして御所のおなりを待っておりましょう」

能員はそう言って少し曖昧《あいまい》な笑みを浮かべた。頼家は体の奥に、若狭の粘《ねば》りつくような肌のぬくもりが蘇《よみがえ》ってくるのを感じた。


この年の八月十九日、鎌倉は殺気だった雰囲気に包まれた。甲冑に身を固めた武士たちが松明《たいまつ》を手に続々と御所に向って集まりつつあった。征夷大将軍頼家の命により安達弥九郎景盛《かげもり》の追討が発せられたのである。

頼家はこの三月の間、安達弥九郎に対し、執拗に三河国下向を命じていた。弥九郎が、盗賊の害は追捕使《ついぶし》を送るほど甚大ではないとして、なかなか命に従おうとしなかったことが、頼家を意地にさせた。

「本来の任を果たせぬというなら、三河国守護職は召し上げじゃ」

頼家の威嚇に、弥九郎は渋々腰を上げ、三河国へ向けて出発した。

頼家は近習たちとともに弥九郎の一隊を見送った。

――弥九郎め、さんざんに手間取らせおって。あやつは尼御台の仰せなら素直にきくという。幼少の頃より大人の顔色を見て器用に立ちまわる虫のすかぬ奴だった。わしの命をきかぬのも、きかずと

も大事あるまいと思うておるからじゃ
頼家の胸に弥九郎に対する憎悪がふつふつとたぎった。

「弥九郎めはお役目と女のどちらを大切に思うておるのでありましょうや。ほんに女々しき奴にございます」

背後に控える比企弥四郎が言う。

弥四郎の言葉を聞いたとき、頼家は弥九郎に対する鬱陶《うっとう》をきれいに晴らす方法を急に思いついた。

弥四郎を手招きして耳打ちする。

「そち、弥九郎の女をさらってまいれ」

頼家の眼は弥九郎を苦しめることができる悦《よろこ》びに異様に光っていた。

三河国へ下った弥九郎は、一月たつかたたぬうちに鎌倉へ戻ってきた。この弥九郎の態度は、頼家から女を寝取ったやましさを消し、代りに憎悪を倍加させた。

御所の一室で、頼家は三河国下向の報告に参上した弥九郎と対面した。

「かの地において各所を探索いたし申したが、すでに一味の輩《やから》は他国へ逃亡した模様……」

弥九郎は儀礼を守った態度で言ったが、その眼には恨みがにじんでいた。

「各所を探索したとな」

頼家は弥九郎を睨んだ。

「それにしては早いではないか。うぬはいったい幾日三河に滞留したのじゃ」

「十日ほどにございます」

「うぬはわずか十日で三河国中を探索できるのか。これは驚いた」

弥九郎は唇をかんだ。恨みが染みた弥九郎の眼と頼家の視線がぶつかった。

「なんじゃその眼は」

顔を真赤にして頼家は立ち上る。

「うぬの懈怠は許せぬ。謹慎じゃ。甘縄《あまなわ》に戻って謹慎しておれ。ただちに鎌倉より失《う》せよ！」

弥九郎は深く一礼したが、その場を動こうとしなかった。

「弥九郎。女を返して欲しいか」

いたぶるように言う。

「女は返さぬぞ。うぬのごとき不忠を働く懈怠者には返さぬ。わかったらとっとと失せよ」

しかし弥九郎は石のようにすわり続けた。

頼家は嘲笑《わら》った。

「年寄りのご機嫌取りだけが取り柄で、まったくの臆病者であるうぬが、こと女となればさように性根がすわるか」

空気が緊迫し頼家の手が佩刀《はいとう》に伸びた。

「御所！」

傍らの近習が頼家を押さえ、残りの近習たちが弥九郎の腕を左右から取り部屋の外へ引きずり出した。揉みくちゃにされた弥九郎の眼に、深い軽蔑が宿っているのを頼家は見た。

翌日、安達弥九郎景盛が謀反を企てているとの注進が幕府に入った。これに対する頼家の動きは、まるで注進を待っていたかのように敏速であった。

——弥九郎め、女で身を滅しよるわ

御家人たちは、頼家の下命を受けて御所へ向って駆けつつ、そう思った。

安達家は先代頼朝との所縁《ゆかり》が深く、弥九郎の父、藤九郎盛長は、頼朝がまだ伊豆の流人《るにん》であった頃から仕えてきた。このため所領も多く、御所に参集した御家人たちの顔は、大きな期待に輝いていた。誰もが自らの手で安達父子の首をあげ、いちばん多く褒美をもらおうと張り切っている。御所内には数多《あまた》の篝火《かがりび》が等間隔に並び、真昼のようにあたりを照らし出していた。頼家自ら具足をつけ、滞りなく合戦の支度も整いつつある。

「みな集まっておるか」

頼家は甲冑姿で居並ぶ近習衆へ向けて鋭く発した。

「すでにみなの者、石の御壺に馳《は》せ集まり、御所のお成りをお待ち申しております」

「うむ」

頼家はすっくと立ち上り、勢い良く蔀戸を開けて、外に出た。立ちはだかっていた梶原平三景時とぶつかる。景時が一礼した。

「何用じゃ」

頼家は不機嫌に横を向いた。

「御所、巷《ちまた》では『御所は横恋慕した女を取り上げるため、安達を三河にやり、望みを達するや邪魔になった安達を誅《ちゆう》すのだ』との流言がささやかれておりますぞ」

頼家は一瞬顔色を変えたが、挑むように景時を睨んだ。

「何とでも言わせておけばよい。予は将軍である予の命に服さぬ者を誅すのじゃ。止めだては無用」

「止めはいたしませぬ」

景時は言った。

「御所、理由の是非はいかにあれ、いったん事を起した以上、必ずお仕遂げ下され。何があろうとも安達父子の首を挙げられるべし」

「言われるまでもない。弥九郎の首を挙げねば将軍としての面目が立たぬわ」

景時は深くうなずき「今のお言葉、お忘れあるな」と言った。

暁闇のころ、頼家の近習小笠原長経《ながつね》を大将とする討手は御所を出立し、甘縄の安達邸へ向った。頼家は、安達父子討滅の報を、具足姿のまま庭に出て待った。

「お使者にございます」

近習の声に「おう」と頼家は立ち上った。

「早かったの」

笑みを浮かべて見やると、近習は面を伏せていた。

「いかがした……」

頼家は訊ねたが、近習の後ろから現われた男を見て顔をしかめた。やって来たのは甘縄からの使者ではなく、尼御台政子の使者、二階堂行光《ゆきみつ》であった。

頼家は行光に向って怒鳴った。

「これは表向きの事、口出しは無用に願いたいと母上に伝えよ」

しかし行光は落ち着きはらって言った。

「尼御台様はすでに甘縄の安達邸に渡御《とぎょ》されておられます。御所様が敢えて安達邸をお攻めになるなら、まずご自身最初の矢にあたって果てられるとの仰せ」

行光の口上に頼家は顔を紅潮させ唇を震わせた。

「な、なぜ母上はそこまで安達を庇《かば》う。わしより安達の方が大切なのか」

ややあって討手に向った小笠原長経より使者が到着した。使者は尼御台政子が安達邸の正面に頑張っており、いかんともしがたいことを告げた。

「致し方あるまい……」

頼家は力なくつぶやき、撤兵を命じる使者を出した。頼家は気の抜けたような足取りで二、三歩進んだが、ふいに激情が蘇ってきた。眼を剝いて近習たちを睨みつける。

「母上にいらぬ事を吹き込んだのは誰じゃ。そやつを探し出し、首を刎《は》ねてここへ持って参れ」

胸の奥から次々と鬱憤が涌き出し、近習たちに当り散らした。ふいに鋭い視線を感じた。振り返ると梶原景時の姿があった。頼家は急に黙り込んだ。景時は無言のまま頼家の顔を見ていた。

四

この騒ぎから約三月後の十一月十二日、政所別当の大江広元が困惑した表情で頼家のもとに伺候した。

「じつは御所にお目にかけたいものがございます」

広元はそう言って分厚い書状を頼家の前に差し出した。一読した頼家は驚いて広元の顔を見た。

「どういうことなのじゃ」

広元は苦渋をにじませながら答えた。

「ご覧になってのとおり梶原平三景時に対する弾劾状にございます。鎌倉中の主な御家人たちすべてが署名いたしております。先月の二十八日、和田義盛が私のもとに持って参りました」

「して、なぜかような仕儀となった」

「事の起りは先月の二十五日、結城朝光《ゆうきともみつ》が故幕下（頼朝）への一万回の念仏供養を提唱したことに始まります。じつはあのおり、結城朝光が幕下の治政を懐かしむ発言をいたしました」

「うむ」

頼家は知っているという表情でうなずいた。

「ところがその翌日、結城朝光は自分が誅殺されると聞かされ、狼狽《ろうばい》して三浦義村の邸に駆け込んだとのこと」

「なぜ結城が誅殺されねばならぬ」

「先代を懐かしみ当世を謗《そし》った不忠赦《ゆる》し難しとて、梶原平三が結城誅殺を御所に進言したとの話を、ある者が結城に告げたようにござる」

「さような事を結城の耳に入れたのは誰じゃ」

「それが……」

広元は声を低めた。

「どうも阿波局《あわのつぼね》のようにございます」

「阿波局とな……」

頼家は阿波局の心棒が欠けたような白い顔を思い浮かべた。局は尼御台政子の実妹にあたり、故頼朝の次男で頼家の実弟である千幡《せんまん》の乳母をつとめている。頼家にとっては叔母に当るが、局は実家の北条邸に居るためあまり行き来はない。

「口さがない女じゃ。勝手なことをしゃべりおって」

頼家は腹立たしげに言って広元を見た。広元は軽く会釈したが、ふとその眼が自分を憐《あわ》れんでいるように感じられた。

広元は言った。

「御所、梶原平三は御家人衆には不人気な男にございますが、幕下第一の郎党として将軍家に大功のあった者にございます。今の御所にもまだまだ必要な男であるはず。それゆえ何とか和睦の方途を探さんと連判状を私の手許に留め置きましたが、もはや私の手には負えませぬ。一昨日、御家人どもが強硬に連判状の提出を求めにやって参りました。御所、御家人どもは本気ですぞ」

広元は言い終えると、逃げるように頼家の面前から姿を消した。

頼家は即刻、梶原景時を召し出した。連判状を景時の前にひろげる。

「この鎌倉の主な御家人すべてが、そちへの弾劾状に名を連ねておる。どうするつもりじゃ」

景時は無言で頼家を見た。

「どうするつもりじゃと聞いておる」

頼家は焦《じ》れたように言葉を重ねた。

「御所……」

景時は重い口を開いた。

「この鎌倉の棟梁は御所におわす。すべては御所がお決めになること。この平三は御所の仰せに従うのみにござる」

「平三！」

頼家は叫んだ。

「わしはそちがなぜ鎌倉中の御家人から指弾されるに至ったかを述べよと申しておる。そちと同じく予の後見をつとめる比企廷尉の名まであるぞ」

景時は静かに顔を上げると、いたましげな眼で頼家を見た。瞬きもせずに頼家を見つめる。頼家は居心地悪げに足を組みかえると念を押した。

「この連判状について申すことは何もないというのだな」

「御所の命に従うのみ」

景時の眼が暗い膜でおおわれたように翳《かげ》った。

梶原平三景時は弾劾状に対し、何ら弁明することなく相模一の宮の自領へ帰っていった。頼家はさすがに景時を失うことに惧《おそ》れを感じ、比企能員邸滞在中、梶原一族のひとりである景茂《かげもち》を比企邸に呼び寄せた。景茂は景時との連絡のため、ひとり鎌倉に残っており、頼家は比企能員に御家人たちと梶原景時との間を周旋させせようと考えたのだ。しかし能員は景時の所業を悪《あ》し様に言い、「君側《くんそく》の奸《かん》、梶原景時を追放すべし」とくりかえした。

困惑した頼家に能員は言った。

「御所、この廷尉ある限り、決して御所に仇為《あだな》す者を措きはいたしませぬ。ご安心召されよ」

頼家は比企能員の態度を景茂に伝えた。景茂は落ち着いた様子で「一の宮の景時にはしかとそのように伝え申す」と言った。頼家は景茂の冷静な瞳に強い非難がこめられているのを感じ、なだめるように言って聞かせた。

「いま、源氏一族の長老たちに周旋させるべく広元と善信に申しつけておるところじゃ。しばし待て」

しかし新田、大内ら源氏の長老による調停は不調に終った。御家人たちの結束は、長老たちが首を傾げるほどに固かった。十二月十八日、梶原景時の追放が正式に決定。

景時は年が改まった正治二年（一二〇〇）一月十九日、一族を率い京都めざして出奔した。すぐ鎌倉より追手が差し向けられたが、景時一族は追手にかかる前に、駿河国清見関で在地の武士たちによって悉《ことごと》く討ち果たされた。

数日後、景時の首が実検のため鎌倉へ送られてきた。

――身から出た錆じゃ。成仏せい

頼家は景時の首につぶやいた。

五

梶原景時滅亡後、鎌倉と頼家の周囲は落ち着きを取り戻した。

停止されていた直裁権も少しずつ頼家の手に戻され、政務を裁き蹴鞠《けまり》に興じる日々が続いた。一芸に秀でた者を側近に集め、己れの手足として自在に使いこなしはじめた。頼家は自信を回復しつつあった。

尼御台政子の訪問を受けたのは、そんなある日のことである。

「お呼びいただければ、こちらから出向きましたものを」

頼家は機嫌よく政子を迎えた。

「畏れ多いことを申されますな。わが子とは申せ将軍家を呼びつけなどしては罰が当りましょうぞ」

政子は微笑《ほほえ》んだ。

「じつは、この尼の頼みを聞いていただきたくて参りましたのじゃ」

政子は言った。

「なんなりと仰せ下され。母上の頼みとあらば、いかような事でもお聞き届けいたしましょうぞ」

頼家は胸を張って応じた。

「お言葉をうかがい安堵いたしました」

政子はうれしげに居住いを改めた。

「じつはの、わが父北条四郎時政殿の事じゃ」

政子の口から出た名に、頼家は複雑な顔をした。脳裡を達磨《だるま》に似た北条時政の風姿がよぎる。政子の声が耳奥に響いた。

「――時政殿を『遠江守《とおとうみのかみ》』に任官させていただきたいのじゃ」

頼家は一瞬狐につままれたような面持ちで政子を見た。

「お願い申す」

深々と頭を下げる。

「母上……」

頼家は顔を緊張させた。

「幕下――父上の遺命をお忘れか。『受領《ずりよう》への任官は源氏一族の者に限り、御家人にはゆるさず』と定められたのをお忘れか」

「それはようこの尼も存じております」

政子が膝を乗り出してくる。

「確かに時政殿は幕下とはまったくお血筋はつながりませぬ。なれど当世殿（頼家）には実の祖父ではありませぬか。源家一族の待遇をお与え下されても幕下の定めに背くことにはなりますまい」

頼家は沈黙した。政子の背後にある時政とその子義時に危険な匂いを感じたのだ。

「大事ゆえ即答はしかねまする。数日お待ちになるように」

硬い表情で政子に申し渡した。

頼家は北条時政任官について、まず大江広元と三善善信に諮った。

意外なことに両名ともまったくこの件に異を唱えようとはしなかった。

頼家は両名を交互に見すえ、

「幕下の遺命に外れることとは思わぬか」

と問うたが、

「尼御台様の仰せであれば間違いありますまい」

と答えるのみであった。

頼家は続いて比企能員に諮った。

「さほど深刻になられずともよろしかろう。『遠江守』くらいくれてやりなされ。御所はいずれ大納言、大臣になられるお方ではありませぬか。確かに同じ御家人として時政に先を越されるのは悔しいが、行く行くは御所とわが娘若狭の間に生まれた一幡君が跡をお継ぎあそばされるはず。そのあかつきには私めも受領の位をいただきたいものじゃ」

そう言って能員はほがらかに笑った。

頼家は和田、三浦、畠山ら主な御家人に残らず諮問したが、誰ひとりとして反対する者はなかった。御家人たちは自分にも受領に任官する道が開けたことを喜んでいた。誰もその気持ちを隠そうとすらしない。彼らはみな北条父子に一目おいていた。頼家は時政が自分の祖父であるゆえのことと思いたかったが、とてもそれで納得しきれるものではない。御家人たちの様子は以前とは変ってしまっていた。ようやく「重し」がとれたとばかりに勝手な方向へ翔《と》んでいこうとしているようだ。北条父子が一目おかれているのは「重し」を取り除かんとする張本《ちょうほん》だからではないのか。

この年の四月十九日、北条時政は従五位下遠江守に任ぜられた。即日、時政は義時を連れ、頼家のもとへ御礼言上に訪れた。頼家は北条父子を引見した。鎌倉中より集まった源氏の一族、主だった御家人たちが満座を埋めつくす中、頼家は北条父子を引見した。時政は絹の紋織物で製した狩衣《かりぎぬ》を身につけ、仰々しく任官の礼を述べた。一歩退いた所に義時が控えている。義時は父の口上を無表情に聞き、父に従って黙念と頭を下げた。頼家は父子の様子を見るうち、ふと寒気を覚えた。満座の御家人たちを従えていながら冷たい風が躰《からだ》に直接当るのを感じた。取り返しのつかぬことをしたのではないかという惧れが頼家の心を重くとらえて放さなかった。

その夜、頼家は深更に目を醒《さ》ました。寝間を出て庭に下りる。夏を間近に控えた夜の庭は単衣《ひとえ》でも寒さを感じることはない。自ら手燭をかざして庭石を踏み、小さな池の前にたたずんだ。ごく浅いはずの池の水面は夜闇を吸い込み黒々とした厚味を帯びていた。

「そうだったのか」

頼家は声に出してつぶやいた。

――あれは北条の罠《わな》だったのだ

手燭を水面にかざす。黒い水面にぼんやりと顔の輪郭が浮かび上った。水に映った己れの顔が、別の男に変っていく。

――平三……

頼家は低くうめいた。しんとした闇の中で頼家の脳裡は冴えわたった。

――あの事件で結城朝光に「梶原景時が朝光を誅殺しようとしている」と吹き込んだのは阿波局だった。薄ぼんやりとしたお喋《しゃべ》り女房の愚挙としか思わなかったわしは、なんと馬鹿な男よ。梶原平三は父上が遺された「掟」の番人のような男だった。あの男だけは父上が亡くなられた後も、それに忠実であったのだ。だから北条は平三を恐れた。平三さえいなくなれば己れの出る幕が来るというわけだ。では北条の狙いは何か。わしは幕下（頼朝）の血を受け継ぐ者が、わしの他にもう一人いることに気がつかねばならなかった……。わが弟、千幡だ。あの病弱な少年の乳母が阿波局ではないか。そして阿波局は北条一族の女じゃ。時政の娘で尼御台の妹じゃ。この一件で阿波局を操っていたのは、おそらく局の夫の阿野全成《あのぜんじょう》であろう。あの目立たぬ男、北条の入婿のようになっているが、思い返してみれば幕下の弟、わしの叔父、源家の一族じゃ。わしが消え千幡が将軍になれば、あの男は将軍の養父として大きな力を持つことになろう。あの事件は阿野全成と北条父子が結託して仕掛けた罠だったのだ

頼家はここまで思い至ると、手燭を池の中へ投げ捨てた。たちまち漆黒の闇が頼家を包む。やり場のない怒りが五体に溢《あふ》れてきた。

――わしはどのようなことをしてでも平三を庇わなければならなかった。平三を庇い通すことは、わが身を守ることでもあったのだ

頼家は景時に御家人の連判状を見せ、申し開きをするよう迫った日の事を思い出した。あのとき「なぜ鎌倉中の御家人から弾劾されるに至ったかを申せ」と言った頼家の顔を、景時はいたましげな眼をして見返した。

――さもあろう。「なんと愚かな将軍よ」と思ったことであろう。この鎌倉は道理など少しも通らぬ所じゃ。ここでは小さな傷ひとつがたちまち命取りになる。御家人どもはみな横眼で誰が次に弱味を見せるかうかごうておるのだ。そして誰かが傷ついた動きを見せるや、その者にみなで襲いかかり食いつくしてしまう。平三はわしを信じわしのために傷ついた。しかしわしはその平三をむざむざと死なせてしまった。わしは将軍でありながら、この鎌倉の真の姿すらわかっていなかった

頼家はふと背筋に冷たい汗が流れているのを感じた。周囲の闇が凶々《まがまが》しく牙を剝いているようであった。

――もはや北条がわしに仕掛けてくるのを阻《はば》める者は居るまい。だが征夷大将軍であるわしが、清和源氏嫡流であるわしが、北条ごときの勝手を許すことなどできようか。幕下から尊い血筋を受け継いだわしは、武家の秩序を守るべくして生まれたのじゃ。北条の勝手など決して許さぬ

頼家はひとりになった実感を嚙みしめるように、四囲を厚くおおった闇を睨みすえた。

六

頼家は北条一族打倒を心中深く決意した。北条一族を斃《たお》すことによってのみ征夷大将軍の権威は亡き父のころの姿に戻るのだ。

頼家は自分の周囲を守る近習衆のてこ入れからはじめた。北条時政の三男である五郎時連を思い切

って重用する。周囲はこれを諫《いさ》めたが、頼家は耳を藉《か》さなかった。

いまの頼家に安心して使える武力は、比企一族のみである。

比企一族は頼家を養君として育んできた家であり、両者の紐帯は血のつながりよりも強い。しかし比企一族のみの武力では、北条を斃せない。また北条を斃すには、それにふさわしい大義名分が必要である。

頼家は自分の地位を最大限につかわねばならぬと思った。征夷大将軍として全御家人の上に君臨する頼家が、大義名分によって動員令を発すれば、御家人どもは争って北条の喉元を食い破るであろう。北条を斃す大義名分を得るには北条一門内に楔《くさび》を打ち込む必要があった。頼家は五郎時連を比企弥四郎ら比企の子弟とともに、常に連れ歩き蹴鞠を共にした。

建仁二年（一二〇二）六月のある日、頼家は北条五郎、比企弥四郎ら近習衆といつものように蹴鞠を楽しんだあと酒宴に入った。顔を揃えたのは常に頼家に近侍する者たちばかりだったが、この日に限って座に白拍子たちが侍っていないのが奇妙であった。

大盃をあおりつつ列座の君を見まわしていた頼家が、ふと五郎に目を留めた。

「五郎」

酔いにふちの赧らんだ眼で北条五郎を見やる。比企弥四郎らの盃を持つ手が止まり、鋭い視線を五郎に投げかけた。座の気配が緊迫する。弥四郎らはいつでも腰刀に手をかけられる体勢にあった。殺気の見え隠れするなかで、五郎は平然と盃を傾けていた。

頼家の眼が凄味を帯びて光った。

「五郎、身の危険を感じぬか」

五郎時連は静かに盃を置いた。

「よほど鈍い者でも感じぬわけには参りますまい」

しかし、その頬には微笑が浮かんでいる。

「五郎、名を変えよ」

頼家は突然に言った。

「そちの名『時連』は銭を連《つら》ぬくに当り卑しい。予が『時房《ときふさ》』という名を与える。受けるか」

ためらうことなく五郎は答えた。

「御所より名をたまわること、この五郎の本望にございます。さすれば親より授かりし名も惜しくはございませぬ」

頼家は一座を見渡して言った。

「五郎は予が直々に名を与えし者じゃ。皆もそのこと肝に銘じて忘れるな」

盃を一息に干す。

「五郎は決して逃げぬぞ。予が健在でおるかぎりな……」

頼家の瞳に凄愴な光が宿り、列座の者たちは息を呑んで主人《あるじ》の姿を見つめた。

狙っていた機会が訪れた。ある夜、名を時房と改めた北条五郎が、頼家のもとへ伺候して告げたのだ。

「御所、阿野全成殿が動き出したとのこと」

「わが舎弟、千幡の擁立を謀《はか》っての企てか」

「御意」

五郎はうなずいた。

その報告によると、全成は妻の阿波局が乳母をつとめる千幡を次期将軍に立てるため、京都の朝廷に対し画策しているという。全成は頼家の追放を前提に、頼家の嫡子一幡を除き、千幡に対し将軍宣下《せん げ》が与えられるよう、朝廷の要路へ極秘に働きかけていた。全成と朝廷との連絡には、在京している全成の子、頼全《らいぜん》が当っているとの事。むろん全成の背後には北条時政、義時父子がいる。

「千幡が将軍になれば、幕府は北条父子の思いのままだな」

頼家は稚《わか》い千幡の蒼白い横顔を思い浮かべた。

「五郎よ、予は時政と義時を誅する。このことしかと胸に刻んでおくがよい」

「御意」

五郎はまっすぐに頼家を見た。

「父兄を誅さるるとも迷わぬな」

「さにあらず」

五郎は屈託のない表情で笑みを浮かべた。

頼家も釣られて笑った。

「怖《お》じ気《け》づいたのなら、今から父兄の許《もと》に戻っても良いぞ。止めはせぬ」

「この五郎の胸中は誰よりも御所がご存じのはず」

頼家は軽く首を振り、戯《たわむ》れるように言った。

「予もそちのことはようわからぬ。わかっておるのは、そちも面《つら》の皮一枚剝《は》げば、時政や義時と同じほどに欲の皮が突っ張っておることくらいじゃ」

「見そこなっていただいては困ります」

五郎は言った。柔和な微笑をたたえてはいたが、その瞳の奥は気色《けしき》ばむほどに真剣であった。

「御所、私は黙っていても家督を継げる父や兄とは違います。父や兄と同じに生きて浮かぶ瀬などありましょうや」

五郎の両眼にちらと嘲笑がまたたいた。端正な面ざしから放たれた眼光が、鋭く頼家を射抜いていた。

健仁三年（一二〇三）五月十九日、頼家は阿野全成を謀反のかどで捕えた。

全成の逮捕は北条父子に大きな衝撃を与えた。全成が謀反人と定まれば、頼家に北条一門誅伐の口実を与えかねない。頼家はその翌日、全成の妻、阿波局逮捕のため尼御台政子邸に兵を送った。

頼家方は多数の兵で尼御台邸を囲み、強硬に阿波局の引き渡しを要求した。だが政子の態度はより強硬だった。頼家に対し「仮りに全成に謀反の事実があったとしても、女人である阿波局にそのような大事が洩らされるはずはない。姉である自分が局の潔白を請け合う」と申し入れ、決して頼家の要求に応じようとはしなかった。

「やはり尼御台は北条の人間じゃ」

頼家の背後に控える比企弥四郎が舌打ちし、

「御所、尼御台邸の門を破り、力ずくで阿波局を引っ捕えましょうぞ」

とほえた。

しかし頼家は首を振った。

「今はそこまでせずともよい。母上の身に間違いがあっても困る……」

頼家は胸に蕭条《しょうじょう》と風が吹き抜けるのを感じた。政子は身を張って妹である阿波局を守ろうとしている。阿波局を守るということは、北条一門と千幡を守るということにつながる。政子はこのたびの頼家と北条一門の相剋をどのようにとらえているのであろうか。頼家を理不尽な圧迫者と見ているのであろうか。

「尼御台は御所よりも千幡君の方が可愛いのでございましょう」

背後で比企弥四郎の憤然とした声が響いた。

頼家は先刻の政子の口上を反芻《はんすう》した。

——仮りに全成に謀反の事実があったとしても……

「全成は、——叔父御は切り捨てられたな」

頼家はつぶやいた。北条の入婿にまでなった源氏長老の末路であった。


この年六月二十三日、頼家は常陸国《ひたちのくに》へ追放していた阿野全成を誅殺させた。

頼家は全成を殺すことで、さらに北条氏への圧力を強めた。もし北条氏が少しでも隙を見せれば直《ただ》ちに誅伐命令を出すつもりだった。さすがに北条父子は抜目がなく、謀反の証拠をつかまれる真似はしなかったが、頼家はじっと北条父子が小さなほころびをみせる時を待った。心配なのは母であり、今は北条の楯となって身を張る政子の動向であったが、今度こそ政子の介入を許さず時政と義時を討取る覚悟だ。

——源氏のため、将軍家のため北条父子だけはなんとしても討取らねばならぬ。いつ五郎が親父と

兄貴のしっぽをつかんで来るかだ
頼家は緊《しま》った表情で思案を続けた。すでに夕闇が迫り、あたりは影を濃くしていたが、暑気は容易に引かなかった。

頼家は井戸端に出て何杯も水をかぶった。気合を入れようとしたのだ。そして雫《しずく》を全身から滴らせたまま、階《きざはし》に腰を下ろし思案の続きにふけった。思案に没入する頼家の視界にひとりの男が映った。藤蔵という下僕で、ときおり姿を見かける。藤蔵は手に大きな布を持っていた。頼家が不機嫌に横を向く。思案の邪魔をされたくなかった。藤蔵は頼家の前にうずくまり、しばしおずおずとしていたが、やがて思い切ったように発した。

「御所様、まだ暑い時期とは申せお体にさわります。お拭き下され」

藤蔵は一礼すると頼家の後ろに回り、その背を拭こうとした。頼家の平手打ちが藤蔵の頬をしたたかに打った。藤蔵は他愛もなく地べたに転がり、起き上ると頭をこすりつけて平伏した。

「失せよ、下郎」

藤蔵は小さくかしこまると、布を遠慮がちに頼家の脇へ置き、もう一度ぺこりと頭を下げて退いた。

その翌日、頼家は久方ぶりに比企能員邸を訪れた。急に愛妾若狭局と嫡男一幡に会いたくなり、会いたいとなったら矢も楯もたまらなくなったのだ。突然の来訪に、若狭局は驚いたが、すぐ一幡を抱いて頼家の前に現われた。一児を生んでなお若狭の体は若々しい線を保っており、一幡をあやす姿に健康な色香が漂っていた。

一幡はその若狭の膝にぺったりと座り込んで、先ほどからじっと若い父親の顔をまばたきもせずに見つめている。

「さっ、父様《ててさま》のお膝にお行きなされッ」

若狭が微笑んでうながすと、一幡はよちよちとした足取りで頼家の前まで来て、すとんとその膝にすわり込んだ。頼家は一幡の髪を撫で、小鼻や頰を軽く突ついた。

「どうじゃ、息災にしておったか」

頼家が一幡の顔をのぞき込むと、顎が胸につくほどに大きくうなずく。

一幡は神妙な表情で父の膝にすわったまま、何を訊ねられても、ただ大きく頭を縦に振った。

「どうした一幡、口が利《き》けぬようになってしもうたのか」

頼家がからかうと、真面目な顔をして、今度は横に大きく頭を振った。

頼家はおかしげに若狭を見やった。

「久方ぶりのおめもじが気恥ずかしいのでございましょう。もっとしばしばおいで下さればよろしいのに」

若狭はそう言って、軽くしないをつくってみせた。

頼家はあわてたように視線をそらし、

「娘のようなことを」

と口ごもりながら、膝に居る一幡の小さな手をもてあそんだ。

若狭は袖で口をおおって小さく笑い、上眼づかいに頼家を見て、

「酒《ささ》をお持ちいたしましょう」

と体を弾ませるように言った。

やがて酒が運ばれ、若狭の酌を受けて盃を口に運ぼうとした。

突然背骨の内で何かが走った。頼家は異常を感じて盃を置いた。背筋を走る異様な感覚は、しだいに手足の隅々にまで拡《ひろ》がっていく。それが激しい悪寒に変るまでいくばくもなかった。

「御所、いかがなさいました」

気づかわしげな様子に変った若狭の顔が、しだいに霞《かす》んでいった。

――発病した

頼家は遠のく意識の中で冷たい恐怖を感じた。重病であることを、本能が切迫した調子で訴えかけている。

――この大切な時に何ということだ

歯の根も合わぬ悪寒の中で、激しい後悔が頼家を襲った。濡れた体で風に当っていた頼家に、布を差し出した下僕の顔が浮かんでくる。

――南無八幡大菩薩、なにとぞ今しばしのご猶予を

頼家は振り絞るようにうめくと、そのまま意識を失った。

七

頼家重病の知らせはたちまち鎌倉中を駆け巡った。

この知らせを北条時政は、躍り上って聞いた。年甲斐《としがい》もなく興奮して伜《せがれ》の義時に言う。

「聞いたか、小四郎。御所は倒れられたぞ。明日をも知れぬほど重いとのことじゃ。天はわれらに味方したもうたぞ」

「御所ご危篤の報は間違いのない所から出たものでしょうな」

義時が用心深く念を押した。

「うむ、間違いない。わが手の者を薬箱持ちの端に加えて、しかと御所のお姿を見届けさせた。近頃の御所は何を企むかわからんでな。うっかり虚言に乗せられでもすれば身の破滅じゃ」

時政はちらと苦々しげな顔をしたが、すぐ喜色を戻し、

「御所はのう、ただ昏々《こんこん》と眠るばかりじゃそうな」

と言ってくすくすとわらった。

「父上、喜ばれるのはよろしいが嬉しさのあまり事をせいてはなりませぬぞ」

義時が釘を刺す。

しかし時政の上機嫌は変らない。

「わかっておる。そのようにこむずかしい顔でわしを見るな」

時政は愛想に欠ける息子の脇腹を突ついた。

義時はそれにかまわず、たんたんと頼家失脚への手順を時政に確認した。

「今度は大丈夫じゃ」

時政は隣室まで届くほどの声で言った。

「御所さえ倒れてしまえばこちらのもの。こちらには尼御台も居れば千幡君も居る。千幡君は御所と同じく幕下と尼御台の間にお生まれになった和子《わこ》じゃ。比企の娘などが生んだ一幡を押し除《の》けたところで、御家人どももさしたる抵抗は感じまい。やはり梶原平三を消しておいたのが利いたの」

八月七日、頼家の病状がいよいよあらたまった。そして八月二十七日、突然譲補《じょうほ》が発表された。

それによると頼家の家督を二つに割り、関西三十八カ国を頼家の弟千幡が管領し、関東二十八カ国を頼家の嫡子一幡が管領するとされた。譲補の発表は一方的に行なわれ、一幡を擁する比企一族に対しては何らの相談もなかった。

この決定は頼家の名で発布されたが、北条父子の独断であることは、誰の眼にも明らかだった。

譲補は比企一族に深い衝撃を与えた。

「御所のご病状は重く、悩乱状態と申しても良い。粥《かゆ》を差し上げることすら大仕事じゃ。ご本復の見込みはまずあるまい」

比企能員は苦渋の色をにじませて一族の者たちに語った。

膝に一幡を抱いた若狭が、身を捩《よじ》るように訴えかけた。

「父上、なぜいつになってもわたくしが御所にお目にかかるお許しが出ないのでございます」

「知れたこと」

能員は舌打ちして若狭を見た。

「尼御台のさしがねじゃ。尼御台は夜も昼も御所の病床に付きっきりなのだ。うるわしき母の愛と言いたいが、都合の悪い者が御所に近づかぬよう番をしておるのだよ」

「いかがなさるおつもりです」

若狭の声は悲鳴に近かった。

「北条がどう出てくるかによるが、いずれ決着をつけねば事はすむまい」

能員は重苦しく息をついた。

「ときに父上」

比企弥四郎が、ふと顔を上げて能員をうかがった。

「明日、北条邸で行なわれる仏像供養、まさか参られるおつもりではありますまいな」

「いや、行くつもりじゃ」

能員はきっぱりと言った。一座が大きくざわめく。

「無茶にござる。みすみす虎穴へ入らんとされるおつもりか」

弥四郎が叫び、他の者も口をきわめて諫止《かんし》した。しかし能員は諾《き》こうとしない。

たまりかねた弥四郎が、

「どうしても参られるというなら、われらが甲冑で身を固め、郎党どもを連れてお供し申す」

と叫んだ。

「うろたえるな！」

能員が血相を変えている弥四郎を一喝する。

「さような真似をすれば、逆に北条からつけ込まれるのがわからぬのか。今の鎌倉を戦支度で時政邸まで向ってみよ。たちまち『千幡君に対する謀反人』に祭り上げられるは必定《ひつじょう》じゃ。とにかく行かぬかぎり、必ず時政は難癖をつけてくる」

「なれど」

「心配は無用」

能員は一座を見渡した。

「あの腹黒い時政とて、このわしをそう易々《やすやす》と討つ気にはなるまい」

能員はそう言って一座の者へ鷹揚にうなずいてみせた。

翌朝、比企能員は水干葛袴《すいかんくずばかま》姿でわずかの郎党を連れ、北条時政邸へ出向いていった。巳《み》の刻になって能員の供をした郎党が顔色を失って戻ってきた。

「お屋形様、時政邸にてお討たれになりましてございます！」

郎党の報告に比企弥四郎は蒼ざめて立ち上った。

「われらの出遅れが敗因じゃ。父上が時政のもとへ出向かねばすまなくなった時点で、われらの負けは決まっておった」

弥四郎はすぐに若狭と一幡を連れてくるよう命じた。一幡を抱きしめた若狭が侍女に連れられてくる。鈴を張ったような若狭の瞳が激しく動揺していた。

「兄上！」

若狭は唇をふるわせ弥四郎を呼んだ。

「取り乱すでない」

弥四郎は厳しい声で若狭の動揺を咎めた。

「よいか、若狭」

若狭の肩を抱いて諭《さと》す。

「間もなく邸は多勢の討手に囲まれるであろう。比企一族の命運は尽きたのじゃ。われらはここで最期の戦して武士らしく死に際を飾らねばならぬ」

眼に涙を浮かべた若狭の唇が動きかけたが、弥四郎はそっと押し留めた。

「われらは死んでもそなたは生きのびねばならぬ。一幡君の御為じゃ。見事生き抜いて一幡君を立派にお育て申すのだ。そしていつかわれらが恨みを晴らしてくれ」

弥四郎の言葉に若狭は深くうなずいたが、なおもその場で一幡に頰ずりをくりかえし、たたずんだ。

弥四郎が若狭の背を強く押す。

「さらばじゃ、若狭。さらばにござる、一幡君」

弥四郎は二人を連れてきた侍女を振り返った。

「頼んだぞ」

侍女は弥四郎に一礼すると若狭をうながした。一幡を抱いた若狭は、弥四郎を何度も振り返り去っていった。

討手の軍兵が比企邸を取り囲んだのは午《うま》の刻ころである。誅伐令は、尼御台政子が将軍代行の資格で発し、比企一族は幕府と千幡に仇為す謀反人となった。

弥四郎は櫓《やぐら》に登って討手の様子を眺めた。畠山重忠、稲毛重成、和田義盛、三浦義村……。主だった御家人たちが勢揃いしている。

――ああ……あの時と同じじゃ
弥四郎は梶原景時が弾劾された時のことを思い出した。

――すべては北条父子の思惑通りに行きよった。御所が倒れては尼御台の権威に抗することは叶わぬわ
弥四郎は顔を揃えた御家人たちを見るうちに口がむずむずとしてきた。大音声を上げ、主な御家人たちの名を次々と呼ばわる。呼ばれた御家人たちが一斉に弥四郎のいる櫓を見上げた。頃合いよしとばかりに弥四郎の片頰がにやりとする。

「お歴々がお揃いじゃ。よう見ればどれもこれも欲の皮が突っ張ったツラばかりじゃのう」

嘲罵《ちょうば》の声に、武士たちは気色ばみ、弓に矢をつがえた者もいた。

弥四郎は続けた。

「われらの所領などいくらでもくれてやるわ。盗っ人め！」

討手の群がる中から、ひょうと一本の矢が飛び出し、弥四郎の頬を掠《かす》めた。白眼を剝いて睨みつける。

「北条の口車に乗せられた馬鹿者どもめ。この次はうぬらの誰かがまたこうして囲まれるのだ。その日は遠くないぞ」

そう言ってけたたましく笑った弥四郎へ、第二の矢が飛んできた。今度はあやまたず弥四郎の眉間を射抜いた。

「先に地獄で待っておるぞ……うぬらも間ものう来ようほどに」

弥四郎の体はもんどり打って櫓から転げ落ちた。

申《さる》の刻、比企館は焼け落ち、すべては灰燼《かいじん》に帰した。比企一族焼亡は直ちに北条父子のもとに知らされたが、若狭局と一幡の脱出を聞いて、時政の機嫌はたちまち悪くなった。

「一幡は、仮りにも御所の嫡男じゃ。比企の謀反に巻き込まれ、一族自害の巻き添えを食って灰になったのでなければ都合が悪いではないか」

時政は怒って義時の顔を見た。

「案ずるには及びますまい」

義時は落ち着きはらっていた。

「逃げ落ちた先は、おそらく比企の縁者。居所を突きとめることはたやすいはず。実際にどこで死んだかなどはたいした問題ではありませぬ。後で一幡は比企邸で死んだと公表すればそれでよいでしょう。見つけしだいわれらの手で闇に葬ってしまえば、御家人どもも余計な事は知らずにすむのです。また、たとえ知ったところでわれらの申すことに異を唱える馬鹿者は、もうこの鎌倉にひとりも居りますまい」

ここまで言うと義時は初めて口許をほころばせた。

その数日後、一幡と若狭が比企邸で一族と運命をともにした事が知らされた。焼跡から一幡の小袖の一部と称する布の切れ端が発見され、頼家の蹴鞠の相手をつとめた大輔房《たいふぼう》源性という僧が、これを高野山におさめるため旅立っていった。

北条父子は比企一族を滅ぼしたその日に京へ使者を送り、頼家の弟、千幡に対する征夷大将軍の宣旨《せんじ》を請うていた。

ところが、その宣旨が間もなく到着しようというときに、余命いくばくもないはずの頼家が奇跡的に生き返った。

目覚めた頼家の枕元に政子が居た。

「母上……」

頼家は小さな声で呼びかけた。

高熱も悪寒もきれいに消えていた。半身を起こしてみると、衰弱し切っていたものの、平癒が自覚できた。

「まだ起きてはなりませぬ」

政子がそっと頼家の肩に手をかけて体を横たえさせた。

「母上、ずっと傍に居て下さったのですか」

見上げるような頼家の視線が、政子にその幼かりしころの姿を蘇らせた。政子は頼家の視線から逃れるように軽く目を伏せた。

「いま、粥の支度をさせます」

政子は立ち上ろうとした。

「いますこし傍に居て下され」

頼家の瞳に宿った無邪気さが、政子の心を打った。政子が腰を下ろすと、安心したように眼をつぶる。

「私のやり方は強引すぎましょうか」

頼家は目をつぶったまま言った。

「でも私は一日でも早く幕下に追い着きたいのです。早く父上のようになりたい……」

頼家はさらに続けようとしたが、政子は軽くこれを押し留めた。

「まだ本復しておられぬのにそのようなことを考えてはお体に障ります。いまは滋養のあるものを食され、ゆっくり休まれて、一日も早《はよ》う体をもとに戻されることじゃ」

母の言葉に、頼家は素直にうなずいた。

「少し腹がすきました……」

政子は微笑み「粥を」と侍女に支度を命じた。すぐに膳が二部運ばれ、母子はともに食事を摂《と》った。

食事の途中、政子が箸を止めぽつりと言った。

「そなたと二人きりで御膳をいただくのは初めてじゃ」

頼家は顔を上げて政子を見た。

「もっとしばしばそのようにしておれば……」

ふいに政子の顔がゆがんだ。

「どうなさいました、母上」

頼家は笑った。

「この後はいくらもそういう折がございまする。そのようにいたします」

きっぱりとそう言い、ぎこちなく箸を運ぶ頼家に、政子の表情がいたましげに変った。

食事が終る頃、頼家はふいに言った。

「比企弥四郎を呼んでいただけませぬか」

政子は狼狽したように頼家を見つめた。

「……弥四郎は今おりませぬ」

「さようですか。それでは――」

頼家が別の近習の名を言おうとするのを、政子はさえぎった。

「今は表向きの事はお考えにならぬほうが良い。ゆっくり休むのじゃ」

「母上、いかがなされた」

頼家は引き攣《っ》った政子の顔を見て、なだめるように笑ったが、ハッとしたように笑みを消した。黒い予感が涌き上ってきた。

「母上、まさか……」

頼家は衰弱した体で立ち上ると「誰かある、誰かある」と叫んだ。政子が頼家の腰にしがみついてくる。

「なりませぬ。そなたの病はまだ癒えてはおらぬ。寝ておらねばなりませぬ」

頼家は政子の腕を振りほどいた。

「誰かある、誰かある」

さきほど膳部を運んできた侍女が、おびえたような顔を現わした。

「弥四郎を呼んで参れ。今すぐここに呼んで参れ」

侍女が困惑した様子で政子の方をうかがった。

「いったい何があったのじゃ」

頼家は蒼白な顔で政子と侍女を交互に見すえた。

政子が観念したように言った。

「弥四郎は死にました」

「弥四郎が死んだということは……」

「そうじゃ……」

比企一族と若狭一幡母子の最期を聞かされた頼家は、しばし呆然と立ちつくした。

大きく開かれた瞳が異様に血走りはじめる。喉の奥で獣のごとくうなった。北条父子への憎悪が次々とほとばしった。やにわに太刀をつかんで叫ぶ。

「北条を誅伐せよ。時政と義時の首を梟《さら》すのじゃ。鎌倉中にわしの命を伝えよ」

「気をお鎮《しず》めなされ」

政子が脇から取りすがった。

「さような事はもう叶わぬのじゃ」

頼家は腕にすがった政子を睨みつけた。

「叶わぬことがあろうか。わしは征夷大将軍じゃ。この鎌倉の棟梁じゃ。母上の実家《さと》とて許しはせぬ」

「違うのじゃ」

政子は涙まじりに叫んだ。

「そなたはもう征夷大将軍ではない。新しい征夷大将軍に千幡が決まったのじゃ」

「な、なんと言われる……」

頼家は政子の宣告を何度も己れの口で反芻したが、声にならなかった。腰からくずおれる。抱きかかえようとする政子の手を、頼家ははらいのけた。

「二度とお顔を見とうございませぬ……二度と見とうない!」

八

九月二十九日、頼家は修善寺の配所へ向けて出発させられた。

近習衆の供奉《ぐぶ》は一切許されず、一人だけ下僕を連れて良いという厳しい処遇であった。それを告げられたとき、頼家はかつて自分の体を拭こうとして折檻された下僕のことを思い出した。

「あの男、藤蔵とかいった。あの者にしよう」

頼家はつぶやくように言った。

頼家の配所は指月《しげつ》ヶ丘《おか》の中腹にあった。近くに修善寺の伽藍《がらん》が見えるほかは、湯治《とうじ》小屋のみすぼらしい板屋根が点在するのみの寂しい風景が続く。配所には頼家の身の回りを世話する者が十数人いたが、いずれも幕府差し回しの監視者であることは明らかだ。

配所へ来た頃、頼家は毎日ただ鬱蒼《うつそう》と緑に覆われた山々を見て過ごした。一人の話し相手すらいなかった。かつての華やかな日々を考えれば、その寂寥《せきりょう》悲嘆は察して余りあるものがあった。

修善寺へ来てしばらくたつと、頼家は藤蔵を連れて附近を散策するようになった。下僕とはいえ、いまの頼家には他に気を許せる者すらいない。主従はたいてい黙ったまま野道を歩んだ。育ちの違い過ぎる二人に、共通の話題などあろうはずがなかった。

ある夏の日、頼家はいつものように藤蔵を従え散策に出た。起伏のある野道を足早に進んだが、見晴らしの良い丘まで来ると、休息のため立ち止まった。藤蔵が準備した敷皮に腰を下ろした頼家は、眼前にひろがる田圃《たんぼ》の様子にじっと見入る。若い稲穂が風に揺れさざめき、みずみずしい香りをこの丘まで運んできた。

「刈り入れまであとどれほどじゃ」

頼家が田圃に眼を向けたまま訊ねた。

「およそ一月半ほどにございましょう」

頼家はうなずき、田圃を眺め続けた。

畔道《あぜみち》を数人の子供がやって来るのが見える。子供らは田の傍まで来ると何やら歓声を上げて動きはじめた。地面にしゃがみ込み、鼠を狙う猫のように何かを捕えて、持参の袋の中に入れている。

頼家は藤蔵を振り返った。

「あれは何をしておる」

「蝗《いなご》を取っているのでありましょう」

藤蔵は答えた。

「イナゴ……」

頼家は蝗がよくわからないらしく、

「それはこのあたりにだけいるものか」

と問うた。

藤蔵が微笑する。

「いえ、どこにでもおりまする。私の故郷にもおりました」

「ほう……」

頼家は要領を得ない表情でうなずいたが、ふと藤蔵の言葉に気を留めて訊ねた。

「そちの故郷は何処じゃ」

「越後国にございます」

頼家は驚いたように目を瞠《みは》った。

「越後とな……それは遠いのう」

「はい、遠うございます。それに冬になると人の背丈の倍ほどに雪が積ります」

「人の背丈の倍とな」

頼家はその様子を想像しようとしたが、うまく実感が涌かなかった。

「冬は屋根より家に出入りいたします」

頼家は目をまるくした。

「一度行ってみたいのう」

思わぬ頼家の言葉に藤蔵はあわてた。

「滅相もございませぬ。御所様がおいでになるような所ではありませぬ」

「わしはもう将軍ではない」

頼家の表情が翳った。

「御所様はまだお若うございます。必ずや近い将来、鎌倉の棟梁に返り咲かれることでございましょう」

「言うな、そちなどが口を挟むべき事ではないぞ」

藤蔵はハッとしたように飛び下ると、地に頭をこすりつけて平伏した。

「行くぞ」

頼家は立ち上った。再び頭を上げた藤蔵の眼に、しだいに遠ざかり小さくなっていく頼家の後姿が映った。


元久元年（一二〇四）七月十八日深更、頼家は周囲のただならぬ気配を察して眼を醒ました。太刀をつかんで寝間を出た所へ、藤蔵が飛び込んでくる。

「御所！」

藤蔵が悲痛な声をあげた。

「周囲を取り巻かれておるのか」

絶望した表情で藤蔵がうなずく。

戸口が破られ十人ほどの武士がなだれ込んできた。先頭に立った武士が頼家を認め、軽く一礼する。

武士は言った。

「畏れながらお命申し受ける」

頼家は静かに前へ出た。

「北条時政の命か」

武士は頭を横に振った。

「では義時か」

武士が再び頭を横に振る。

頼家は頰に嘲笑を浮かべた。

「他に誰がおるというのじゃ」

武士は言った。

「北条五郎時房様の命にござる」

頼家は瞬間、度を失った。五郎時房のすずやかな笑顔が幻のように浮かんだ。

――そうじゃ。わしとしたことが、あの男を忘れておった
頼家は突然甲高い声を立てて笑った。

「五郎に伝えよ」

威厳を損ねぬ太い声で発する。

「はじめ予に仕えて父兄を討たんとし、次いで父兄が為に主を討つ――か。わしは今にしてようやく

うぬの胸のうちがよめたぞ。だがうぬは自らその望みを達することはできまい。たとえわしの首を下げて北条に戻ったところで、もはや北条の家督を得る機会は永遠《とわ》に去ったのじゃ。うぬの念願は義時かその伜が、三代将軍の千幡あらため実朝《さねとも》を甦して達するであろう。せいぜいよく輔《たす》けてやるが良い」

頼家はいま一度甲高い声を立てて笑った。眼のふちから涙が一粒こぼれ落ちた。すらりと太刀を抜き放つ。

「前征《さきの》夷大将軍が相手じゃ。不足はあるまい」

そう叫ぶや鋭く床を蹴った。刃風がうなり血飛沫《ちしぶき》が上った。返り血に染まり、悪鬼のごとき形相で次の標的を睨む。

「あな、恐ろしや。御所に刃など向けては八幡様の神罰が下ろうぞ」

中の誰かが叫ぶや武士たちの間に恐怖が走り、みな壁際まで退いた。

頼家は太刀を構え直し、じりじりと武士たちとの間合を詰めていった。が、突然、頼家の動きが乱れた。見ると頼家の首に投げ緒の縄が巻きついている。背後に異相の武士が縄の端を持って、頼家の体を手繰《たぐ》り寄せていた。

「御所！　我が恥辱今に晴らさん！」

異相の武士はそうわめき、背後から頼家に襲いかかった。頼家は壮健な体力に恵まれ膂力《りょりょく》も強い。組みつかれたまま男を振り回しねじ伏せようとした。男の体は傾きかけたが、急に頼家の顔が痙攣《けいれん》した。男が頼家のふぐりを思い切り握ったのだ。

斜めによろめく。男はすかさず腰刀を抜いて頼家の脾腹《ひばら》を突き通した。仰向けに倒れた頼家に馬乗りになってわめく。

「御所、わしの顔を覚えておるかッ」

しかし白蠟のような頼家の顔には死相が現われつつあった。

「御所、目を開けよ。わが恨み思い知ってから逝け」

頼家の眼が空《うつ》ろに開いた。頼家は焦点の合わぬ瞳で、じっと男の顔を見つめた。

「ひどい金壺眼じゃ……」


頼家が無残な死を遂げてから一月後のよく晴れたある日、鎌倉を旅立った一人の僧形の若者があった。いかにも俄《にわか》出家という風情の藤蔵である。

藤蔵はいったん捕縛され鎌倉に収監されたが、なぜかこのほど放免となった。剃髪した藤蔵に対して、莫大な路銀が与えられた。

「尼御台様よりの下されものじゃ」

と包みを渡してくれた小役人が藤蔵の耳許でささやいた。

藤蔵は巨福呂坂《こぶくろざか》を足早に登った。藤蔵には頼家の母である尼御台政子の気持ちはよくわからない。

――身分ある方のお心のうちを、わしごとき匹夫《ひっぷ》が考えても頭が痛《いと》うなるばかりじゃ
藤蔵は脇目もふらず進みながらも、ときおり胸もとにそっと手を置いた。そこに頼家の遺髪が匿《しま》われている。

藤蔵は経の読み方もろくに知らなかったが、頼家の菩提《ぼだい》を弔いたいという気持ちに寸分の嘘もなかった。この世の誰よりも大きな祝福を受けて生まれながら、今はその追善のため身を捧げる者のひと

りとていないことに、藤蔵は怒りすら覚えた。

――頼家公と自分は前世の因縁とて薄かったはずだと藤蔵は思う。

征夷大将軍であった頼家から見れば、藤蔵など人のうちにも入らぬ身分なのだ。ところがその自分ひとりだけが、頼家の非業の最期に立ち会った。菩提を弔う唯一の者が、自分のような下僕であることに、藤蔵の胸は痛んだ。

藤蔵はようよう峠の頂上までたどり着いた。振り返ると鎌倉の街が、一望のもとに見渡せた。

「なんと狭い所じゃ」

藤蔵は思わず声を上げた。

大きく湾曲した海岸線と三方から迫って来る山並に押し潰されそうな所であった。その猫の額ほどの平地に無数の屋根がへばりついている。街全体が気息奄々《きそくえんえん》としていて今にもうめき声を立てそうだ。

――この街がある限り侍たちは殺し合いを続けていくのであろう
藤蔵は鎌倉の街に背を向けて峠を下り始めた。幕府には善光寺へ詣でると言っておいたが、藤蔵の胸に秘められた行先は別の所だ。

――御所、背丈に倍する雪をお見せ申す。この藤蔵がお供し申す
藤蔵はいま一度胸の遺髪に手を当てると、二度とは振り返らず歩き出した。

修禅寺物語

岡本綺堂

岡本綺堂（おかもと・きどう）1872～1939

東京生まれ。幼少時から父に漢詩を、叔父に英語を学ぶ。中学卒業後、新聞、雑誌の記者として働きながら戯曲の執筆を始め、1902年、岡鬼太郎と合作した『金《こがねの》鯱《しやちほこ》噂《うわさの》高浪《たかなみ》』が初の上演作品となる。1911年、二代目市川左團次のために書いた『修禅寺物語』が出世作となり、以降、『鳥辺山心中』、『番町皿屋敷』など左團次のために七十数篇の戯曲を執筆する。1917年、捕物帳の嚆矢となる「半七捕物帳」を発表、1937年まで68作を書き継ぐ人気シリーズとなる。怪談にも造詣が深く、連作集『三浦老人昔話』、『青蛙堂鬼談』などは、類型を脱した新時代の怪談として評価も高い。

底本：『綺堂戯曲集　第一巻』（春陽堂）

伊豆の修禅寺に頼家の面《おもて》というあり。作人《さくにん》も知れず、由来もしれず、木彫《きぼり》の仮面《めん》にて、年を経たるまま面目分明《ぶんみょう》ならねど、所謂《いわゆる》古色蒼然たるもの、観来《みきた》って一種の詩趣をおぼゆ。当時を追懐してこの稿成る。

登場人物

面《おもて》 作師《つくりし》夜叉王
夜叉王の娘かつら、かえで
かえでの婿春彦
源左金吾頼家
下田五郎景安《かげやす》
金窪兵衛尉行親《かなくぼひょうえのじょうゆきちか》
修禅寺の僧
行親の家来など

一

伊豆の国狩野《かの》の庄、修禅寺村（今の修善寺）桂川のほとり、夜叉王の住家。

藁葺《わらぶき》の古びたる二重家体。破れたる壁に舞楽の面などをかけ、正面に紺暖簾《こんのれん》の出入口あり。下手に炉を切りて、素焼の土瓶などかけたり。庭の入口は竹にて編みたる門、外には柳の大樹。そのうしろは畑を隔てて、塔の峰つづきの山または丘などみゆ。元久元年七月十八日。

二重の上手につづける一間の家体は細工場にて、三方に古《ふ》りたる蒲簾《がますだれ》をおろせり。庭さきには秋草の花咲きたる垣に沿うて荒むしろを敷き、姉娘桂、廿《にじっ》歳《さい》。妹娘楓、十八歳。相対して紙砧《かみぎぬた》を擣《う》っている。

かつら　（軈《やが》て砧の手をやめる。）一晌《いっとき》余りも擣ちつづけたので、肩も腕も痺るるような。もうよいほどにして止みょうでないか。

かえで　とは云うものの、きのうまでは盆休みであったほどに、きょうからは精出して働こうではござんせぬか。

かつら　働きたくばお前ひとりで働くがよい。父様《ととさま》にも春彦どのにも褒められようぞ。わたしは嫌じゃ、嫌になった。（投げ出すように砧を捨つ。）

かえで　貧の手業《てわざ》に姉妹《きょうだい》が、年ごろ擣ちなれた紙砧を、兎《と》かくに飽きた、嫌になったと、むかしに変るお前がこの頃の素振《そぶり》は、どうしたことでござるか喃《のう》。

かつら　（あざ笑う。）いや、昔とは変らぬ。ちっとも変らぬ。わたしは昔からこのような事を好きではなかった。父さまが鎌倉においでなされたら、わたし等も斯《こ》うはあるまいものを、名《みょう》聞《もん》を好まれぬ職人気質《かたぎ》とて、この伊豆の山家《やまが》に隠れ栖《ずみ》、親につれて子供までも鄙《ひな》にそだち、詮《せん》事《こと》無しに今の身の上じゃ。さりとてこのままに朽ち果てようとは夢にも思わぬ。近いためしは今わたし等が擣っている修禅寺紙、はじめは賤《いや》しい人の手につくられても、色好紙《いろよしがみ》とよばれて世に出《い》ずれば、高貴のお方の手にも触る。女《おな》子《ご》とてもその通りじゃ。たとえ賤しゅう育っても、色好紙の色よくば、関白大臣将軍家のおそばへも、召出《めしいだ》されぬとは限るまいに、賤《しず》の女《め》がなりわいの紙砧、いつまで擣ちおぼえたとて何となろうぞ。嫌になったと云うたが無理か。

かえで　それはおまえが口癖に云うことじゃが、人には人それぞれの分《ぶん》があるもの。将軍家のお側近《ちこ》う召さるるなどと、夢のような事をたのみにして、心ばかり高う打ちあがり、末はなんとなろうやら、わたしは案じられてなりませぬ。

かつら　お前とわたしとは心が違う。妹のおまえは今年十八で、春彦という郎《おとこ》を有《も》った。それに引きかえて姉のわたしは、二十《はたち》歳という今日の今まで、夫もさだめずに過したは、あたら一生を草の家《や》に、住み果つまいと思えばこそじゃ。職人風情の妻となって、満足して暮すおまえ等に、わたしの心はわかるまい喃。（空嘯《そらうそぶ》く。）

楓の婿春彦、廿余歳、奥より出ず。

春彦　桂どの。職人風情と左《さ》も卑しい者のように云われたが、職人あまたあるなかにも、面作師といえば、世に恥しからぬ職であろうぞ。あらためて申すに及ばねど、わが日本開闢《かいびゃく》以来、はじめて舞楽のおもてを彫《きざ》まれたは、勿体《もったい》なくも聖徳太子、つづいて藤原淡海公《ふじわらのたんかいこう》、弘法大師、倉部《くらべ》の春日《かすが》、この人々より伝えて今に至る、由緒正しき職人とは知られぬか。

かつら　それは職が尊いのでない。聖徳太子や淡海公という、その人々が尊いのじゃ。彼《か》の人々も生業《なりわい》に、面作りはなされまいが……。

春彦　生業にしては卑しいか。さりとは異なことを聞くものじゃの。この春彦が明日にもあれ、稀代の面をつくり出して、天下一の名を取っても、お身は職人風情と侮《あなず》るか。

かつら　云《お》んでもないこと、天下一でも職人は職人じゃ、殿上人や弓取とは一つになるまい。

春彦　殿上人や弓取がそれほどに尊いか。職人がそれほど卑しいか。

かつら　はて、くどい。知れたことじゃに……。

桂は顔をそむけて取合わず。春彦、むっとして詰めよるを、楓はあわてて押隔《おしへだ》てる。

かえで　ああ、これ、一旦こうと云い出したら、飽《あく》までも云い募るが姉《あね》さまの気質、逆ろうては悪い。いさかいはもう止《よ》してくだされ。

春彦　その気質を知ればこそ、日ごろ堪忍していれど、あまりと云えば詞《ことば》が過ぐる。女房の縁につながりて、姉と立つれば附け上り、ややもすれば我を軽《かろ》しむる面憎《つらにく》さ。仕儀によっては姉とは云わさぬ。

かつら　おお、姉と云われずとも大事ござらぬ。職人風情を妹婿に有ったとて、姉の見得《みえ》にも手柄にもなるまい。

春彦　まだ云うか。

春彦は又つめ寄るを、楓は心配して制す。この時、細工場の簾《すだれ》のうちにて、父の声。

夜叉王　ええ、騒がしい。鎮《しず》まらぬか。

　これを聴きて春彦は控える。楓は起《た》って蒲簾をまけば、伊豆の夜叉王、五十余歳、烏帽子《えぼし》、筒袖、小《こ》袴《ばかま》にて、鑿《のみ》と槌《つち》とを持ち、木彫の仮面《めん》を打っている。膝のあたりには木の屑など取散《とりちら》したり。

春彦　由《よし》なきことを云い募って、細工の御さまたげをも省みぬ不調法、なにとぞ御料簡くださりませ。

かえで　これもわたしが姉様に、意見がましいことなど云うたが基《もとい》。姉様も春彦どのも必ず叱って下さりまするな。

夜叉王　おお、なんで叱ろう、叱りはせぬ。姉《きょう》妹《だい》の喧嘩《いさかい》はままある事じゃ。珍らしゅうもあるまい。時に今日ももう暮るるぞ。秋のゆう風が身にしみるわ。そち達は奥へ行って夕飯《ゆうまま》の支度、灯火《あかし》の用意でもせい。

二人　あい。

　桂と楓は起って奥に入る。

夜叉王　のう、春彦。妹とは違うて気がさの姉じゃ。おなじ屋根の下に起き臥《ふし》すれば、一年三百六十日、面白からぬ日も多かろうが、何事もわしに免じて料簡せい。あれを産んだ母親は、そのむかし、都の公家衆《くげしゅ》に奉公したもの、縁あってこの夜叉王と女夫《めおと》になり、あずまへ流れ下ったが、そだちが育ちとて気位高く、職人風情に連れ添うて、一生むなしく朽ち果《はっ》るを悔みながらに世を終った。その腹を分けた姉妹、おなじ胤《たね》とはいいながら、姉は母の血をうけて公家気質、妹は父の血をひいて職人気質、子の心がちがえば親の愛も違《ちご》うて、母は姉贔屓《びいき》、父は妹贔屓。思い思いに子どもの贔屓争いから、埒《らち》もない女夫喧嘩《いさかい》などしたこともあったよ。ははははははは。

春彦　そう承われば桂どのが、日ごろ職人をいやしみ嫌い、世にきこえたる殿上人か弓取ならでは、夫に有たぬと誇らるるも、母御の血筋をつたえし為《ため》、血は争われぬものでござりまするな。

夜叉王　じゃによって、あれが何を云おうとも、滅多に腹は立てまいぞ、人を人とも思わず、気位高《たこ》う生れたは、母の子なれば是非がないのじや。

暮の鐘きこゆ。奥より楓は灯台を持ちて出ず。

春彦　おお、取紛れて忘れていた。これから大仁《おおひと》の町まで行って、このあいだ誂《あつら》えて置いた鑿と小刀《さすが》をうけ取って来ねばなるまいか。

かえで　きょうはもう暮れました。いっそ明日にしなされては……。

春彦　いや、いや、職人には大事の道具じゃ。一刻も早《はよ》う取寄せて置こうぞ。

夜叉王　おお、職人はその心掛けがのうてはならぬ。更《ふ》けぬ間に、ゆけ、行け。

春彦　夜とは申せど通いなれた路《みち》、一晌ほどに戻って来まする。

春彦は出てゆく。楓は門にたちて見送る。修禅寺の僧一人、灯籠を持ちて先に立ち、つづいて源の頼家卿、廿三歳。あとより下田五郎景安《かげやす》、十七八歳、頼家の太刀をささげて出ず。

僧　これ、これ、将軍家の御しのびじゃ。粗相があってはなりませぬぞ。

楓ははっと平伏《ひれふ》す。頼家主従すすみ入れば、夜叉王も出で迎える。

夜叉王　思いもよらぬお成《なり》とて、なんの設《もう》けもござりませぬが、先《ま》ずあれへお通りくださりませ。

頼家は縁に腰を掛ける。

夜叉王　して、御用の趣《おもむき》は。

頼家　問わずとも大方は察して居ろう。わが面《めん》体《てい》を後のかたみに残さんと、さきに其方《そのほう》を召出し、頼家に似せたる面を作れと、絵姿までも遣わして置いたるに、日を経《ふ》るも出来《しゆったい》せず。幾《いく》たびか延引を申立てて、今まで打過ぎしは何たることじゃ。

五郎　多寡《たか》が面一つの細工、いかに丹精を凝《こら》すとも、百日とは費《ついや》すまい。お細工仰せつけられしは当春の初め、其後已《すで》に半年をも過ぎたるに、いまだ献上いたさぬとは余りの懈《け》怠《たい》、もはや猶予は相成らぬと、上様の御機嫌さんざんじゃぞ。

頼家　予は生まれついての性急じゃ。いつまで待てど暮せど埒《らち》あかず。あまりに歯痒《はがゆ》う覚ゆるまま、この上は使など遣わすこと無用と、予が直々《じきじき》に催促にまいった。おのれ何故《なにゆえ》に細工を怠《おこた》り居るか。仔細をいえ、仔細を申せ。

夜叉王　御立腹おそれ入りましてござりまする。勿体なくも征夷大将軍、源氏の棟梁のお姿を彫めとあるは、職のほまれ、身の面目、いかでか等閑《なおざり》に存じましょうや。御用うけたまわりて已に半年、未熟ながらも腕限り根かぎりに、夜昼となく打ちましても、意にかなうほどのもの一つも無く、さらに打ち替え作り替えて、心ならずも延引に延引をかさねましたる次第、なにとぞお察しくださりませ。

頼家　ええ、催促の都度におなじことを……。その申訳は聞き飽いたぞ。

五郎　この上は唯《た》だ延引とのみでは相済むまい。いつの頃までにはかならず出来するか、あらかじめ期日をさだめてお詫《わび》を申せ。

夜叉王　その期日は申上げられませぬ。左に鑿をもち、右に槌を持てば、面はたやすく成るものと思召《おぼしめ》すか。家をつくり、塔を組む、番匠《ばんじょう》なんどとは事変わりて、これは生《しょう》なき粗木《あらき》を削り、男、女《おうな》、天人、夜叉、羅刹《らせつ》、ありとあらゆる善悪邪正《じゃしょう》のたましいを打ち込む面作師。五体にみなぎる精力《せいりき》が、両の腕《かいな》におのずから湊《あつ》まる時、わがたましいは流るる如く彼に通いて、はじめて面も作られまする。但《ただ》しその時は半月の後か、一月の後か、あるいは一年二年の後か。われながら確《しか》とはわかりませぬ。

僧　これ、これ、夜叉王どの。上様は御自身も仰せらるるごとく、至って御性急でおわします。三島神社の放し鰻《うなぎ》を見るように、ぬらりくらりと取止めのないことばかり申上げていたら、御《ご》疳癖《かんぺき》がいよいよ募ろうほどに、こなたも職人冥《みょう》利《り》、いつの頃までと日を限《き》って、しかと御返事を申すがよかろうぞ。

夜叉王　じゃと云うて、出来ぬものはのう。

僧　なんの、こなたの腕で出来ぬ事があろう。面作師も多くあるなかで、伊豆の夜叉王といえば、京鎌倉まで聞えた者じゃに……。

夜叉王　さあ、それゆえに出来ぬと云うのじゃ。わしも伊豆の夜叉王と云えば、人にも少しは知られたもの。たといお咎《とが》め受きょうとも、己《おの》が心に染まぬ細工を、世に残すのはいかにも無念じゃ。

頼家　なに、無念じゃと……。さらばいかなる祟《たた》りを受きょうとも、早急《さつきゅう》には出来ぬというか。

夜叉王　恐れながら早急には……。

頼家　むむ、おのれ覚悟せい。

　癇癪《かんしゃく》募りし頼家は、五郎のささげたる太刀を引っ取って、あわや抜かんとす。奥より桂、走り出ず。

かつら　まあ、まあ、お待ちくださりませ。

頼家　ええ、退《の》け、のけ。

かつら　先ずお鎮まりくださりませ。面は唯今《ただいま》献上いたしまする。のう、父様。

　夜叉王は黙して答えず。

五郎　なに、面は已に出来しておるか。

頼家　ええ、おのれ。前後不揃いのことを中立てて、予をあざむこうでな。

かつら　いえ、いえ、嘘いつわりではござりませぬ。面はたしかに出来して居りまする。これ、父様。もうこの上は是非がござんすまい。

かえで　ほんにそうじゃ。ゆうべ漸《ようや》く出来したと云うあの面を、いっそ献上なされては……。

僧　それがよい、それがよい。こなたも凡夫じゃ。名も惜《おし》かろうが、命も惜かろう。出来した面があるならば、早う上様にさしあげて、お慈悲をねがうが上分別じゃぞ。

夜叉王　命が惜いか、名が惜いか、こなた衆の知ったことでない。黙っておいやれ。

僧　さりとて、これが見ていらりょうか。さあ、娘御。その面を持って来て、兎も角も御覧に入れたがよいぞ。早う、早う。

かえで　あい、あい。

かえでは細工場へ走り入りて、木彫の仮面《めん》を入れたる箱を持ち出ず。桂はうけ取りて頼家の前にささぐ。頼家は無言にて桂の顔をうちまもり、心少しく解けたる体《てい》なり。

かつら　いつわりならぬ証拠。これ御覧くださりませ。

頼家は仮面を取りて打ながめ、思わず感歎《かんたん》の声をあげる。

頼家　おお、見事じゃ。よう打ったぞ。

五郎　上様おん顔に生写しじゃ。

頼家　むむ。（飽かず打戍《うちまも》る。）

僧　さればこそ云わぬことか。それほどの物が出来していながら、兎こう渋って居られたは、夜叉王どのも気の知れぬ男じゃ。はははははは。

夜叉王　（形をあらためる。）何分にもわが心にかなわぬ細工、人には見せじと存じましたが、こう相成っては致し方もござりませぬ。方々《かたがた》にはその面をなんと御覧なされまする。

頼家　さすがは夜叉王、あっぱれの者じゃ。頼家も満足したぞ。

夜叉王　あっぱれとの御賞美は憚《はばか》りながらおめがね違い、それは夜叉王が一生の不出来。よう御覧《ごらん》じませ。面は死んでおりまする。

五郎　面が死んでおるとは……。

夜叉王　年ごろあまた打ったる面は、生けるがごとしと人も云い、われも許して居りましたが、不思議やこのたびの面に限って、幾たび打直しても生きたる色なく、たましいもなき死人の相……。それは世にある人の面ではござりませぬ。死人の面でござりまする。

五郎　そちは左様に申しても、われらの眼には矢はり生きたる人の面……。死人の相とは相見えぬがのう。

夜叉王　いや、いや、どう見直しても生《しょう》ある人ではござりませぬ。しかも眼《まなこ》に恨みを宿し、何者をか呪うがごとき、怨霊怪異《あやかし》なんどのたぐい……。

僧　あ、これ、これ、そのような不吉のことは申さぬものじゃ。御意にかなえばそれで重畳《ちょうじょう》、ありがたくお礼を申されい。

頼家　むむ、兎にも角にもこの面は頼家の意にかのうた。持帰るぞ。

夜叉王　強《たっ》て御所望とござりますれば……。

頼家　おお、所望じゃ。それ。

頼家は頤《あご》にて示せば、かつら心得て仮面を箱に納め、すこしく媚《こび》を含みて頼家にささぐ。頼家は更《さら》にその顔をじっと見る。

頼家　いや、猶《なお》かさねて主人《あるじ》に所望がある。この娘を予が手許《てもと》に召仕《めしつか》いとう存ずるが、奉公さする心はないか。

夜叉王　ありたがい御意にござりまするが、これは本人の心まかせ、親の口から御返事は申上げられませぬ。

桂は臆せず、すすみ出ず。

かつら　父様。どうぞわたしに御奉公を……。

頼家　うい奴じゃ。奉公をのぞむと申すか。

かつら　はい。

頼家　さらばこれよりその面をささげて、頼家の供してまいれ。

かつら　かしこまりました。

頼家は起つ。五郎も起つ。桂もつづいて起つ。楓は姉の袂《たもと》をひかえて、心許なげに囁《ささや》く。

かえで　姉さま。おまえは御奉公に……。

かつら　おまえは先程、夢のような望みと笑うたが、夢のような望みが今叶《かの》うた。

かつらは誇りがに見かえりて、庭に降り立つ。

僧　やれ、やれ、これで愚僧も先ず安堵いたした。夜叉王殿、あす又逢いましょうぞ。

頼家は行きかかりて物につまずく。桂は走り寄りてその手を取る。

頼家　おお、いつの間にか暗うなった。

僧はすすみ出でて、桂に灯籠を渡す。桂は仮面《めん》の箱を僧にわたし、我は片手に灯籠を持ち、片手に頼家をひきて出ず。夜叉王はじっと思案の体なり。

かえで　父さま、お見送りを……。

夜叉王は初めて心づきたる如く、娘と共に門口に送り出ず。

五郎　そちへの御褒美は、あらためて沙汰するぞ。

頼家等は相前後して出でゆく。夜叉王は起ち上りて、しばらく黙然《もくねん》としていたりしが、やがてつかつかと縁にあがり、細工場より槌を持ち来りて、壁にかけたる種々の仮面《めん》を取下し、あわや打砕かんとす。楓はおどろきて取縋《とりすが》る。

かえで　ああ、これ、なんとなさる。おまえは物に狂われたか。

夜叉王　せっぱ詰りて是非におよばず、拙《つたな》き細工を献上したは、悔んでも返らぬわが不運。あのような面が将軍家のおん手に渡りて、これぞ伊豆の住人夜叉王が作と宝物帳にも記されて、百千年の後までも笑いをのこさば、一生の名折れ、末代の恥辱。所詮夜叉王の名は廃《すた》った。職人もきょう限り、再び槌は持つまいぞ。

かえで　さりとは短気でござりましょう。いかなる名人上手でも細工の出来不出来は時の運。一生のうちに一度でも天晴《あっぱ》れ名作が出来ようならば、それが即ち名人ではござりませぬか。

夜叉王　むむ。

かえで　拙い細工を世に出したを、さほどに無念と思召さば、これからいよいよ精出して、世をも人をもおどろかすほどの立派な面を作り出し、恥を雪《すす》いでくださりませ。

かえでは縋りて泣く。夜叉王は答えず、思案の眼を瞑《と》じている。日暮れて笛の声遠くきこゆ。

二

おなじく桂川のほとり、虎渓橋《こけいきょう》の袂。川辺には柳幾《いく》本《もと》たちて、芒《すすき》と蘆《あし》とみだれ生いたり。橋を隔てて修禅寺の山門みゆ。同日の宵。

下田五郎は頼家の太刀を持ち、僧は仮面《めん》の箱をかかえて出ず。

五郎　上様は桂どのと、川辺づたいにそぞろ歩き遊ばされ、お供の我々は一足先へまいれとの御意であったが、修禅寺の御座所ももはや眼のまえじゃ。この橋の袂にたたずみて、お帰りを暫時《ざんじ》相待とうか。

僧　いや、いや、それは宜《よろ》しゅうござるまい。桂殿という嫋女《たおやめ》をお見出しあって、浮れあるきに余念もおわさぬところへ、我々のごとき邪魔外道《げどう》が附《つ》き纏《まと》うては、却《かえ》って御機嫌を損ずるでござろうぞ。

五郎　なにさまのう。

　とは云いながら、五郎は猶不安の体にてたたずむ。

僧　殊《こと》に愚僧はお風呂の役、早う戻って支度をせねばなるまい。

五郎　お風呂とて自《おの》ずと沸いて出ずる湯じゃ。支度を急ぐこともあるまいに……。先ずお待ちやれ。

僧　はて、お身にも似合わぬ不粋をいうぞ。若き男《おとこ》女《おうな》がむつまじゅう語ろうているところに、法師や武士は禁物じゃよ。はははは。さあ、ござれ、ござれ。

　無理に袖をひく。五郎は心ならずも曳《ひ》かるるままに、打連れて橋を渡りゆく。月出ず。桂は灯籠を持ち、頼家の手をひきて出ず。

頼家　おお、月が出た。川原づたいに夜ゆけば、芒にまじる蘆の根に、水の声、蟲《むし》の声、山家の秋はまた一入《ひとしお》の風情じゃのう。

かつら　馴れては左程《さほど》にもおぼえませぬが、鎌倉山の星月夜とは事変りて、伊豆の山家の秋の夜は、さぞお寂しゅうござりましょう。

　頼家はありあう石に腰打ちかけ、桂は灯籠を持ちたるまま、橋の欄に凭《よ》りて立つ。月明《あきら》かにして蟲の声きこゆ。

頼家　鎌倉は天下《てんが》の覇府、大小名の武家小路、甍《いらか》をならべて綺羅《きら》を競えど、それはうわべの栄えにて、うらはおそろしき罪の巷《ちまた》、悪魔の巣ぞ。人間の住むべきところで無い。鎌倉などへは夢も通わぬ。（月を仰ぎて云う。）

かつら　鎌倉山に時めいておわしなば、日本一の将軍家、山家そだちの我々は下司《げす》にもお使いなされまいに、御果報拙いがわたくしの果報よ。忘れもせぬこの三月、窟詣《いわやもう》での下向路《げこうみち》、桂谷の川上で、はじめて御目見得《おめみえ》をいたしました。

頼家　おお、その時そちの名を問えば、川の名とおなじ桂と云うたな。

かつら　まだそればかりではござりませぬ。この窟のみなかみには、二本《ふたもと》の桂の立木ありて、その根よりおのずから清水を噴き、末は修禅寺にながれて入れば、川の名を桂とよび、またその樹を女夫の桂と昔よりよび伝えておりますると、お答え申上げましたれば、おまえ様はなんと仰せられました。

頼家　非情の木にも女夫はある。人にも女夫はありそうな……と、つい戯《たわむ》れに申したのう。

かつら　お戯れかは存じませぬが、そのお詞《ことば》が冥加《みょうが》にあまりて、この願《がん》かならず叶うようと、百日のあいだ人にも知らさず、窟へ日参いたせしに、女夫の桂のしるしありて、ゆくえも知れぬ川水も、嬉しき逢瀬にながれ合い、今月今宵おん側近う、召出されたる身の冥加……。

頼家　武運つたなき頼家の身近うまいるがそれほどに嬉しいか。そちも大方は存じて居ろう。予には比企《ひき》の判官能員《よしかず》の娘、若狭といえる側女《そばめ》ありしが、能員ほろびし其砌《みぎり》に、不憫や若狭も世を去った。今より後はそちが二代の側女、名もそのままに若狭と云え。

かつら　あの、わたくしが若狭の局《つぼね》と……。ええ、ありがとうござります。

頼家　あたたかき湯の湧くところ、温かき人の情《なさけ》も湧く。恋をうしないし頼家は、ここに新しき恋を得て、心の痛みもようやく癒えた。今はもろもろの煩悩《ぼんのう》を断って、安らけくこの地に生涯を送りたいものじゃ。さりながら、月には雲の障《さわ》りあり、その望みも果敢《はか》なく破れて、予に万一のことあらば、そちの父に打たせたる彼のおもてを形見と思え。叔父の蒲殿《かばどの》は罪無《の》うして、この修禅寺の土となられた。わが運命も遅かれ速かれ、おなじ路を辿《たど》ろうも知れぬぞ。

月かくれて暗し。籠手《こて》、臑当《すねあて》、腹巻したる軍兵《つわもの》二人、上下《かみしも》よりうかがい出でて、芒むらに潜む。蟲の声俄《にわか》にやむ。

かつら あたりにすだく蟲の声、吹き消すように止みましたは……。

頼家 人やまいりし。心をつけよ。

金窪兵衛尉行親、三十余歳。烏帽子、直垂《ひたたれ》、籠手、臑当にて出ず。

行親 上、これに御座遊ばされましたか。

頼家 誰じゃ。

桂は灯籠をかざす。頼家透《とお》しみる。

行親 金窪行親でござりまする。

頼家 おお、兵衛か。鎌倉表より何としてまいった。

行親 北条殿のおん使に……。

頼家 なに、北条殿の使……。扨《さて》はこの頼家を討とうが為な。

行親 これは存じも寄らぬこと。御機嫌伺いとして行親参上、ほかに仔細もござりませぬ。

頼家 云うな、兵衛。物の具に身をかためて夜中の参入は、察するところ、北条の密意をうけて、予を不意撃《ふいうち》にする巧みであろうが……。

行親 天下ようやく定まりしとは申せども、平家の残党ほろび殲《つく》さず。且《かつ》は函根《はこね》より西の山路に、盗賊ども徘徊する由きこえましたれば、路次の用心として斯様《かよう》にいかめしゅう扮装《いでた》ち申した。上に対したてまつりて、不意撃の狼藉《ろうぜき》なんど、いかで、いかで……。

頼家 たとい如何《いか》ように陳ずるとも、憎き北条の使なんどに対面無用じゃ。使の口上聞くにおよばぬ。帰れ、かえれ。

行親は騒がず。しずかに桂をみかえる。

行親 これにある女性《にょしょう》は……。

頼家 予が召仕いの女子じゃよ。

行親 おん謹しみの身を以《もっ》て、素性も得知れぬ賤しの女子どもを、おん側近う召されしは……。

桂は堪《こら》えず、すすみ出ず。

かつら　兵衛どのとやら、お身は卜者《うらや》か人相見か。初見参《ういけんざん》のわらわに対して、素性賤しき女子などと、迂闊《うかつ》に物を申されな。妾《わらわ》は都のうまれ、母は殿上人にも仕えし者ぞ。まして今は将軍家のおそばに召されて、若狭の局とも名乗る身に、一応の会釈もせで無礼の雑言《ぞうごん》は、鎌倉武士というにも似ぬ、さりとは作法をわきまえぬ者のう。

　冷笑《あざわら》われて、行親は眉をひそめる。

行親　なに。若狭の局……。して、それは誰《た》が許された。

頼家　おお、予が許した。

行親　北条どのにも謀《はか》らせたまわず……。

頼家　北条がなんじゃ。おのれ等は二口目には北条という。北条がそれほどに尊いか。時政も義時も予の家来じゃぞ。

行親　さりとて、尼御台《あまみだい》もおわしますに……。

頼家　ええ、くどい奴。おのれ等の云うこと、聴くべき耳は持たぬぞ。退《すさ》れ、すされ。

行親　さほどにおむずかり遊ばされては、行親申上ぐべきようもござりませぬ。仰せに任せて今宵はこのまま退散、委細は明朝あらためて見参の上……。

頼家　いや、重ねて来ること相成らぬぞ。若狭、まいれ。

　頼家は起ち上りて桂の手を取り、打連れて橋を渡り去る。行親はあとを見送る。芒のあいだに潜みし軍兵《つわもの》出ず。

兵一　先刻より忍んで相待ち申したに、なんの合図もござりませねば……。

兵二　手を下すべき機《おり》もなく、空しく時を移し申した。

行親　北条殿の密旨を蒙《こうむ》り、近寄って討ちたてまつらんと今宵ひそかに伺候したるが、流石《さすが》は上様、早くもそれと覚《さと》られて、われに油断を見せたまわねば、無念ながらも仕損じた。この上は修禅寺の御座所へ寄《よせ》かけ、多人数《たにんず》一度にこみ入って本意を遂ぎょうぞ。上様は早業の達人、近習《きんじゅ》の者どもにも手だれあり。小勢の敵と侮りて不覚を取るな。場所は狭し、夜いくさじゃ。うろたえて同士撃《どしうち》すな。

兵　はっ。

行親　一人はこれより川下へ走《は》せ向うて、村の出口に控えたる者どもに、即刻かかれと下知を伝えい。

兵一　心得申した。

一人は下手に走り去る。行親は一人を具して上手に入る。木かげより春彦、うかがい出ず。

春彦　大仁の町から戻る路々に、物の具したる軍兵《つわもの》が、ここに五人、かしこに十人屯《たむろ》して、出入りのものを一々詮議するは、合点がゆかぬと思うたが、さては鎌倉の下知によって、上様を失いたてまつる結構な。さりとは大事じゃ。

遠近《おちこち》にて宿鳥《ねとり》のおどろき起つ声。下田五郎は橋を渡りて出ず。

五郎　常はさびしき山里の、今宵は何とやらん物さわがしく、事ありげにも覚ゆるぞ。念のために川の上下を、一わたり見廻ろうか。

春彦　五郎どのではおわさぬか。

五郎　おお、春彦か。

春彦は近《ちか》づきてささやく。

五郎　や、なんと云う。金窪の参入は……。上様を……。確《しか》と左様か。むむ。

五郎はあわただしく引返《ひっかえ》してゆかんとする時、橋の上より軍兵《つわもの》一人、長巻《ながまき》をたずさえて出で、無言にて撃ってかかる。五郎は抜きあわせて、忽《たちま》ち斬って捨つ。軍兵《つわもの》数人、上下より走り出で、五郎を押っ取りまく。

五郎　やあ、春彦。ここはそれがしが受け取った。そちは御座所へ走せ参じて、この趣を注進せい。

春彦　はっ。

春彦は橋をわたりて走り去る。五郎は左右に敵を引き受けて奮闘す。

三

もとの夜叉王の住家。夜叉王は門《かど》にたちて望む。

修禅寺にて早鐘を撞《つ》く音きこゆ。

向うより楓は走り出ず。

かえで 父様。夜討じゃ。

夜叉王 おお、むすめ、見て戻ったか。

かえで 敵は誰《たれ》やらわからぬが、人数はおよそ二三百人、修禅寺の御座所へ夜討をかけましたぞ。

夜叉王 俄にきこゆる人馬の物音は、何事かと思うたに、修禅寺へ夜討とは……。平家の残党か、鎌倉の討手《うって》か。こりゃ容易ならぬ大変じゃのう。

かえで 生憎《あいにく》に春彦どのはありあわさず、なんとしたことでござりましょうな。

夜叉王 我々がうろうろ立騒いだとて、なんの役にも立つまい。ただその成行を観ているばかりじゃ。まさかの時には父子《おやこ》が手をひいて立退くまでのこと、平家が勝とうが、源氏が勝とうが、北条が勝とうが、われわれにはかかりあいのないことじゃ。

かえで それじゃと云うて不意のいくさに、姉様はなんとなさりょうか、もし逃惑《にげまど》うて過失《あやまち》でも……。

夜叉王 いや、それも時の運じゃ。是非もない。姉にはまた姉の覚悟があろうよ。

寺鐘と陣鐘とまじりてきこゆ。楓は起ちつ居つ、幾たびか門に出でて心痛の体、向うより春彦走り出ず。

かえで おお、春彦どの。待ちかねました。

春彦 寄手は鎌倉の北条方、しかも夜討の相談を、測らず木かげで立聴きして、其由を御注進申上ぎょうと、修禅寺までは駈《か》け付けたが、前後の門はみな囲まれ、翼なければ入《い》ることかなわず、残念ながらおめおめ戻った。

かえで では、姉様の安否も知れませぬか。

春彦 姉はさて措《お》いて、上様の御安否さえもまだ判らぬ。小勢ながらも近習の衆が、火花をちらして追《お》っ返しつ、今が合戦最中じゃ。

夜叉王　なにを云うにも多勢に無勢、御所方とても鬼神《おにかみ》ではあるまいに、勝負は大方知れてある。とても逃れぬ御運の末じゃ。蒲殿といい、上様と云い、いかなる因縁かこの修禅寺には、土の底まで源氏の血が沁みるのう。

寺鐘烈《はげ》しくきこゆ。春彦夫婦は再び表をうかがい見る。

かえで　おお、おびただしい人の足音……。鎬《しのぎ》を削る太刀の音……。

春彦　ここへも次第に近づいてくるわ。

桂は頼家の仮面《めん》を持ちて顔には髪をふりかけ、直垂を着て長巻を持ち、手負の体にて走り出で、門口に来りて倒る。

春彦　や、誰やら表に……。

夫婦は走り寄りて扶《たす》け起し、庭さきに伴い入るれば、桂は又倒れる。

春彦　これ、傷は浅うござりまするぞ。心を確《たしか》に持たせられい。

かつら　（息もたゆげに。）おお妹《いもと》……。春彦どの。父様はどこにじゃ。

夜叉王　や、なんと……。

夜叉王は怪《あやし》みて立ちよる。桂は顔をあげる。みなみな驚く。

春彦　や、侍衆とおもいの外《ほか》……。

夜叉王　おお、娘か。

かえで　姉さまか。

春彦　して、この体は……。

かつら　上様お風呂を召さるる折から、鎌倉勢が不意の夜討……。味方は小人数、必死にたたかう。女でこそあれこの桂も、御奉公はじめの御奉公納めに、この面をつけてお身がわりと、早速の分別……。月の暗きを幸いに打物《うちもの》とって庭におり立ち、左金吾《さきんご》頼家これにありと、呼《よば》わり呼わり走《は》せ出ずれば、むらがる敵は夜目遠目に、まことの上様ぞと心得て、うち洩《もら》さじと追っかくる。

夜叉王　さては上様お身替りと相成って、この面にて敵をあざむき、ここまで斬抜《きりぬ》けてまいったか。

血に染《そ》みたる仮面《めん》を取りてじっと見る。

春彦 我々すらも侍衆と見あやまった程なれば、敵のあざむかれたも無理ではあるまい。

かえで とは云うものの、浅ましいこのお姿……。姉様死んで下さりまするな。（取縋りて泣く。）

かつら いや、いや。死んでも憾《うら》みはない。賤《しず》が伏屋《ふせや》でいたずらに、百年千年生きたとて何となろう。たとい半晌一晌でも、将軍家のおそばに召出され、若狭の局という名をも給わるからは、これで出世の望《のぞみ》もかのうた。死んでもわたしは本望じゃ。

云いかけて弱るを、春彦夫婦は介抱す。夜叉王は仮面《めん》をみつめて物云わず。以前の修禅寺の僧、頭より袈裟《けさ》をかぶりて逃げ来《きた》る。

僧 大変じゃ、大変じゃ。かくもうて下され、隠もうてくだされ。（内に駈入《かけい》りて、桂を見て又おどろく。）やあ、ここにも手負が……。おお、桂殿……。こなたもか。

かつら して、上様は……。

僧 お悼《いた》わしや、御最期じゃ。

かつら ええ。（這《は》い起きて屹《きっ》と見る。）

僧 上様ばかりか、御家来衆も大方は斬死《きりじに》……。わし等も傍杖《そばづえ》の怪我《けが》せぬうちと、命からがら逃げて来たのじゃ。

春彦 では、お身がわりの効《かい》もなく……。

かえで 遂《つい》にやみやみ御最期か。

桂は失望してまた倒る。楓は取付きて叫ぶ。

かえで これ、姉さま。心を確に……。のう、父様。姉さまが死にまするぞ。

今まで一心に仮面《めん》をみつめたる夜叉王、はじめて見かえる。

夜叉王 おお、姉は死ぬるか。姉もさだめて本望であろう。父もまた本望じゃ。

かえで ええ。

夜叉王 幾たび打ち直してもこの面に、死相のありありと見えたるは、われ拙きにあらず、鈍て念仏す。）

（幕）

きにあらず、源氏の将軍頼家卿が斯《か》く相成るべき御運とは、今という今、はじめて覚った。神ならでは知《しろ》しめされぬ人の運命、先ずわが作にあらわれしは、自然の感応、自然の妙、技芸神《しん》に入るとはこの事よ。伊豆の夜叉王、われながら天晴天下一じゃのう。（快げに笑う。）

かつら　（おなじく笑う。）わたしも天晴れお局様じゃ。死んでも思い置くことない。些《ちっ》とも早う上様のおあとを慕《しと》うて、冥土のおん供……。

夜叉王　やれ、娘。わかき女子が断末魔の面、後の手本に写しておきたい。苦痛を堪えてしばらく待て。春彦、筆と紙を……。

春彦　はっ。

（春彦は細工場に走り入りて、筆と紙などを持ち来る。夜叉王は筆を執《と》る。）

夜叉王　娘、顔をみせい。

かつら　あい。

（桂は春彦夫婦に扶けられて這いよる。夜叉王は筆を執りて、その顔を模写せんとす。僧は口のうちに

北条泰時

近松秋江

近松秋江（ちかまつ・しゅうこう）1876～1944
岡山県生まれ。本名は徳田浩司。初め徳田秋江を名乗ったが、敬愛する近松門左衛門にちなんで改めた。東京専門学校（現在の早稲田大学）在学中に「読売新聞」の文学合評に加わり文筆活動を開始。卒業後は博文館、東京専門学校出版部、「中央公論」に勤務するも、短期間にとどまる。小説家としては『黒髪』の連作や『別れたる妻に送る手紙』などの「情痴小説」の書き手として知られる。また大正末期には『子の愛の為に』をはじめとする「子の愛物」を執筆。昭和に入ってからは『水野越前守』などの歴史小説も執筆した。随筆、紀行文も数多く手がけている。
底本：『近松秋江全集　第八巻　歴史小説』（八木書店）

時代　承久三年より貞永年代まで
処《ところ》　京都、鎌倉
登場人物
　一幕
藤原秀康
三浦胤義《たねよし》
藤原清範
大江入道親広
主税頭《ちからのかみ》中平
荘《しょう》家定
間野時連《ときつら》
他に侍女、武士、家来、雑掌《ざっしょう》多勢
　二幕
伊賀判官光季《みつすえ》
判官の子寿王丸光綱
贄田《にえだ》三郎（伊賀判官の家来）
同　四郎（同上）
同　右近（同上）
武志次郎（同上）
熊王丸（同上）
塩屋藤三郎（同上）
治部次郎（同上）
佐々木高重
間野時連
他に白拍子二人、男女多勢、家来

第一幕

一

後鳥羽上皇西面《さいめん》の侍能登守藤原秀康の屋敷。母《おも》屋《や》から庭を隔てたる離れ座敷。庭前の小池には菖蒲の花、山吹など咲き溢《あふ》れたり。それに、しとしと五月雨《さみだれ》が降りそそいでいる、落着いた心持。

承久三年五月十日頃の初夜。

幕明くと、主人秀康、小袖、指貫《さしぬき》にて寛《くつろ》いだる姿。それに向って、下手に三浦判官胤義、東国武人の風貌、狩衣《かりぎぬ》にて対座す。

酒宴の態《てい》。

侍女二三人銚子などを持ちて侍す。

秀康　それ、三浦殿にもっとお酌をせい。

　侍女、銚子を持ちて立つ。

胤義　いや、もう存分に頂戴《ちょうだい》つかまつった。

秀康　何の、それだけのこと。もっと注いでさし上げ。東国の衆は、大いに飲《い》ける筈《はず》じゃ。鎌倉の連中は、皆《み》なよく飲むというではござらぬか。

胤義　（肯《うなず》きつつ酒盃を受けて、）就中《なかんずく》北条一門は、いずれも酒客でござる。義時、時房、泰時、よく飲みます。けれども鎌倉にて飲む地酒と、この都の酒の味とは格段の違いでござる。

秀康　そうでござろうな。酒は何というても上国に限るようじゃ。

胤義　いや、酒ばかりではござらぬ。この御料理の塩梅《あんばい》といい、女房達の美しさといい、四辺《あたり》の景色といい、流石《さすが》は一天万乗の君のお在《わ》します処。相模の国の漁村などは、とても比べものにはなりませぬ。

秀康　（微笑しながら、）はて、御辺は武骨一片の方と存じ居ったに、三浦殿にも、なかなか隅に置けぬ風流のお心掛けがござるな。……それほど此《こ》の都がお気に入ったところを見ると、それには何か仔細がのうては叶うまい。折柄《おりから》の雨夜の品定め、少しその風流の物語を裾分けして聞かしてくだされ。……喃《のう》、そち達も聞かしてもらえ、……あははは。（侍女達、手の甲を、そっと口にあてて微笑《ほほえ》む。）

胤義　あははは、関東育ちの無骨者、左様な風流な嗜《たしな》みは、平九郎少しも心得てござらぬ。

秀康　左様でもござるまい……その仔細を……（と、いいさして侍女の方を振顧《ふりかえ》り、）もうよい。そち達は暫《しばら》く退《さが》っておれ。

侍女会釈して悉《ことごと》く退く。

秀康　（少しく膝を進め、言葉の調子を一段和《やわら》げ、）さて、その仔細を承りたいというのは、いささか改まったお訊ねでござるが、三浦殿には、鎌倉へ御随身の御身にて、都の大番の役目も既《すで》に果ててござるに、今尚《な》お御在京なさるるには、何か仔細のあることにてもござるかな。実は、本院の御意向にて、内々御身の御心中を訊ねてみよとの仰せでござる。

胤義　いや、その儀なれば、別の仔細とてもござりませぬ。まことを申せば、只今それがしの妻にて候《そうろう》者、故右大将家御存生《ごぞんじょう》の節、意法坊生観《しょうがん》と申して、お気に入りの僧がござった。その者の娘にてございますが、故頼家公の殿中に勤めて居りまする折柄、上の御情を蒙《こうむ》りて、若君一人もうけ奉りしに、右京大夫の為《ため》に故《ゆえ》なく亡き者にいたされ、それ以来悲しみ歎きて、ふたたび義時の面《つら》を見ることさえ忌まわしと申すにより、それがしも、ついにそれに引かされて、かくの如《ごと》く東国へは帰参いたさずに居ります。

秀康　（打ちうなずきつつ、）その義時こそ院中におかせられても、甚《はなは》だしく御景色に逆らいおる者。三浦殿にも、世上の噂にて定めしお聞き及びでもござろうが、近頃仙洞《せんどう》御所に伺候いたせし仁科盛遠《にしなもりとお》へ、かねて関東より下賜せし領地の没収といい、又此度《こた》び院より白拍子亀菊殿に下されし津の国長江倉橋の領地についての違勅といい、関東の取り計らいに心得がたき不忠の沙汰数々ござる。されば、院中にても打ち棄てておかれずと、いよいよ関東討伐の御覚召《おんおぼしめ》し思い立たせられ、内々御用意最中にてござるが、なんと、お手前には、義時を討ち滅ぼす妙計はござるまいか。

胤義　（うなずきつつ、）さればなり。権大夫一門の重悪罪、京家の侍士の領地没収などは、まだまだ末のこと。二代三代の将軍二人の惨殺《ざんさつ》をはじめといたし、一幡《いちまん》どの、公暁《くぎょう》禅師、千寿丸どの。又それがしの同族和田義盛一門の滅亡。

これ皆な時政義時父子の奸計《かんけい》によって毒刃に斃《たお》されたるものでござる。

秀康　それは、京、鎌倉はいうに及ばず、日本国中の者悉く、たとい口にはせずとも、それと察せぬ者はござらぬ。あの義時め、何ぞといえば、故右大将家故右大将家と、頼朝殿が平氏討滅の功績をいい出しおるが、その源氏はようやく三代にして恩顧を蒙《こうむ》った北条自らの為に、遠《と》うの昔に滅ぼされて居るではござらぬか。

胤義　只今衆怨の府となっている北条義時を討ち滅ぼすこと、何の手数がござろう。況《いわ》んや今一天の君の思召し立たせ給うにおいては、何とて御意の叶わぬことがございましょう。日本全国重代の武士共、ほかならぬ勅命を仰せ承《うけたまわ》りましたらば、誰《た》れ一人か違背仕《つかまつ》りましょうぞ。就中それがしの兄三浦平六は合点の好い者にてござりますれば、あの義村に命を仰せあって、事成就の暁には、日本国の総追捕使《そうついぶし》にして得させようと御仰せあれば、必ず喜んで御味方いたすに相違ござりませぬ。それがしからも早速、内々その旨《むね》を申遣《もうしつか》わしまする。大事は火急を要する。お身様方においても、速《すみやか》に計略をお進めなさるがよろしゅうございまする。

秀康　それを承わって、安心いたした。明早朝にも早速院中にまいって、委細奏聞《そうもん》を遂げ、よろずの手配をいたし申そう。院にも定めし御満足に思召さるることでござろう。御辺においても、おさおさ御本意を遂げられ、抜群の勲賞にあずかられよ。……したが、申すまでもござらぬが、この儀は先《ま》ず極《ごく》内々に頼み申すぞ。

胤義　仰せまでもござらぬ。

秀康　（後の方を振向いて、）これ、侍女ども。

侍女奥より出ず。

秀康　三浦殿に、もう一献熱いところをおすすめいたせ。

胤義　いやもう、快く酩酊いたした。

秀康　まあ、そう仰せられな。それ……

侍女立って酒をすすめる。

秀康　ああ、閑静《しずか》な好い晩じゃ。本望成就の上は、のう三浦殿、右京大夫の首級《しるし》を肴《さかな》にして、又酌み直そうよ。

胤義　ははははは、弓矢八幡、誓《ちこ》うて左様いたしたいものだ。

二

大内裡嘉陽門《だいだいりかようもん》の武者所。五月十四日。内蔵権頭《くらごんのかみ》藤原清範《きよのり》、直垂《ひたたれ》、小手脛当《すねあて》にて縁先に机を扣《ひか》え、矢立の筆をとって、大なる帳簿に、諸国の武士、法師などの到着を記している。三浦平九郎判官胤義、間野左衛門《さえもんのじょう》尉時連、荘四郎兵衛《ひょうえのじょう》尉家定など。いずれも直垂、小手脛当にて舞台正面に居並ぶ。そこへ雑兵一人下手より出ず。

兵甲　内蔵頭殿へ申上げまする。丹波の国より糟屋《かすや》左衛門尉どの、唯今参着いたされました。

清範　して、その人数は……。

兵甲　参百騎と申されました。

清範　おお、左様か。

清範はそれを到着帳に記す。雑兵は一礼して退く。奥の襖《ふすま》より藤原秀康立ち出《い》で、清範の机に近く坐す。

秀康　到着の人数はどうでござるな。

清範　これ見られい。京中山々寺々の僧兵は申すまでもござらぬ。熊野法師、奈良法師をはじめ、畿内近国の兵士、参着するもの十四ケ国千七百人に上りましたぞ。

秀康　うむ、さてこそ予想に違《たが》わず、上皇の恩召を含み、鳥羽城南寺の流鏑馬《やぶさめ》ぞろいと披露したれば、いずれも我れ先《さ》きにと見参を急ぐものと相見える。

清範　今日鎌倉の権勢、いかに盛《さかん》なりといえども、京都の御威光には遂《つい》に敵いませぬな。

秀康　申すまでもござらぬことじゃ。

雑兵又出ず。

兵乙　申上げまする。播磨の国書写山《しょしゃざん》より僧衆二百人にて只今参着いたされました。

清範　おお、よしよし。

又帳に記す。雑兵下る。

秀康 （並み居る諸士を顧みて、）方々御覧のとおり、頼母《たのも》しいことでござるの。

時連 順逆の戦い、勝敗の数は今より明《あきら》かでござる。

秀康 のう三浦殿、只今も殿上にて御下問あったことじゃが、当時関東にて、義時と一所に討《うち》死《じに》いたす者は幾人ばかりござろうな。

胤義 されば。朝敵となっては、誰れ一人彼に味方いたす者がござろうぞ。それでも千人ほどは随《したが》い申そうか。

家定 （胤義の方を向き、）これは、判官殿には違ったることを仰せらるるものかな。只千人とは大きな誤算。そも平家追討以来北条の重恩を蒙り居る者数を知らず。いざ鎌倉に事ありといえば、われ真先《まつさ》きに命を果《はた》さんと思う者こそ多けれ、ただ千人とは愚かなこと。いかに少《すく》なく見つもるとも一万人には、よも下り申すまい。かく申すそれがしとても、身関東に居りたらば、必《ひつ》定《じょう》義時の味方になって居り申そうに。

一同それを聞いて、不快な顔をする。

時連 はて、心得がたき四郎兵衛の尉どのの今のお言葉。関東に在りたらば、義時の味方になって居ろうとは、君に対し奉り不忠至極の憎言。場所柄をかえりみて、お慎みめされ。

家定 （きっとなり、）左衛門尉殿の一言こそ聞き棄《ず》てならぬ。それがしとても一図《いちず》に忠義を心掛くればこそ、只今の如き苦言をも申す。戦に勝とうとする者は、先ず敵を知るにありと申すではござらぬか。

秀康、両人を眼で制し、

秀康 ああこれ、御両所。味方同志の言い争い、無用にいたされい。いずれも忠義を思うのあまりとお察し申す。

雑兵又出ず。

兵丙 内蔵頭殿へ申上げます。大江入道殿、只今五十騎を引具《ひきぐ》して参入いたされました。いかが取計らいましょうか。

秀康、思わず三浦胤義と両人互《たがい》に顔を見合わして、肯きつつ、

秀康　おお、少《しょう》輔殿には参られたか。然《しか》らば早速殿上口に案内いたせ。直々《じきじき》に院宣を仰せ下される筈《はず》じゃ。

兵丙　畏《かしこま》りました。

雑兵一礼して去る。舞台半分廻る。

殿上口をやや斜めに見たる体《てい》。階段の上に御簾《みす》を垂れてある。大江入道親広法体の下に腹巻きを着け、恭《うやうや》しく階下に蹲《うずくま》る。やがて藤原秀康、階段の上より二三段の処まで静《しずか》に下りて来る。

秀康　（今までと違った、いと厳《おごそ》かなる口調にて）大江少輔法印、お召に従い早速の参内、上《かみ》にも御満足に思召さるるぞ。

親広　（思わず頭を下げる。）はは。

秀康　それがし、仰せを畏って、院宣をお伝え申す。慎みてお聴き召され。此の度《たび》お上にて鎌倉の義時征伐を思い立たせられたことは、その許《もと》にはまだ御存じあるまい。

親広、吃驚《きつきょう》したる面持《おもも》ちにて、頭を上げて秀康の顔を仰ぎ見る。やがて又低頭して、

親広　その儀、はじめて伺いまする。

秀康　（急に語を継ぎ、）勅命でござるぞ。法印には、鎌倉に味方せらるる所存なるか、又はお上に御奉公を擢《ぬきん》でらるる所存なるか、此の場に於《お》いて即答申上げられい。

親広　はッ、（一段低う頭を下げ、凝《じっ》乎と思案の体。）

秀康　三浦判官胤義、佐々木山城広綱、同弥太郎高重、是等《これら》はいずれも諸人に先《さき》んじて勅命をお受けいたした。大義は親を滅ぼすとは和殿《わどの》のことじゃ。鎌倉の御父覚阿《かくあ》入道は故右大臣以来関東無二の元勲なるが、父子東西に在って相敵対するほどの覚悟あって然るべしじゃ。御所存はいかに。

親広　はッ、……畏多《おそれおお》くも勅諚《ちょくじょう》とござりますれば、固《もと》より違背いたすべきようもござりませぬ。つつしんでお上へ忠勤を励みまする。

秀康　おお、よういわれた。然らば、これにて早速起請《きしょう》を認《したた》めて奉られい。……それ料紙を持て、

下手に扣えたる雑掌、料紙と硯《すずり》を持って来て親広の前に置く。

親広、筆を執《と》って、起請文を書き、秀康に手渡す。秀康それを一覧して、階段を上り、簾中《れんちゅう》に捧げる。

秀康　（又、もとの処に下りて来て、）折角《せっかく》忠勤を擢んでで、勧賞にあずかられい。

親広　はッ、（と低頭する。）

それにて舞台又半ば廻転して、もとの場に戻る。

秀康ふたたび奥より出で来り、

秀康　内蔵頭どの、伊賀判官へのお使者はまだ帰ってまいりませぬか。

清範　まだ帰られませぬ。随分手間どりまするな。

秀康　左様でござる。

胤義　伊賀判官は、義時の縁者なれば、等しく鎌倉方にても大江少輔とは異《ことな》り、なかなかのことにては参りますまい。

秀康　どうあっても参らずば、直《ただ》ちに討手を差向けるばかりじゃ。

主税頭中平、狩衣姿にて下手より出ず。

秀康　おお主税頭帰られたか。お使い大儀でござった。して判官の返事は如何《いかが》でござった。

中平　（会釈して、）勅命の趣《おもむき》申聞かせましたるところ、判官の申すよう。いかさま近頃京中何とのう穏かならぬ噂の取沙汰。はじめは城南寺の流鏑馬揃いと聞えしが、その儀なくして、寺の大衆を静められたるためとも聞き及ぶ、光季不束《ふつつか》なりといえども関東の代官として、京中鎮護の役目を仰付《おおせつ》けられてござれば、もしお上の安危にかかることにてもござれば、召されずとも、真先きに討手に馳《は》せ参る筈にて候。しかるに今始めて、ただ、参れとの勅諚《ちょくじょう》にあずかり、何故の御召とも合点まいらず。いかなる大事出《しゅつ》来《たい》せしか、先ずその仔細を承わりたし、その上にて如何《いか》ようともいたし申すべしと、斯様《かよう》に申

しまする。
秀康　三浦殿の推量のとおりじゃ。いかがいたそう。
胤義　所詮参りますまい。……しかし、お上より直々に仰せ下さるべき旨あれば、ともかくも急ぎまいれと、念の為に再度の御催促を試みられてはいかがでござる。
秀康　左様いたそう。主税頭には、重ねて大儀でござるが、今一応押返して、別の儀にあらずただ参れと、御催促下されそう。
中平　しからば、もう一度催促いたし申そう。
秀康、胤義　ご苦労でござる。

（幕）

第二幕

一

京極大路、伊賀判官の屋敷。二重家体、正面襖。前の場と同じく五月十四日の夕方。

正面上手寄りに伊賀判官光季（三十六七才）烏帽《えぼ》子《し》、直垂にて座す。

家来贄田三郎、同四郎、同右近、武志次郎、塩屋藤三郎、治部次郎、熊王丸等烏帽子、直垂にて列座。

嘉陽門の御所より、折返して二度まで、参内の催促に来りし後鳥羽上皇の使者を空しく断わりて返したる後の所。

主従一同不安の中に殺気立ちたる体。

贄田三郎　殿、御所より再度のお召の使者を、あのとおり空しく返《か》えせし上は、必定今宵の中にも当屋敷へ討手を向けられるにきまって居りまするぞ。

光季　おお、それは光季も知って居る。先頃、西園寺公経卿《さいおんじきんつね》よりの密告にて、遠からず今日の事出来すべきを知ったるゆえ、既に鎌倉へも飛脚を以《も》って、その旨を知らして置いたが、いよいよ火急の事態となったわい。

塩屋藤三郎　今度のことは、もとより、いささかも御身に誤《あやまり》なきことでござりますれば、此の、敵の真只中に取籠《とりこ》められて、暗々《やみやみ》と討たれ給わんこと、甲斐《かい》なき犬死にてござりますれば、これより早速夜の中《うち》に都を出でさせられなば、明朝までには、美濃尾張までは駆け落ちられまする。それより鎌倉へは、三四日の道中。

武志次郎　然らずば、北陸道へかからせ給い、御舟に召し、越後の府中に着かせたまい、信濃路を経て鎌倉に御入りなさるべきか。

熊王丸　篤《とく》と御思案なされませ。

光季　いや、それは身共の考えぬことじゃ。鎌倉殿も思召す仔細あって、この光季に京都《みやこ》の守護を仰せつけられたのじゃ。わが任務は京都の警護《まもり》より他にはない。しかるに今、その京都に謀叛を企つる者ありと知りながら、おめおめと夜落ちをして、敵に背《うしろ》を見せたりなどと、世上の取沙汰も恥しく、それよりも尚お鎌倉殿への聞えが口惜しい。況んや、一天の君、日本一の御大事を思召し立たせたまうほどなれば、よもや、ひととおりの御企図にてはあるまい。定めし国々の道も関所も、今は早《は》や塞《ふさ》がれてあるならん。とても遁《のが》れぬ命ならば、一天の君を敵に受けまいらせ、身に寸分の過《あやまち》なくして、王城の地に屍《しかばね》を曝《さら》し、名を千載の雲に揚げんこと、鎌倉武士の本懐じゃ。光季は一足も退《ひ》かぬぞ。落ちたき者は勝手に落ちよ。又、われと一所に踏み留まり屋形を枕に討死せんと思う者は、この期《ご》に及んで見ぐるしき死状《しにざま》すな。

贄田三郎　はッ。殿がその御覚悟なれば、我々とても、何とて卑怯な振舞いをいたしましょうや。

一同　我が君諸共死出三途のおん供つかまつりまする。

光季　おお、それを聴いて満足じゃ。いずれも物の具の用意いたせ。

一同　はッ。（皆々立ちかける。）

光季　待て。……治部、寿王冠者を呼べ。

次郎　はッ。

次郎、立って行こうとする。

寿王　只今それへまいりまする。

と、奥より声して、寿王冠者光綱十四才。烏帽子直垂にて、下手縁側づたいに出で来る。

光季　おお寿王、近《ちこ》うまいれ。

寿王　はっ。

寿王、上手に進み寄り、父に向って、舞台の中程に坐す。

光季　これ寿王、いま、そちに、父がいうてきかすることがある。改めていうまでもないことじゃが、光季は、鎌倉殿の御為に、今宵、御所よりの討手を引受け、討死にせねばならぬ仕儀と相成った。もとより俺は覚悟の上のことなれば、残念とも思わぬが、そちは今、ようよう十四になったばかりで、まだ幼《いとけ》ない。むざむざ軍《いくさ》に逢わせ、冥途の道づれさせることも不憫《ふびん》じゃ。幼まぎれに、同じ子供等を供に伴《つ》れ、七八人で一所にここを落ち延びよ。父は北条殿の思召さるる次第もあり、都にて屍を晒《さら》さんと思い定めた。そちは恙《つつが》なく一命を全《まっと》うしなば、幼き間は、千葉の姉が許になりと身を寄せ、十七八か二十にもなり、父が、鎌倉殿の為に都にて相果てた事訳《ことわけ》が、とくと相分るようになったらば、その時はじめて出仕せよ。どうじゃ、わしのいうことが解ったか。ささ、一刻も早く落ちる用意いたせ。

寿王　ははッ。

寿王、両袖を掻《か》いつくろい、少しく頭を下げ、ややあって又面《おもて》を上げて、父の顔を見上げながら、

寿王　父上のお言葉でござりまするが、弓矢を取る者の子供が、はや十四五歳にもなりて、敵に会い、親の討たるるを見ながら、生命《いのち》を惜《おし》みて遁げ落ち申さば、たとい若年なればとて、世上の人の口は、よも許してはくれませぬ。親を捨てて逃げたる不覚者とて、朝夕人に顔を見らるるが恥しゅうござります。仰せのとおり、千葉の介《すけ》どのも親しい間柄ではございまするが、これも武士にてございますれば、定めて、私を

ば未練者と、おん供こそねがわしゅうぞんじまする。ただただ父上のおん供こそねがわしゅうぞんじまする。

光季　寿王、もっと近う寄れ。

寿王、その言葉に従って、さらに膝を進める。光季黯然《あんぜん》として、手を差伸《さしの》べ、寿王のおとがいを、そっと掌《てのひら》のさきにて、もち上げ、じっと顔を打守《うちまも》る。

光季　おお、ようい うた。年には似ぬ健気《けなげ》なやつじゃ。そちは、幼き者なれば、落ちて命を助かり、光季が跡を継ぎ、末永う生存《いきなが》えさせんと思いて、落ちよとはいうたなれど、供をせんというならば、それこそ父の望むところじゃ。これ次郎、寿王に物の具を着けさせい。

次郎　はッ。(それにて次郎、急ぎ奥に入る。)

寿王　おん供をおんゆるし下されて、何よりもうれしゅうぞんじまする。さりながら、ただ、先程鎌倉を立ち出でまいりまする時、母上が、簾《すだれ》のきわまで見送り、寿王、又いつ頃会えるぞとのお言葉に、父上のおん供して程なく帰ってまいりまするると申し上げたのが、今となって思えば、それが、最後のお別れとなったかと、それ一つが心のこりでございまする。

と、いって、寿王は直垂の小袖で、はふり落ちる涙を拭う。

光季　おお、道理じゃ。母御前がそのたよりを聞いたなら、悲しみも一入《ひとしお》まさるであろうぞ。

と、いって、光季も、はらはらと涙を流す。並みいる者一同も亦《ま》た眼をしばたたき、そっと涙を拭う。治部次郎、その他二人の家来奥より鎧櫃《よろいびつ》、衣装匣《いしょうばこ》弓矢、など携えて出で来る。

次郎　若君、お召し更《か》えなされませ。

それにて寿王丸は、立って鎧を着ける。次郎と他の家来二人とにて、それを手伝う。長絹《ちょうけん》の直垂小袴《こばかま》、萌黄匂《もえぎにお》いの小腹巻。染羽《そめは》の矢、重藤の弓。

その間に、家来共も凡《すべ》て奥に入って、物の具を着ける。

光季もまた衣装を着更える。鹿《か》の子《こ》絞りの直垂、小袴を着け、鎧一領前に置き、弓の絃《つる》を噛みしめし、矢二腰を用意す。

奥より以前の家来一同物の具をつけて立ち出ず。

光季　かねていいつけおきしとおり用意ととのうたらば、皆の者をこれへ招《よ》べ、最期の別れに酒宴を催すぞ。

家来の一　ははッ。用意は調うて居ります。

これにて、庭前のところどころに篝火《かがりび》を焚《た》かせ、小姓は奥より銚子などを持ち運ぶ。判官の贔屓《ひいき》にせし白拍子あやめの前、菊子の前二人、その他召使の男女多勢奥より出でて、下手よき所に居並ぶ。

光季　おお、みんなの者よう来てくれた。近頃京都の様子は、あらためていわずとも知って居ろうが、光季は今宵をかぎり、ふたたびそち達とは会われぬ身と相成った。いずれも心よう過してくれ。

小姓は、白木の三方に載せた土器を先ず光季の前に運び、銚子をとって酒を薦《すす》める。光季はそれを飲みほして、次へ送る。土器は順々にまわされる。

四郎　菖蒲《あやめ》の前どの、菊子の前どのには所望でござる。殿をはじめ、われ等への名ごりに一曲舞うて見せて下され。

光季　おお、それは所望じゃ。

菖、菊二人　ふつつかなるわたし達の舞いなれど、今宵の別れに、さらば一曲舞うて御覧に入れまする。

それにて二人は起《た》って舞う。奥にて和する舞楽は、唐か宋の詩の朗詠にて、簡素なる音調のものである。いずれも感慨深そうに聞いている。やがて舞いおわる。

光季　おお、ご苦労。面白かった。

それより、小姓の持ち運んで来た数々の引出物を、一同に頒《わか》ち与える。

光季　そち達は皆な京都の者であるが、東国者の光季と長い間親しくしてくれた、そのお礼に是等の品を取らする。

一同甲　思いもよらぬ大事出来して、なんとも申上げ様ござりませぬ。

一同乙　左様ならば頂戴いたしまする。

一同丙　ありがとうぞんじます。

その内、だんだん暁近く、夜は白んで来る。折柄門外に方《あた》って貝鉦《かいがね》の音聞ゆ。

三郎　おお、もはや敵は押寄《おしよ》すると見えまする。

光季　うむ。（と目配《めくばせ》して）皆なの者、さらばじや。

四郎　方々、お身達に万一のことあっては気の毒じゃ。少しも早《はよ》う引取られい。

一同甲　左様ならば……

一同乙　お名残りおしゅうござります。

一同会釈して、いそいで上手下手より退散する。

その時贄田右近、走り出ず。

贄田　殿、敵はいよいよ押し寄せてまいりました。

光季　おお、左様か。かねて討死と覚悟したれば、すこしも騒ぐことはない。

三郎　大門小門悉く押開き、思うままに敵を打ち入らせて、当るを幸い切ってきって斬りまくって、潔《いさぎ》よう討死つかまつりましょう。

四郎　いや、三郎どのの仰せなれども、その軍略は宜《よろ》しゅうあるまい。なにしろ敵は大勢、味方はようやく七人か八人の小勢なれば、大勢どっと押入りては、弓を引き、太刀を抜き合わすことはおろか、手捕りにされる憂いあり。大門をさし固め、小門一方を開いて、寄せ来る敵の、物の具を見わけ、又は名対面《なだいめん》に応じて弓矢打物《うちもの》思いおもいに討ち果そう。

光季　おお、四郎のいうとおりだ。それがしもそう思う。京極門をささせて、高辻門を開かせい。

二

伊賀判官の屋敷、高辻小門外、幾株の柳茂れり。

寄手の軍兵馬烟《うまけむり》を立ててどっと押寄せ、一度に鬨《とき》の声を揚げて犇《ひし》めき合う。

中に、黒皮威《くろかわおどし》の鎧を着け、葦毛《あしげ》の馬に打ち乗った武者一騎。

志賀五郎　やあ、伊賀判官の家来共、とくとく出で合え。それがしは、平九郎判官の手の者、信濃国の住人志賀五郎なるぞ。

といいつつ、真先に駆け進んで寄す。と、門内より一矢飛び来って、馬の横腹を射られて退く。つづいて岩崎右馬允《うまのじょう》、岩崎弥衛太、いずれも門前に進み寄ったが、同じように、馬を射られ、又は自分の腕や股を射られて、家来の肩に懸《かか》りて退くもある。

伊賀判官の家来、郎従多勢、門内より刀を抜き連らねて斬って出ず。双方暫らく混戦す。勝負決せず。

間野時連　やあ、者共。何時《いつ》まで戦《たたこ》うても果てしなし。大門を打破って入れ。

と、大声に罵《ののし》る。

三

以前の伊賀判官の屋敷、京極大門内、舞台を斜に半分に、門の内と外とに仕切る。

光季　敵は京極大門を打破れというて居る。敵に破られるは口惜しい。とても叶わぬほどならば。……これ治部次郎大門を開けい。

次郎　畏まりました。

それにて治部次郎内より大門の閂《かんぬき》を抜いて、内より門の扉を両方に押開く。

その方面に押寄せていた寄手の騎馬轡《くつわ》を並べて、我れ先きにと乱れ入る。

時連　やあ、伊賀判官、軍の場には、何故見えぬぞ。それがしは寄手の大将の一人間野左衛門尉時連なるぞ。

光季　伊賀光季ここにある。もっと近う寄って問わぬか。

といいつつ、よく引いて放つ矢は、あやまたず時連の鎧の脇を射中《いあ》てたり。時連退く。

それにさし代って三浦平九郎胤義馬首を門内に進める。

胤義　いかに伊賀の判官。なにゆえに表には見えぬぞ。朝敵となりまいらするは、一期《いちご》の面目にてこそあるに、いつまで閉じ籠《こも》らんとするぞ。とく出でて院宣の趣旨を承われよ。此の期に及んで汚き振舞《ふるまい》するな。

と、大声に罵る。

光季　（門内より、）はははは、何を、たわけたことをいう。おのれ、畏れ多くも君を勧め奉りて、世を奪わんとすることは、光季夙《つと》に存じいたり。なにゆえもっと近く寄らぬぞ。伊賀判官、敵多けれども、とり分け平九郎判官其《そ》の方こそそれがしが存ずる旨の敵なり。

それにて、光季は十分に引いて矢ごろを定めて放つ。矢は平九郎の持ちたる弓を射掠《いかす》めて、左方に並んで扣えたる武士の頸《くび》の骨を射貫《いぬ》く。

高重　佐々木弥太郎判官高重、勅命を蒙り、北条征伐の血祭りとして、伊賀判官光季の討手に向った。光季親子の者とく出会え。

門内の高縁に立って、それを聞いていた寿王光綱は、つと前に進み、

寿王　おお、弥太郎判官どのと承わるからは、寿王にとりては、それこそ選ぶおん敵なり。かねては子にせん親にならんとおん約束ありしを、よもおん忘れはせられまい。こちらも、え忘れ申さず。去《さり》ぬる日、そのしるしにとて給いおかれし、矢をば、只今も持ちて候。恐れ候えども、親の討死いたし候最後の供を仕る時、それなる矢をこそ進《まい》らせ申さん。

と、寿王は精一ぱい引きしぼりて、ひょうと放つ。その矢は門外に飛び来りて、高重の鎧の胸板に中《あた》りたれど、少年の放ちし矢に力なく、射滑りて落つ。高重その矢をひろい取りて、打ち守り、左右を顧みて、

高重　方々これを御覧候え、寿王に射られ申した。げに、子にせん、親にならんと約束して、それがし烏帽子を着せ、娘の婿にとらんと約諾《やくだく》いたし居った。今、あの、いい出し言葉の優しさを聞くにつけ、わが心中の恥かしさ。……生れて武士となり、王臣となる身ほど、心にまかせぬものはござらぬ。

と、彼は鎧の袖にて男涙を払って、後陣に身を隠した。

傍に居る者もいずれも感に打たれた態。

とこうするうち、門の内に肉迫して乱れ入った寄

手の軍勢は、光季父子の背後を廻って間近に窺《うかが》い寄る。この処見えよろしくあり。つづいて舞台廻る。

四

もとの伊賀の座敷。そこら中乱闘の跡物凄《ものすご》し。

光季と寿王とは上手と下手とより敵を斬り払いながら、入って来る。そして一《ひ》と息入れているところへ、贄田三郎、大童《おおわらわ》、後鉢巻にて数ケ所の痛手を負い、血の滴る太刀を杖につきながら、よろよろとなって上手より入って来る。そして判官のそこに休らい居るを見て、その前に近寄りつつ、

三郎　おお、殿にはここにご坐あったか、もはやこのとおりに相成ったれば、弓も引くことならず。太刀を持つ力とてもござりませぬ。最後までおん供仕らんとはぞんじたれど、空しく敵に捕えられて、犬死仕らんよりは、先立ちたてまつりて、死出の山にておん待ちまいらせ申すべし。

と、鮮血にまみれたる太刀を取直し、切尖《きつさき》を口に含み、鍔元《つばもと》まで刺し貫いて、どうっと倒れる。

そこへ贄田三郎が同じく敵と切り合いながら入って来る。

二三合打ち合って、又敵を追うて出て行く。

その時、焼討ち焼討ちという声が凄《すさま》じく奥にて響く。

寿王　父上、三郎は相果てました。

光季　おお、われ等も三郎に後《おく》れまいぞ。急ごう。寿王、自害いたせ。立派にいたせ。

寿王　はッ。父上。自害をするには、どういたすものでござります。

光季　腹を切るのだ。

寿王、それにて、腹巻の紐を断切《たちき》り、鎧を押しのけ、直垂の紐を解き、胸を寛《くつろ》げ、朱柄《あかえ》の刀を抜きて逆手に持ち直し、腹にあてて刺そうとするが、さすがに力足らず、容易に切り得ず。

その時座敷は殆《ほと》んど火に包まれて来る。

光季それを見て、寿王の手元を危《あやぶ》み、

光季　寿王、仕損じてはならぬ。そちは火の中

に入れ、火の中へ……

寿王　左様仕りましょう。

　と、立ち上り、朱柄の刀を手にしたまま、燃え盛る火の中に飛び込まんとすれど、火焔《かえん》は強く顔を煽《あお》りて容易に近づき難し。寿王は、火焔の隙を狙って、いく度となく、飛び入ろうとすれど、果たしかねている。

　光季、その有様を見て、心も眼も共に暗くなりたる心地。

光季　寿王、しからば、此方《こなた》へまいれ。

寿王　はッ。

　寿王、父の傍に走り寄る。光季、それを左の脇に犇と搔い込みながら、自身の右手と寿王の左手とを、互に固く組み合せ、熟々《つくづく》と寿王の顔を打ち見守り、はらはらと熱涙《ねつるい》をその上に落す。

光季　親となり子となるは前世の契りとはいいながら、これほど父に契り深い子はありとも思わぬ。まだ幼ければ、落ちて、わが跡をもとい弔らわれ、世に在りて栄えよかしと思いしも、供をせんというからは、それこそ願う所の幸《さいわい》なれ、生きて如何なる供養報恩を営むとも、一所に死ぬるにまさるべしとも覚えず、死出の山を伴《つ》れて越えんと思うぞ。人手に掛けまいと思えばこそ。……我が手にかけるぞ。この父を怨むなよ。

　と、やや暫くじっと顔を見入る。

　奥には、貝鉦の音烈《はげ》しく聞え、鬨の声起り、火焔はいよいよ燃え盛り、家屋は音を立てて焼け落ちる。

光季　おお、敵はもう近う寄って来た。うむッ。

　光季は、いきなり寿王の頸筋を捉《つか》んで引寄せ、首を搔っ切り、首と胴とを、そのまま背後の火焔の中に投げ込む。そして二《ふ》た目そちらを見向こうともせず、直に、東の方に向って三度ばかり伏し拝み、

光季　南無《なむ》帰命頂礼《きみょうちょうらい》、鎌倉八幡大菩薩、若宮三所、北条右京大夫のために命を王城に捨てまする。

　又、西に向って三度伏し拝み、

光季　南無西方極楽教主弥陀如来、本願あやま

りたまわずば、必ず迎えたまえ。

と、唱えおわって、胸をくつろげ、腹を掻っ切りながら、起って寿王の屍体の焼けているところへ、折り重なって焼け臥《ふ》す。その後へ贄田四郎が又創痍満身にて出て来り、主君父子の焼死しているのを見て、

四郎 おお、君にも寿王どのにも、もはや、御最期ありしか、いで……

己れも亦た腹を掻切り一つ所へ飛び入る。

（幕）

第三幕

登場人物

政子（六十五才）

北条義時（右京の権の大夫、鎌倉の執権。五十八才）

同　泰時（義時の長子、三十八才）

同　時房（義時の弟）

大江広元（覚阿入道、七十四才）

三善《みよし》康信（八十二才）

同　康俊（康信の子）

三浦義村

安達景盛《かげもり》

千葉胤綱《たねつな》

葛西清重

武田信光

足利義氏

後鳥羽上皇の院宣使押松丸

三浦胤義の私使亀松

その他北条の家来多勢

土地の者、旅の者、茶屋の女等多勢

一

向うに江の島を眺めたる、鎌倉街道の片瀬。波打ち際の休み茶屋。大福餅だの、栄螺《さざえ》の壺焼などを粥《ひさ》いでいる。

土地の者、栄螺売りのお鹿、旅商人など二三人休

んでいる。

承久三年五月十九日の昼。

土地の者甲　長い間の梅雨であったが、やっと今朝から海もすこし凪《な》いだようだ。

茶屋の女　ほんとに毎日毎日の雨には飽き飽きしましたが、久しぶりにお天道さまが拝まれて、こんな好い気持ちのことはござんせぬ。

旅商人　いや、この間中のような長雨に一番困るのは、お前さま方よりも俺らのような旅商人の身じゃ。もう幾日もいくかも大磯の宿に降りこめられて、鎌倉のお屋敷に収める日限りの品物が約束の日より三日も遅れました。

茶屋の娘　それはお気の毒なことでござんしたなあ。

栄螺売りのお鹿出て来る。

土地の者甲　おお、お鹿どん。今日は海も凪いだので、栄螺がたんと採れたろう。

お鹿　ええ、沢山《たくさん》採れただ。……姉さあ、今日は大《でけ》えのが、うんとあるだ。これ、そっくり買っておくんなさいまし。

茶屋の女　それはまあ、ようござんしたなあ。そんなら籠にあるだけ、みんな置いてもらいましょう。今日は久しぶりの好い天気で、品もあるだけ入りましょうから。

土地の者甲　なんと、そういえば、姉さあ。今日は、上方の飛脚らしいものが度々鎌倉の方へ急ぐようじゃないか。

茶屋の女　まあ、ほんとにそうでござんすよ。朝からもう二三人通って行きました。たしかに上方から武家か公卿衆の飛脚と見受けました。

土地の者甲　どうも、そうのようだ。又、何か大変な事でも始まらなければよいがなあ。

茶屋の女　わたしは、ここで往来の人の見張りをするのが商売でございますが、こんなことは今まで滅多にないことでござんす。

そこへ又土地の者一人上手から入って来て、その話に耳を傾けながら、

土地の者乙　俺は今朝から用事があって、鎌倉

までいって来たが、そこの腰越《こしごえ》に北条様の家来衆が二三人出張って、往来を固めておいでなされた様子だった。何だか、又騒動でも始まるんじゃあるまいかと思いながら通って来た。

土地の者甲　（うなずきつつ）うむ、きっと、そんなことだろう。三代将軍様の事があってから、やっと二年ばかり世の中が少しく穏《おだや》かになって来たと思っていると又、厭《いや》なことが、おっぱじまるのかな。

旅商人　軍には困るが、しかし今、鎌倉には、上に男まさりの尼将軍様が坐っておいでなされるし、北条様の御一門をはじめ、大江様、三浦様、などというお歴々が揃ってお政治をなさるゆえ、自分達は、まあ安心してその日が暮らせるというものだ。

土地の者乙　それもそうだ。それに、右京の大夫様の後を継いで二代の執権職におなんなされる筈の武蔵の守様は、お若い時から評判の、仁政に心掛けておいでなされるお方だから、われわれ共の分際では、そんなに心配したものでもない。

そこへ下手花道から、二人の早飛脚が急ぎ足にて出て来る。それは、京都からの院宣を齎《もた》らした、藤原秀康の従僕押松丸と、三浦胤義が鎌倉の兄三浦義村へ差向けた密使亀松である。いずれもまだ二十才《はたち》前《まえ》の若者。

亀松　（向うに見える江の島を指しながら、）あれに見えるが江の島じゃ。もう此処《ここ》まで来れば鎌倉に来たも同じことじゃ、あそこにある茶屋で一と休みしてゆこう。

押松　なるほど聞いていたよりももっと好い景色じゃな。お前とちごうて、わしは、初めての東海道ゆえ、見るもの聞くもの、みんな珍しいものばかりじゃ。

亀松　したが、わしは殿様の御用で幾度も上下した道なれど、今度は大事な秘密の御使のうえに、お前という、途法もない脚の早い人間と一所に、百二十里の道を走りどおしに走ったゆえ今度くらい疲れたことはない。

押松　十五日の酉《とり》の刻に京を立って、今日で五日めの十九日。一所懸命とはいえ、自分ながら走りも走ったものだ。

亀松　それで鎌倉へ着いて、おお押松ご苦労であったと、諸大名衆から馬鞍引かれて、山ほどの御褒美にあずかれば、いうところはない。さあ、あそこで一と休みしよう。

　と、亀松先きに立ち、茶屋に入る。今まで茶屋に休んでいた者共、噂の飛脚が又二人入って来たので、互に黙って顔を見合せ、うなずき合いつつ、坐をはずして出てゆく者もあり、葭簾《よしず》の隅に引込むもある。

　押松と亀松は振分けにした荷物を肩から取りはずして、汗など拭くことよろしくあり。

茶屋の女　（盆の上に茶を汲んで出しながら、）いらっしゃいまし。えらい早いお着きでござりまするなあ。さあ、一つ召上りませい。この間中は毎日の雨天つづきでございましたが、今日は久しぶりの好いお天気。道中はさぞ御難儀なされましたでござりましょう。

亀松　難儀したともしたとも。……時に茶屋の衆。われらはこれより鎌倉へ入る者だが、どうじゃな、この節は世の中も静穏ゆえ、これから先きの道も無事に通れような。

　茶屋の女、それを聞いて、思い当るような顔をして、

茶屋の女　今もちょうどその話をして居ったところでございます。わたくし共は一向くわしい訳は知りませぬが、昨日今日、鎌倉では、お武家様達のお屋敷に何やら取込みごとでもあるような様子でござります。この先きの腰越には北条様の御家来衆がお詰めなされて、一々通行人を検《しら》べておいでなされるそうでございます。

　押松と亀松とは、ぎっくり顔と顔とを見合せる。

押松　なるほどなるほど。それを聞かしてもろうてよかった。なあ亀松、それでは迂闊《うかつ》鎌倉へは入れまいぞ。お前は鎌倉の様子はよう知っている。どうしたものであろうな。

亀松　いやなに、われ等は三浦様へお使いに行く者で、決して胡乱《うろん》な者ではない。（と、押松に眼で合図をする。）だが、腰越が通行に面倒なれば、ほかに道はいくらもある。……さあ、そんなことを聞くにつけ、少しも早う御使いの用事を果たさねば、安心ならぬ。急ごう。

押松　おお承知だ。いそごう。……姉さんえらい邪魔であった。

二人は棄てぜりふにて立ち出で、上手に入る。

三浦の使者押松は、鎌倉へは、既に数度の使いに来て勝手を知っているので、二人相談の上で、片瀬より道を迂回して、小袋谷《こぶくろや》の方に出で、それより人目を忍んで鎌倉に入りたるが、何となく人足騒ぎて穏かならぬ有様に、押松は葛西谷《かさいがやつ》の某所に身を隠して世間の様子をうかがって居り、亀松一人にて直ちに三浦の館へ到着す。

二

三浦駿河守義村の屋敷。義村の居室にて寛いだる態。

家来下手より出で来る。

家来　殿様に申上げます。

義村　何だ。

家来　只今京都より、早飛脚にて三浦判官殿の御使者が到着いたしました。事いささか秘密を要することゆえ、直々に殿にお眼どおりをいたしたいと申して居ります。

義村　秘密を要するとは、何事であろう。ともあれ、そう申すなら、その使者をこれへ通せ。

家来　はッ、畏まりました。

家来は急いで退く。つづいて、下手庭前より胤義の密使亀松旅装束のまま出で来り、階下に進んで、懐中より胤義の密書を取り出して、義村に手渡す。

義村は坐を起って、それを受取り、ふたたび元の坐に返りて、それを披見す。

義村、始終うなずきつつ黙読し終りて、じっと思《おもい》入《い》れ。使者の方を見る。

義村　うう、大事の使い大儀であった。ただちに返事をつかわす筈なれど、途中にて、万一のことありては迷惑至極なれば、わざと返事はいたさぬと、判官の許に帰りて、そういえ。……これ、家来ども……

家来　はあッ（と、返事して奥より出ず。）

義村　誰れか、判官の使者を警固して腰越の先まで送りて行かせ。

家来　はッ、心得ました。

義村　俺はこれより北条殿の屋敷までいって来るから、ただちに馬の用意をいたせ。

家来　はッ、……お馬の御用意でござるぞ。（と、奥に向って呼ぶ。）京都のお使者、いざござりませい。

と、庭に下り立って、下手に案内して入る。

亀松、やや案に相違した様子にて、為方《しかた》なく、それに蹤《つ》いて退く。

三

北条右京の権の大夫義時の館。既に来客ありと見え、門前の松の樹《き》には騎馬二三頭繋《つな》いである。そこへ三浦義村狩衣姿、騎馬にて乗りつけ、馬より飛び下り、よき処に馬をつなぎ、直ちに門内に向って訪《おとな》う。

義村　頼もう。

北条の家来立ち出ず。

家来　どうれ。……おお、三浦の殿様、おいでなされませ。

義村　執権職には御在宅でござるかな。

家来　はい、只今二三人のお客様に御面会中でござりまする。

義村　左様か。三浦平六火急の用事にて御意得たいとお取りつぎ下され。

家来　はい、しばらくお待ち下されませ。

家来奥に入り、間もなく又出て来る。

家来　どうぞおとおり下さりませ。

義村　御免下され。

義村通る。舞台廻る。

四

北条義時の客室。やや上手に義時質素なる狩衣にて坐す。下手よき処に二人の来客あり。

そこへ三浦平六義村、下手より廊下づたいに入って来る。主人義時と先客とに軽く会釈しつつ、よき処に坐し、取急いだる態にて、

義村　大変な珍事が出来してござるぞ。執権職には既に御存じあるやいなや。伊賀判官には去る十五日に、御所よりの討手を引受け討死召された。委細は、只今京都の愚弟平九郎より早飛脚を以て、それがしに遣わしたる、この密書を御覧下されい。

義村、そういいつつ、懐中より先程の書状を取出し、引拡《ひきひろ》げて、義時の面前に差置く。

居合わす来客も、それを聞いて、驚きたるこなし。

義時は黙ったまま、その書状を手に取りて読む。

やがて読みおわり、冷静なる調子にて、

義時　右京の権の大夫の首を討ち取ったならば、日本国の総追捕使にして得させようとの後鳥羽上皇の御宣旨《ごせんじ》じゃ。……然らば三浦殿のお手に懸《かか》って義時は討たれ申そうず。

それを聴くと同時に三浦義村は、跳ね上がったように、二三尺席を退りながら、両手をつき、

義村　あッ、たとい戯《たわむ》れにもせよ、これは思いも寄らざる仰せかな。そも平家追討よりこの方、身不肖なれども、故右幕下《うばつか》の恩遇を蒙り、度々の戦に忠節を志し、いまだ一度も不忠の振舞いいたせし覚えも候わず。又今後といえども、君家に対して露いささかも疎略に存ずる筈もこれなし。弓矢八幡、伊豆、箱根の権現、別して若宮三所をはじめ、日本国中の神々も照覧あれ、それがしの心中に誓って二心《ふたごころ》はあり申さぬ。

義時それを聴いて、打笑い、

義時　ははははそれを承って安心いたした。この事はそれがしも、かねて存じて居った。既に今までに、こうならなんだのが、不思議なくらいじゃ。その院宣使押松も、それでは定めし鎌

倉へ入って居るに相違あるまい。

義村　それに相違ござらぬ。者共にいい附けて鎌倉中を隈《くま》なく探させ申そう。

家来一人出ず。

家来　殿様へ申上げます。只今、家来の者、葛西ケ谷より、京都《みやこ》の使者と覚《おぼ》しき怪しき体の若者を一人召捕って連れてまいりました。

義村　おお、それこそ押松ではあるまいか。

義時　庭前へ引立てまいれ。

家来　はっ、畏まりました。

間もなく下手奥より北条の郎党、押松丸を搦《から》め階前に引据える。

義時　それッ。（眼で命令する。）

家来、つっと押松の左右に寄って、懐中を探り、七通の宣旨と、関東武士の姓名録などを取り出して義時に差出す。義時それを一々点検して宣旨を読む。座に居る者耳をそば立てて聞く。

義時　左京の権の大夫義時朝敵たり。早く追討せらるべし。勧賞請いによるべき趣《おもむき》なり。

読みおわって義時の顔色変ず。

義村　（坐を進めゝ）して、その勧誘を蒙りたる武士の姓名は。

義時　武田、小笠原、千葉、小山《おやま》、宇都宮、三浦、葛西に宛てて七通ござる。

義村　是等の武士に、関東に対して、よもや二心もござるまいが、危き所にて都合よく手に入り申した。

義時　三浦殿をはじめ、列座の方々もお聴き下され、この義時においては、京都に対し奉りて、ひたすら忠義をこそ心にかけて居れ、不忠の念とては微塵《みじん》もござらぬ。しかしながら、佞臣《ねいしん》共の讒言《ざんげん》を信じたまいて、朝敵の悪名を仰せ蒙り、討手を差向けられ候上は、是非もござらぬ。ゆめゆめお上に対し奉りて弓矢を引くにあらざれど、故右幕下のはじめられし関東の治業の為には背に腹は代えられぬ。いざ駿河守殿、これより直ちに同道して御所に参り尼御台《あまみだい》に逐一具申し、諸老臣とも協議いたそう。

義村　勿論《もちろん》のことでござる。
義時　それなる押松は、又呼び出すまで厳重に警固いたしておけ。
家来　心得ました。

五

鎌倉御所の大広間。正面上手寄り上段の間には翠《すい》簾《れん》を垂れてあり。舞台中央より下手には、鎌倉幕府の重臣、老将綺羅星《きらぼし》のごとく、ずらりと居並びたり。その重立《おもだ》ちたるものは、執権北条義時、弟時房、長子泰時、大江覚阿入道広元、駿河守三浦義村、秋田城介、安達景盛、足利義氏、千葉介胤綱、武田五郎信光、小山生西入道朝政《ともまさ》、小笠原次郎義清、葛西壱《い》岐《き》の入道清重、以下二十余名。
　幕明くと、翠簾は捲《ま》き上げられて、二位の禅尼政子（六十五才）法体《ほったい》にて上段の間に凜然たる姿を顕《あら》わす。

政子　（おもむろに口を開き、）此処においやる皆の方々は、故将軍殿このかた切っても切れぬ仲の代々の家人《けにん》の衆ゆえ、われらも遠慮のない口をききます。今日はひととおりこの尼の愚痴を聴いて下され。世上の人の噂には、日本国中に、女の果報な者の例に、この尼ほどのものはないと申せど、この尼ほど一生の間苦労をした者もござらぬ。故殿頼朝公に逢初《あいぞ》めまいらせし時は、女の身にて、世になき振舞いをするとて、親にもうとみ悪《にく》まれ、その後平家との軍始まってより、手を握り、心を砕き、精進潔斎《しょうじんけっさい》して、ひたすら神仏に祈願し、安き日とてもなく、六年がほどを明《あか》し暮し、その平家滅びて、ようよう世の中治まれるかと思うほどもなく大姫君に死なれ、身も世もなく歎き悲《かなし》み、われらも同じ道に、姫の亡き後を追わんとせしを、故殿、一人の姫なければとて、さばかり思い沈むこともあるまい。と、仰せ慰められるままに、とやかくして月日を重ねし間又、故殿に後れたてまつる。この時こそ限りの命なりと思い定めたれど、頼家殿いまだ若年にて父上逝《みまか》りたもうて、いかがはせんと思い惑いつつも、詮方《せんかた》もなく存じ居り候に、今又母上に先立たれては、一度に二人におくれまいらすことの悲しさよと、あまりに仰せ留められしゆえ、それも又見捨て難く思いまいらせしに、又その頼家殿にも先立たれ、もはや誰れを頼むべき力もなくなり果てて、鎌倉中の者共悉く恨めしく思い沈みしかども、右大臣殿の申さるるには、今は世に頼母しき方もなく、われら独り子となり申して候、何とて実朝《さねとも》をおん見すてたまうべきや。いずれか母上の御子にて候わぬべきと、おとなしく歎き申さるるにより、それ、いたわしく、ひたすら守り立て十七年がほど明し暮し候ほどに、世の中も、やや静まりぬと思う効《かい》もなく、思いのほかのことにて右大臣殿も亦た敢《あ》えなく失《う》せたまう。これぞ浮世の限りなり、何の命を存えて、かかる歎きの数を重ぬるやら。いかなる淵河《ふちかわ》へも身を投げて、空しくなり果てんと思い立ちしを、弟義時さまざまに申し宥《なだ》めて、今、この禅尼まで共に死んでは、鎌倉は、狐狸の住家となり果てん。三代の将軍の後生をば誰れか、とむらい申すべき。それもぜひなく思い留まりたまわずば、義時先《ま》ず御前にて自害して、御供仕つるべきかと、側を去らず諫《いさ》め申さるるを聴けば、それも道理と、今日までは惜からぬ命を存えてつれなき日を送りしが、子という子には悉く先立たれ、孫という孫にも死なれ、何を心の当てどに存え申すべき。それというのも詮ずるところ鎌倉は源氏一家の鎌倉ではなく、又、北条一家にて私すべき鎌倉にても、もとよりなく、鎌倉は、関東諸国の鎌倉でござる。いやさ、日本全国の鎌倉でござる。今日の鎌倉の盛衰は、日本国の政道の盛衰でござる。故大将軍殿には、それを考えさせたまいて、ここにござる諸人の方々と力を戮《あわ》せ、艱難辛苦《かんなんしんく》を共にして、この鎌倉幕府を創《はじ》めたもうたのじゃと、思い定め、一旦は、実朝の後を追わんと覚悟したる心を取直し、いやいや、まだ死なれぬ。禅尼の生命は、鎌倉の興廃を見届けるまでは、自《みず》から死んではならぬと、今日まで存え申した。頼家、実朝と二人の子を失うとも鎌倉を亡くしてはならぬと、それほどに思う禅尼の心の中を篤《とく》と推量おしやれ。日本国の侍達、昔は三年の大番とて、一期の大事と出で立ち、郎従一族に至るまで、是を晴れとて京都に上りしかど、三年の間に、おおかた力尽きて、下向の際には、手ずから蓑笠をかけ、徒跣《はだし》にて帰国する惨《みじ》めさ。故殿、それを憐《あわ》れみたまい、三年を六月につづめ、分々に随《したご》うて支配せられ、諸人が無用の費《ついえ》、助かるように取計らいおかれたれば、今は、いずれも方、栄耀《えいよう》におわすならん。よろずにつきて、これほど御情深き御志を忘れて、京方へまいられんとも、又、留まりて、鎌倉に御奉公つかまつらんとも、只今、われらの面前にて、しかと申切られよ。鎌倉の滅ぶも栄ゆるも方々の所存一つでござるぞ。

政子の激励の辞は声涙ともに下った。一座は水を打ったよう、並居る面々いずれも皆袖を絞り声を呑む。

安達景盛、更《さら》に二位禅尼の意を含み、坐を直りて、一座を見渡し、

景盛　尼御台の只今のおん仰せ、腸にしみてわれ等も思わず落涙仕った。方々とても、もとより御異存ござるまいが、それがし仰せを蒙って、改めて御所存のほどをお訊ね申す。此の座に於て、向背を一決いたされい。

一座の長老葛西清重、武田信光等異口同音に、

二人　われわれとて、何の異存がございましょう。いかなる野の末、道の傍に屍を晒す身と相成るとも、この上は都をば枕とし、関東をば後にして、敵に打勝つまでは、いずこまでも追い駆け申すばかりでござる。

景盛　それを承って、尼御台にも、定めし御満足遊ばされしことと存ずる。

この時、禅尼の前の翠簾又静に下がる。

六

義時邸の客室。五月廿日《はつか》の早朝。

前の場にて鎌倉御所に参集せしと同じく、鎌倉の元老武将多勢。

軍議の席。

義村　これまで度々《どど》の軍とちがい、朝敵の汚名を蒙りて一天の君の討手を引受けまいらすることであるから、当方より進んで弓をひくことはいかがでござろう。それがしの考えにては足柄箱根の両関を固めて、専《もっぱ》ら関東を守り、官軍を迎え撃つのが最も上策とぞんずる。

景盛　それがしも三浦殿の説に同意でござる。そもそもこの度の事は関東にて事を起したるものでなく、京都にて鎌倉征伐を思い立たれたのが発端であれば、味方は静にその討手の来るを待つべきじゃ。さすれば軍の名分も正しい。又、一つには、精を以て疲を討つの軍略にも叶い、長道中に疲れた人馬の来るを待って、一と揉みに揉み潰す利益もござる。

列座の多数　われらも御両所に同意でござる。

(口々にいう。)

義時　なるほど三浦殿、安達殿のいわるるところも道理じゃが、大江入道殿の御思慮が承りとうござる。

大江広元　いや、それは宜しゅうござるまい。たとい足柄箱根の天険を固むといえども、いたずらに日を経るうちには、関東の人心又《こ》いかに変ずるやも測り知られぬ。さりては是れ、敵に敗らるるよりも却《かえ》って自ら敗れる道理じゃ。成敗はただ天にまかせて、後ともいわず、直ちに京都に向って攻め上るが第一の策かと存ずる。京方にはいか様の戦略あるか存ぜねど、愚老《それがし》の相察する所にては、方々の思い過さるるほどの恐ろしい大敵でもござるまい。というは、天下の人心が夙に京都の政治を離れてござる。

それにて、一座少時《しばし》沈黙。広元の深慮を腹の中にて、銘々《めいめい》批評している態。その時の一般の常識にては、足柄箱根の険を守って、関東に磐居《ばんきょ》してさえおれば鎌倉は安泰であるが、関東を手薄にして懸軍長駆するは甚だ危険であるとの危惧の念が強かった。それゆえ広元の遠進説には、義時をはじめその他の諸将は容易に首肯することが出来なかった。

義時　大江殿の御説も道理じゃ。が、禅尼には何といわるるか。禅尼の御意見をも聴きたいものじゃ。

というところへ奥の襖を開かせて、政子が法体を顕わす。

禅尼　評議の様子は、あちらに居って、聴いていました。われらも大江入道殿の御深慮に同意でござる。武蔵守（泰時のこと）殿を総大将として早速上洛させたがよろしかろうとぞんじまする。

それにて又、一座粛然《しゆくぜん》となる。

広元　尼御台のその仰せ、入道も、尤《もつと》も至極の御配慮かとぞんじまする。武蔵守殿には少しも早う御上洛の御用意あって、然るべうぞんじまする。

義時　尼御台をはじめ、大江殿いずれも上洛を急げよとの御意見であれば、武州もそのつもりにて早速出陣の用意をいたせ。

泰時　ははッ。それがしに上洛の役目を仰せ附けられたる上は、もとより辞退いたす次第ではございませぬが、これより直ちに出立ちいたすというとも、これほどの大事に、十騎二十騎ばかりの無勢にては如何《いかん》ともいたすべきようもござりませぬ。ここ両三日ほどの間に諸般の兵備を調え、せめて武蔵相模の兵を狩り促して引連れ上りとうござる。

広元　いや、武州殿の仰せであるが、愚老の考えは、そうでござらぬ。武相の兵の到着を待つとすれば、なにほど急いでも五六日は暇を要する。この大事の場合に、空しく五六日を経る間には、又いかなる異説を生ずるかも測りがたい。今はただ一日の急を争うことでござれば、武州殿には、後ともいわず今夜の中にただ一騎にても鞭を急いで駆け上られなば、関東の兵は恰《あたか》も竜に従う雲のごとく続き申しましょうぞ。

そこへ家来一人出ず。

家来 尼御台様へ申上げまする。お召しによって三善康信殿御入来《ごじゅらい》なされました。

禅尼 おお、それは大儀であった。早速こちらへ。

三善康信、善信《ぜんしん》入道八十二才の老翁なれども、憔悴せる面貌に底知れぬ才識を包む。長子康俊に病軀を扶《たす》けられつつ出づ。

禅尼 （笑顔を以て迎え、）これはこれは入道殿にはおん病臥のところを、わざわざお呼び立ていたして、御苦労でござった。さ、ずっとこちらへ。

康信、よろよろしながら康俊に手を取られて、ようやく大江広元の次に坐す。

禅尼 事のあらましは、既に康俊殿よりお聞取りなされたこととぞんじまするが、大江入道殿と三浦、安達の諸衆と意見が二派に分れていますところじゃ。もはや、ここにござる方々もいうだけのことはいい、われらも聞くだけのことは聞きました。ただ善信入道殿の御意存を聞かしてもらいとうござる。

康信 ははっ。かような、むさくるしき病臥中の老耄姿《おいぼれ》にて、かかる席にてお目どおり、恐縮千万にぞんじまする。……足柄箱根の両関に拠《よ》って専ら関東を守るべきか、又大江殿の御説に従いこれより即刻京都に攻め上るべきかにつきましては、愚老《それがし》は、無論のこと、大江殿の御意見最も然るべしとぞんじまする。大江殿も既にこのことをお聞きに達せられしと承わりまするが、愚なる京都の公卿衆が、畏れ多くも君を誤り奉りて企み出せし今後の御謀叛。われ等の推量いたしまするところにては、京方に何ほどの方人《かたうど》がござりまするやら、高の知れたるものでござります。と申して、表向きには、一天の君の思い立たせられたことゆえ、敵を侮《あなど》る時は、思わぬ不覚を招く恐れもござれば、片時《へんじ》も早く諸国に出陣の布令を廻し、当方より敵に先んじて進撃するが勝ちとぞんじまする。
禅尼　（政子うなずきつつ、）うむ、われらもそのとおりに思いまする。のう、執権殿、大江、三善の長老達のおいやるところが、このとおりに一致するからは、もはや、この上の評定《ひょうじょう》は無用でござろう。武蔵守殿にもそのつもりにて出陣の用意めされよ。
義時　仰せまでもござらぬ、尼公はじめ、大江、三善の元老衆の御意見一致する上は、ふたたび異論の生ぜぬうちに、武州今宵の中に出立ちの用意をいたせ。
泰時　ははッ。畏まりました。これより直ちに支度をととのえ、明早朝出で立ちまする。
禅尼　武州一人にては叶うまい。相州（北条時房）にも、ともに出陣めされい。
時房　はッ。心得ました。
義時　武蔵の前司《ぜんじ》（足利義氏）にも御用意いたされい。
義氏　はッ。畏まりました。
義村　それがしもおん供つかまつる。
義時　おお、三浦殿も上られい。つづいて千葉の介にも。
胤綱　はッ。おん供つかまつる。
一座騒然として、口々に語を交えながら、いずれも急ぎ座を起つ。

七

同じく義時の邸《やしき》。その翌日。
義時　誰れかある。押松を連れてまいれ。
家来　ははッ。畏まりました。
間もなく家来二人にて下手より押松を引立てて出る。
義時　おお押松、貴様は遠方を御苦労であったな。その方には罪はないが、これより宥《ゆる》して帰して得さすによって、その方帰参してお上に、今、義時が申すことを、言上してくれ。義時は昔から君のおん為に忠義を存ずるが、不忠の心は聊《いささ》かもない。然るに讒奏《ざんそう》する者があって、朝敵の悪名を蒙りたる上は、詮方もない。義時は決して軍を望むものではないが、お上にてはこの外《ほか》軍をお好み遊ばさるると承わるによって、此度弟時房、長男泰時、次男朝時等に東海道より十万騎、東山道五万騎、北陸道四万騎、総勢十九万余騎を率いさせて、上洛いたさせるによって是等に軍をさせて、存分に御見物下されい。それにては猶《な》お飽き足らず思召さば、三男重時四男政村ども二十万騎を相具して義時自から急ぎ参り申すべしと奏聞してくれ。……押松の縛《いまし》めを解いてやれ。

家来　はッ。

家来、押松の腰縄を解く。

家来　冥迦《みょうが》至極な奴じゃ。お上のお慈悲で生命だけは助けてやる。さ、急いで帰れ。

押松生きたる心地もなく、幾度も頭を下げて、家来に引立てられて退く。義時それを見送りながら、じっと思入れ。と、そこへ又他の家来急いで出る。

家来　大殿様へ申上げます。武蔵守様がお目通りしたいと仰せられます。

義時、それを聞いて、驚いた態にて不審げに、

義時　何と申す。武蔵守は、今早朝由井ケ浜藤沢左衛門尉方にて勢揃いをしてもはや出立した筈ではないか。

家来　ははッ。私も左様に心得て居りましたが、なにゆえか、只御一騎にて御立返りになりました。

義時　ああ、そうか。何でもよい。すぐこれへ呼べ。

家来　ははッ。

家来急いで退く。

泰時、下手の奥にて馬より飛び下り、直ちに庭前に出る。

義時　（そちらをきっと見て、）いかがいたした。

泰時　はッ。

と、いいつつ思案顔にて、徐《おもむ》ろに縁側に腰を打掛ける。

義時　（待ちかねて、）何事が起ったぞ。

泰時　はッ。いや、何事も起りませぬが、軍のことについて一とおりの進退掟《かけひき》などは既にくれぐれも仰せ聴かされましたとおり心得て居りまするが、もし上洛の途中にて………

義時　上洛の途中にて………

泰時　図らず鳳輦《ほうれん》を先き立て、錦の御旗を揚げて討ち下らるるに出会いましたならば、いかがいたしましょうか。私一存にては取り計らいかねまする。

義時　（少時思案したる後、）うう、そのことじゃ。その方、よいところへ気が付いた。……義時は、鎌倉に奉公いたす微賤の身ではあるが、第一君のおん為、又二つには日本の民草の安危をこそ憂えておれ、君に対し奉りて不忠を存じたることは嘗《かつ》てない。しかしながら、そちの訊《と》うごとく、お上にて御親征の場合に出会《でお》うたらば、御《み》輿《こし》に向って弓を引くこともならぬ。その時は兜《かぶと》を脱ぎ、弓の弦を切って、ひとえに恭順を守り、いかようともお上の思召さるるままに身をまかせ奉れ。もし又、そうでなく、お上には都におわし、ただ軍兵ばかりを差向けらるるとあらば、遠慮は無用じゃ。命をすてて、千人が一人になるまでも戦えよ。……此度その方達を都に差向けるについては、俺も心を傷《いた》めておるぞ。比企《ひき》や和田を対手《あいて》の鎌倉内の小ぜり合いとはちがう。朝敵の名を蒙り、一天の君より討手を向けられて居る身じゃ。しかし義時も心にもない悪名をたまわり、おめおめと横死をせねばならぬ道理もない。今日を限りじゃ。再会のほども測られぬ。軍に勝たねば、再び足柄箱根は越すことならぬぞ。

義時も口には強いことをいっているが、感慨無量の体にて、眼をしばたたいている。

泰時も思わず鎧の袖を濡らす。ややあって、

泰時　然らばご免。

つと起ち上りて、又馬に跨《またが》る。

（幕）

近松秋江

第四幕

一

京都賀陽院《かやのいん》の御所、公卿溜《だまり》。

承久三年六月一日の午頃。

能登守秀康、右衛門佐朝俊《えもんのすけともとし》、権中納言源有雅《ありまさ》、中納言藤原忠信、甲斐宰相範茂、中納言宗行など多勢の公卿殿上人つどいいる。

忠信　のう能登守殿、押松は、えろう帰参が遅うござるな。伊賀判官を討取ったのは、今日から算《かぞ》うれば、もう先月の十五日じゃった。その日の酉の刻に京を立って鎌倉へ下向してから、丁度《ちょうど》半月になるが、まだ帰って来ぬというは、どうした首尾でござろうな。

朝俊　さればさ、一院にはきつうお待ちかねでござる。片時も早う関東の吉左右《きっそう》が知りたいものじゃ。

範茂　能登守殿には、脚の速いのを御自慢で押松を院宣の御使いに推薦めされた筈じゃったが。

秀康　まあ、方々のように、そう心を急《せ》かるるものではない。積ってもお見やれ、なんぼ健脚の押松とても、鎌倉まで上下するには、夜を日についで急いでも往復に十日は費《かか》りまする。それに七通の院宣を持って、諸大名の屋敷屋敷を布令《ふれ》て廻るにも時を要する。又、ほかならぬ京都からのお使であってみれば、鎌倉の大名達も、おろそかにも取扱われぬ。おおかた、諸方で下にも置かず、引出物もろうて持てなしにあずかって居ることでござろうぞ。

宗行　おお、それも尤もの次第じゃ。押松の役目が首尾よう果せば、吾々《われわれ》は、ここに静《じっ》としていながら関東を手に入れることが出来ることじゃによってな。

有雅　お気づかい召さるるな。武事に習わぬおん身さま達の手を労するまでもござらぬ。畏《かしこ》くも一天の君の勅命を蒙ったる上は、数ある鎌倉の大名共の中に、必ず義時の首を討取って我れこそと忠勤を擢《ぬき》ん》ずる者があるに相違ござらぬ。

宗行　どうぞそうであってほしいものじゃ。

忠信　はははは、これは、宗行卿には大分虫の好いことをおいいやる。公卿衆が大方そのような考えで居るによって、常に武家の者共に軽蔑せられておるのじゃ。畏くも、御自ら刀剣を鍛えさせたまうほどの一院の御覚召《おぼしめし》にてはそのような惰弱な叡慮《えいりよ》にてはござりませぬぞ。かく申すわれ等も、今にもあれ関東と事が始まったなら、衣冠束帯はかなぐりすてて、一院より賜わった御所焼の太刀を執って起つ覚悟がある。

宗行　ほほほ、それは忠信卿には殊勝なお心掛けじゃ。卿の太刀先に出会うたらば、いかな関東の荒くれ武者も、よう手向いいたすまいぞ。じゃが、ただ武勇に逸《はや》るばかりが、今度の御企ての目的ではない。北条義時を討ち取って、鎌倉を亡《ほろ》ぼし、関東に奪われている天下の政権を京都に回復なされようというお心じゃ。

忠信　それくらいのことは、改めて卿《おんみ》より聴かずとも知っている。

秀康　はははは、これはしたり。今からそのような味方同志にて言い争いをなされるより、その勇気を関東の敵に向けられたがよい。

そうしているところへ、案内も乞わず噂の押松丸が、息を切らしながら礫《つぶて》の如く飛び込む。

並み居る公卿殿上人達、吃驚して俄《にわか》に喧噪《はしや》ぎ立つ。

公卿多勢　（口々にいう）おお、押松帰って参った。今ちょうどそちの噂をして居ったところじゃった。さあ、どうじゃどうじゃ。鎌倉の吉左右はどうじゃった。……義時の首を誰れが討ち取ってまいらするぞ。……関東には合戦するか、もはや、立合うているか。

押松は、降りかかるように口々に問い訊かれる声々も耳に入らぬものの如く、飛び込んで来ると、そのまま其処《そこ》に突俯《つつぷ》してしまって、返事もせずに涙に咽《む》せている。

公卿多勢　（笑いながら、）これ押松、どうしたのじゃ。はははは、あんまり急いだので苦しいのであろう。これ、そのように泣くことはないわいのう。さ、ご苦労であった。早う関東の様子を聴かしてくりゃれ。

公卿の一人は傍に寄って押松の肩先に手を添えていう。

ややあって押松は、やっと物心ついたように起き上り、涙をおし拭いていう。

押松 使いの様子、ひととおりお聴き下されませ。五月十五日の酉の刻に都を出立ちいたし、十五日の間足にまかせて馳せ下り、十九日の午《うし》の刻に、ようよう鎌倉の手前なる片瀬と申す処に到着いたしましたるところ、土地の者の噂に、それより向うは、北条の手の者が道を固めて通行叶わぬと聞き、判官殿の使者亀松は、かねて案内知って居りまするゆえ彼《か》れ一人にて一足先に鎌倉に入り、駿河守殿の館《やかた》にまいり文を届けましたるところ、返事をば下されず、その文をば直ちに北条殿の見参に入れましたることゆえ、忽《たちま》ち鎌倉中以ての外に馳せ騒ぎ、私もそれよりやや後れて鎌倉へ忍び入りましたが、なるほど人の行き交う有様只事ならずと見て取り、ひそかに葛西ケ谷のとある所に立ち忍びて、外へも出でず、様子を伺い居りましたるところ、鎌倉中狭しと探《たず》ね出され、北条の屋敷に引立てられ、右京殿の面前にて大事の院宣をば奪いとられ、私は縛られたるままにて牢屋同様の処に押籠められましたれば今にも首を打たるるかと生きたる心地もなく七日ばかり日を経るうちに、ふたたび北条殿の前に召出され、その方生命のほどは助けて得さすによって、京都に帰り、奏聞せよとて、仰せ聞かされましたるには、海道より十万余騎、東山道より五万余騎、北陸道より四万余騎、三道挙《こぞ》って総勢十九万余騎を率いて京都に押上《おしあげ》させたれば、京家にては、得心のゆくほど軍を御覧《ごろう》ぜよとのことでござりました。私はそれより縄目を解かれ、鎌倉を逐《お》い出されました。今から思えば生命のあるのが不思議にて、夢路をたどる心地しながら、少しも早う恐ろしい鎌倉を遠ざからんものと、夜を日に継いで駆け上ってまいりましたるその道中の凄まじさ。東山道、北陸道の勢は見ませねど、海道筋十万余騎、鎌倉を出でし日より、一町の間も馬の足の並ばぬところなく、一段も旗の手の靡《なび》かぬ処なく、犇と打ち続きたる有様は、いかさま百万騎もあろうかと思われました。

押松の物語るを凝《じ》つと聴いていた公卿殿上人等は、先刻の笑った顔はどこへやら消えてしまい、いずれも興醒《きょうざ》め顔に血の色を失い、呆然として為《な》す所を知らぬ有様。ややあって、

秀康　何はともあれ、この趣、いそいでお上へ奏聞せねばならぬ。

秀康そういって、奥に入る。

その後一坐の公卿達言葉も出でず、ただ青息を吐いている。

宗行　そりゃこそ一大事と相成ったぞ。公継《きんつぐ》の卿や光親《みつちか》中納言の諫言《かんげん》召されたのもここのことじゃ。これ忠信殿おん身は先程強いことをおいやったが、今押松のいう関東の大勢を敵に引受けて、たしかな勝算がござるかな。

忠信、黙って返事なし。

宗行　敵を見ぬ前の強がりは心元ないことじゃ。

忠信　心元ないとは異なこと。たとい関東勢が何十万騎にて攻め上ろうとも、これほどのお企てにお味方するからは、余人は知らずともこの忠信はもとより一命を棄てて戦うつもりじゃ。

宗行　おお、それはお強いことじゃの。今にもあれ、この美しい都は関東の軍兵どもに蹂躪《ふみにじ》られ、焼討ちせられて、上下の者共修羅の巷《ちまた》の苦しみを嘗《な》めることでござろうよ。

有雅　これ押松、そちは何処《いずこ》あたりにて鎌倉勢に出会《でお》うたか。

押松　いずこあたりと申しまして、只今も申上げますとおり、海道筋にずっと続いて上っております。

有雅　ふむ。して先陣は何処まで到着して居っ

たぞ。

押松　私が天竜川を越します時に、丁度先陣の北条相模守殿の勢と前後して渡りましたゆえ、もう今日あたりは尾張辺へ攻め寄せて居ることかと存じまする。

範茂　ほほう、天竜川は、この頃の雨天つづきにさぞ出水して居る筈じゃに、左様の大軍を渡すに舟が整うたか。

押松　いえ、雨中ではござりましたが、水は思いのほか少《すくの》うござりましたゆえ、難なく渡りましたように見受けました。

一同、それを聞き、ふたたび失望の色を浮べて顔を見合わす。秀康ふたたび出で来り、やや元気づいたる態にて、

秀康　押松の申すこと逐一お上に言上したるに、一院のおん仰せには、よいよい、左様に案ずるには及ばぬ。武士共、鎌倉を留守にして上洛せるその後にて、誰れか忠義を存ずる者あって、義時の首を討ち取って献ずるであろうぞとのことでござった。しかし手を袖にして関東の攻め上るを空しく待っても居られまい。兎《と》も角《かく》も討手を差向けよ。作法を弁《わきま》えぬ東国の武士共が京都の内へ踏入《ふみい》るようなことがあっては、上下の者が難儀をいたすによって、出向いて追い散《ちら》せよとの仰せでござった。お上のお召じゃ、いざ御前に参って軍の手配りを評議いたそう。

一同　左様いたそう。

二

同じく御所、一院御座所の間、正面には御簾を垂れてあり。前の場と同じ人物。他に中納言光親、一条信能《のぶよし》、山田重忠、三浦胤義、大江親広、佐々木高重等多勢出場。

忠信　方々には、いかが存ぜらるる。宇治と勢《せ》多《た》の橋板を引いて彼処にて関東勢を喰い留めらるる御所存なるか。

秀康　いかにも。我等も左様に存ずる。

胤義　いや、それはよろしゅうござるまい。宇

治と勢多とは要害堅固のようなれども、いずれも都に間近なれば、万一その二ケ所にて敵を防ぎ兼ねたる場合には、木曾義仲の敗れたるにても知らるるとおり、寄せ手は一溜《ひとたま》りもなく京都へ崩れ入って来ることは必定なれば、これより一刻も速《すみやか》に発足して、美濃尾張あたりまで出陣なし、少しにても都を遠ざかった地にて敵を討ち破るが上策でござる。

宗行　美濃尾張までとは、えらい遠駆けじゃな。

重忠　いや、そのくらいの出陣が遠駆けに思われるようでは、関東を敵対の軍は出来ませぬ。それがしも三浦殿の御説のとおり尾張まで出迎え、木曾の瀬々にて討ち留むるが万全の策かと心得まする。

その時簾中より、一座の上位に扣えいたる藤原光親に向って、何やら声がかかる。光親畏みて御簾の間近に進み寄って拝跪《はいき》す。ややあってそこを拝辞し、向き直って一座の方に向い、

光親　お上のおん思召にては、やはり三浦殿、山田殿のいわるるとおり、先ず木曾河まで出陣して、もしそこにて、あまりに敵が手強《てごわ》かったらば、その時こそ退いて宇治勢多を防げよ、との御諚《ごじょう》でござる。して、尾張河には九ケ処の渡りあれば、部隊を九隊に分って、それにて関東勢を討ち留めよとのおん仰せで、その手分けは斯《こ》のとおりでござる。

光親座側より料紙に書き誌したものを取上げて読む。

光親　摩免戸《まめと》の渡りへ能登守秀康、山城守広綱、下総《しもうさ》前司盛綱、三浦判官胤義、佐々木判官高重その他にて一万余騎。

墨股《すのまた》河へ河内判官秀澄、山田次郎重忠一千余騎。

稗島《ひえじま》には矢野次郎左衛門尉、長瀬判官代五百余騎。

板橋の渡へは朝日判官代其勢一千余騎。

気瀬の渡へは富来次郎判官代。関左衛門尉一千余騎。

鵜沼の渡へは美濃の目代帯刀左衛門尉《もくだいたてわき》、神土蔵人入道父子一千余騎。

大炊《おおい》の渡へは駿河太夫判官。糟屋四郎左衛門尉、筑後太郎左衛門尉、その他西面の者ども二千余騎。以上総数一万五千余騎。

次に北陸道の討手として宮崎定範《さだのり》、仁科盛遠。越中まで出陣いたすべきこと。

是等を差遣わすによって、各々忠勤を励み、速に関東の賊を討ち平げてお上の意を安んぜよとの勅旨でござる。

一同 (低頭して、)はは、畏まり奉る。

簾中に対しては為方なく、そういってお受けをしたが、一同面に不安の色を浮べている。

宗行 のう光親の卿、敵は二十万余騎の大軍にて、攻め寄するというに、味方は、ようようその十が一にも足らぬ小勢にて、しかも、それを九隊に分けつかわす。われ等は、もとより弓箭《きゅうせん》を執る術《すべ》を弁えぬ公卿の身であるが、これにはいかなる妙計奇謀がござってのことかな。

光親 ああ、いや今更となってそれをいうても詮方もないことじゃ。われわれ臣子の分際としては、諫めて而して《しこう》後に之《これ》に随うという漢土の格言もござれば。……況んや宗行卿には此度のおん企てには事の初めより御内談に与《あず》かられた筈じゃに、甚だ心弱いことでござるな。

宗行 いや、われ等の初めからの目論見《もくろみ》にては、何にも京方が関東を真向から敵に引受けて軍をするつもりではござらなんだ。鎌倉では頼朝以来、常に内輪同志で相鬩《あいせめ》いで居るゆえ、此度のおん企ても、関東の大名共に院宣を下されなば、日頃義時に快《こころ》よからぬ者必定御勧賞に預りたさに、われこそと義時を討ち取って名乗り出でる者のあろうと思うてのことじゃ。叡慮もそのとおりでござらせられた。

重忠 はははは。(重忠、武士らしく大笑いし、)これは、お身様方には、この場に差迫って尚おそのような無用の繰言《くりごと》。もはや大抵になされい。三浦判官殿、さ、われ等はこれより直ちに尾濃の境まで出陣いたすであろう。
胤義　いで、それがしも共に。
一同起ち上る。

（幕）

著者いう。以下少しの間は、シェークスピアの史劇などの説明役《コーラス》の如く、事件の発展移動を説明せるものなり。

六月五日の午前八時には、東海道の先陣北条相模守時房はもう尾張国一の宮に着陣した。別に東山道を攻め上って来た武田信光、小笠原長清等の五万の軍勢も丁度その頃美濃国に到着して、市原という処に陣を取っていた。そこへ又院宣の使者が武田小笠原の二人にあてて、三度まで来て、「一天の君の思しめし立ち給う、このたびの御大事に、いかでか朝敵となって。畏れ多くも内侍所に向い奉りて矢を放つべき道なし。ただ疾《と》く東方にまいりて朝敵を討ちて奉れ。」という命令であった。小笠原は、そこで早速、武田の方へ使を遣って、「院宣の使に対して、いかが取計ろうたものであろう。自分の一存にては、ただ斬り捨てようと思う。」といわした。すると、信光も「それがしも同様に存ずる。」と、いうことで、三度の使者を二人は首を刎《は》ね、一人は追い放って京都に帰した。

軍はやがて摩免戸渡と大炊の渡を中心にして始まった。大炊の渡で武田、小笠原等の東山道の兵と京勢との間に多少の争闘があったが、難なく京勢は総崩れになって敗走してしまった。摩免戸渡では京軍は一矢も放たずに退いた。重忠、鏡久綱等が少時留戦したが、久綱は遂に敗死した。

摩免戸渡を防いでいた胤義は、大炊渡の急なるを聞いて赴《おもむ》き援《たす》けようとしたが、秀康は反対して、東海東山の二軍を腹背に受けては溜らない。退いて宇治勢多を守るに若《し》かず。勅旨も亦そのとおりであったといって、馬に鞭《むち》うって真先きに遁走した。しかたなく胤義以下もその後を追うて走った。尾張河（木曾川）の九瀬の要害を悉く難なく破って渡った東軍は、そこで東海東山両道の軍を合せたので、野も山もそこら一面兵士に満ちみちた。泰時、時房等は鼓噪《こそう》して西に進み、七日の夜は、美濃の野上、垂井の両宿に陣を駐《と》めて、今後の軍略を議した。

軽傷を負うた秀康等は六月八日にほうほうの体で京都に遁《に》げ帰り、六日の尾張の瀬々の敗戦を奏聞したので、朝廷の上下は震駭《しんがい》して、今にも賊軍が押寄せて来るかと驚き恐れて、女官、陰陽師《おんみょうじ》どもは東西に遁げ惑う。

主上をはじめ、後鳥羽上皇、土御門《つちみかど》上皇、順徳上皇等は叡山に御幸になった。後鳥羽上皇は、一つには戦勝祈願の為《た》め、二つには山門の僧徒に加勢を御依頼のためであった。しかし、さすがの叡山の悪僧共も、本山の微力にては、とても関東武士の大軍を防ぎかねるといって断わった。為方がないので、主上、上皇は西阪本、梶井の御所に二泊の上再び京都に還御《かんぎょ》あったが、それきり四方の門を鎖《とざ》して、兎角の御沙汰も仰出されない。それで、御謀叛に参与した公卿殿上人達から、おすすめ申して、ともかくも討手を遣わして防ぐだけは防がれたがよろしゅうございましょうということで、二万五千の兵を分って、勢多へは山田重忠が山徒二千を帥《ひき》いて向う。宇治へは有雅、範茂、朝俊等の公卿殿上人、佐々木広綱、筑後六郎左衛門等の武士が熊野、奈良の悪法師共と一万余騎。供御瀬《くごのせ》には秀康、胤義、大江親広入道、佐々木高重、佐々木盛綱等が、これも一万余騎にて防ぎに出る。その他淀、一口、真木島などへ宰相信能、坊門忠信等が差向けられる。

又東軍にあっては、勢多へは相模守時房、供御の瀬には武田信光、宇治へは北条泰時、淀へは三浦義村等が攻め寄することにした。

山田重忠は山徒二千とともに勢多の橋板を撤して、思いのほか頑強に抵抗するので、流石の時房の軍も一時退却するなどのことがあった。

しかし、両軍が最も死力を尽して戦ったのは、宇治であった。六月十二日近江の野路に陣を取った鎌倉勢の主力は、その翌日雨を冒《おか》して、近江と山城の国境を流れる瀬田川（宇治川）の峡谷の険路を越えて軍を進めた。連日の霖雨《りんう》で河は濁流渦を捲いて流れているので、容易に渡るべきようもなかったが、血気の若武者は大将の下知をも待たずに前進して京勢と戦った。京勢もさすがに此処を先途と防戦に努め、篠突《しのつ》く雨と同じく矢を乱射したので、関東方の手疵《てきず》を負うて斃《たお》れる者が、無数であった。京勢はそれに力を得て、倍々防守を厳にした。泰時は、豪雨を冒して宇治に向い、先ず休戦を命じてその夜は平等院に陣を取った。

翌十四日は前日にも倍した凄じい雷雨であった。泰時は早朝水練の達人芝田兼義に命じて先ず河の深浅を測らしめた。渡れぬこともなかったので、兼義につづいて佐々木信綱、春日貞幸等が先を争うて馬を濁浪《だくろう》に乗り入れて前進した。貞幸は馬を射られて溺れようとしたところを、家来が援けて引還《ひきかえ》した。泰時は親《みず》から藁《わら》を燃《た》いて貞幸を暖めて蘇生さした。つづいて競い渡った東軍の兵士に溺れ死んだ者が八百余人もあった。佐々木信綱は、今から四十年の昔、やはり此の宇治川で先登《せんとう》第一の誉れを揚げた高綱の甥であった。彼は河の中島に達した。その子の重綱は年十五であったが、父の馬の尾に捉《つかま》って泳いで渡った。そこで信綱は重綱に命じて又もとの岸へ泳ぎ還らしめて、後続部隊を渡すことを請うた。泰時は即ち、その長子の時氏を呼んで、味方が危い。今は大将が一命を棄てて戦う時である。汝《なんじ》進んで死戦せよと命じた。時氏はそこで、六騎を帥いて河を渡った。

三浦義村の子泰村は父と離れて、特に乞うて泰時の部下に属していたが、泰村も時氏に後れじと馬を乗り入れた。そこで泰時も亦た自身で渡ろうとした。すると、春日貞幸が、その馬の轡を捉えて軽進を諫めた。泰時は聴かない。そこで貞幸が詐《あざむ》いて、鎧を脱いで渡れば沈まないというと、泰時はそうかといって馬を下りて鎧を釈《と》いた。その隙に貞幸は泰時の馬を奪って去った。泰時は渡ることが出来なかった。しかし、旗下の兵は既に五百騎渡ってしまった。後に鎌倉で義時がこの事を伝え聞いて、貞幸の功は宇治川の先陣をしたに劣らないといって悦《よろこ》び且《か》つ賞した。

芝田兼義、佐々木信綱等は既に向岸に達し、進んで京軍を冒した。しかし京勢もなかなかよく防ぎ戦《たたこ》うて、殺傷相当《あいあた》る有様であった。足利義氏は、あり合う民家を毀《こぼ》って筏《いかだ》を組み、軍を渡すことを考えた。泰時も遂に前岸に達した。武蔵相模の兵は、いよいよ勇進して、京勢を屠《ほふ》った。源有雅以下支えかねて敗走した。ひとり右衛門佐朝俊が八田《はった》知尚、佐々木氏綱と留戦して討死した。

その他勢多、供御の瀬、淀方面も悉く京軍はひと堪《たま》りもなく潰走した。

第五幕

一

賀陽院、仙洞御所の門外。茶壁に白い筋を塗りわけた御所風の築地塀《ついじべい》の外の四辻の街路。

上手の奥やや斜めに厳《いか》めしい飾 鋲《かざりびょう》を打った門扉《もんぴ》は堅く鎖してあり。街路の所々に柳の古木が青葉を茂らしている。

昨夜来洛中洛外の処々には焼討ちが始まり、濛々《もうもう》たる火煙が所々に揚《あが》っている。四辻の向う、少しく離れた町家の家並の彼方に東山の頂《いただき》が陰鬱な梅雨空の下に微《かす》かに見えている。

承久三年六月十五日の早暁。

昨日宇治、勢多、淀等にて散々に打ち負かされた京勢は、夜に入っても、勝ち誇った関東勢に追い捲くられて、京都に遁げ入ったが、敵は面白半分に後を追うて附け入って来たので、徹宵《てっしょう》到る処で惨殺が行われた。

今しも、命からがらここまで遁げ落ちて来た手負いの京方二三人とそれを追跡して来た関東方の逸り男五六人とが白刃を翳《かざ》して渡り合いをはじめる。しばらくするうちに京方は三人とも枕を並べて斬り殺される。関東の兵は生血の滴る刀を提《さ》げて急ぎ向うに入る。

公卿の奥方息女と思われる上臈、官女の比《たぐ》い又町家の女房子供など、慌《あわ》てふためいて、思い思いに忍びて遁げ落ちゆく有様よろしくあり。舞台少時空。

そこへ敗将山田重忠、三浦胤義の二人徒立《かちだ》ちにて、下手より入って来る。その後より二人の大将を討ち留めて手柄にしようとする関東方の兵が四五人追掛けて来る。背後よりただ一と打ちと斬り込んで来る掛声に、二人はいずれも振り返って渡り合う。さすがの関東方も二人の鋭い太刀先に敵しかねて退く。

重忠と胤義はその隙に御所の門前に近づいて呼ぶ。

重忠 三浦平九郎胤義、山田次郎重忠両人、只今、戦場より帰り参って候。

重忠は三度ばかり繰返して呼んだが、門内は寂として何の音沙汰もない。その時下手にて尚お敵兵をあしろうていた胤義も対手を下手遠くまで追い捲っておいて、取って返えし、

胤義 残念ながら味方の敗北。その趣を言上いたし、尚お後々の謀略もござれば、御意得とうござる。お上へお取次ぎ下されい。

胤義も亦た同じことを二三度重ねていう。それでも門の内からは何の返事もないので、短気の重忠は、どんどん門扉を打ちたたく。

重忠 山田次郎重忠でござる。

胤義 三浦平九郎胤義でござる。ここをお開き下されい。……はて。誰れも居らぬ筈はないが、(つぶやく。)

重忠 (一層声を高くして、)山田重忠只今帰り参って候。ここをお開き下されい。

といいつつ門を打ちたたく。

その時漸《ようや》く門内に人声がある。

門内の人声 お上の仰せでござる。既に戦争も敗《ま》け軍と事定《きま》ったることであれば武士共にはも

う用事とてはない。銘々志すところへ落ちて行け。門を開けること相ならぬ。

　重忠、それを聞いて、歯を喰い絞《しば》りて無念に堪《た》えぬものの如き表情。

重忠　ちぇッ、うぬ。…………

　今度は焦《あせ》って激しく門扉を乱打し、大音声に呼ぶ。

重忠　大臆病の君に誑《たぶら》かされて、この門内にも入れられず憂死とは情けない。……ああ、それは今となっては、いうも愚かじゃ。いで心落着く死に場処を求めん……平九郎殿、さらばでござる。はははは。（苦笑いをする。）

胤義　おおこれが今生《こんじょう》の別れでござる。……それがしとても同じ覚悟でござれど、同じくは今一度び関東勢に駆け向《むこ》うて、潔く討死いたしたい。したが、宇治は大軍にてもあり、大将泰時の目に懸ることもありては面目もない。淀へ打ち向うて斬り死いたすまでじゃ。はははは。

（胤義もまた苦笑いをする。）

重忠　かくいううちにも又敵に妨げられてはならぬ。それがしは奥嵯峨《おくさが》に心当りの知辺《しるべ》もござれば。先ずそれへまいる。ご免下されい。

　重忠はそういって、急ぎ足に下手に落ちて行く。

胤義　ごめん下され。……それがしも急がねば相ならぬ。

　胤義もそういって上手に落ちる。

登場人物

北条泰時
明恵《みょうえ》上人
北条時房
三浦義村
三浦胤義
太郎兵衛（胤義の長子）
三崎（胤義の妻）
頼信入道
院宣使小槻国宗
藤田三郎
鏡月坊

その弟子常陸坊、美濃坊
他に軍兵、郎従、侍女

二

深草河原。平舞台、向正面には遠見に、下手の方から上手にかけて、ずっと愛宕《あたご》、鞍馬、比叡の峰々を望み、前景の京の市街には、到る処に兵火が凄じい焔を吐いて燃えている。その為に常は美しい比叡も愛宕も火煙に色を焦がして見える。勝に乗じて京都に崩れ入った幕軍は、さながら荒磯に高潮のさしくる勢いで、ひたひたと押寄せて来た。

東軍の主将北条泰時馬上にて数多《あまた》の手兵を率いて今は深草河原まで陣を進めて、下手より出ず。芝田兼義、春日貞幸、長子時氏、三浦泰村等の若武者も同じく馬上にて従《したご》うている。

その時上手より後鳥羽上皇の院宣使小槻国宗《おづきのくにむね》馬を急がして来るに出会う。勅使は国宗の他に河原三郎同道している。泰時の前衛、勅使の来るを認めてそれを泰時に告げる。

兵士　勅使でござる。

泰時　おお、勅使じゃと。

泰時先ず路傍に避けて馬より下る。時氏、泰村等もつづいて馬より下る。

勅使国宗もまた馬を下り、懐中より院宣を取り出して、

国宗　院宣でござる。

と、泰時の左右の者に渡す。泰時の侍者恭しくそれを捧持《ほうじ》す。泰時、その時後に従うている藤田三郎に命じて、

泰時　三郎、拝読いたせ。

三郎　はは。

藤田三郎、前に進み出でて、恭しく院宣を捧持し、読み上げる。一同謹んで聴く。

三郎　「近日兵端を啓《ひら》くの事。固《もと》より朕の意に出でたるものにあらず。皆これ朕が臣僚の為す所なり。唯、汝其罪を論ぜよ。卿請う所あらば、朕当《まさ》に欲する所に従うべし。宜しく部下の兵士を誡《いまし》めて京師《けいし》を暴掠《ぼうりゃく》せしむるなかれ。即ち義

時討伐の宣旨を破棄し、其本職を復すべきものなり。」

泰時は謹聴していたが、堅く口を守って奉答はしなかった。

三

京都の西郊、嵯峨野の野道。

上手には森の中の叢《くさむら》に小《ちい》さき古祠《こし》が立っている。

最早日暮れ時であるが、遠く下手の空には落日の中に愛宕山の一角が、まだ微かに見渡される。時々遠近《おちこち》に陣鐘の音が聞ゆ。

承久三年六月十六日の夕刻。舞台の中央に牛に挽《ひ》かれた女車が一つ駐《とま》っている。やがて郎従とおぼしき者一人上手より忍びやかに出て来て、四辺に注意しながら、つと女車の傍に近づいて白絹の帷幕《とばり》の前に立つ。

郎従　先程よりこの森の出はずれまでまいり、ひそかに行く手の様子を窺い見て居りましたるところ、敵はもはや前後を取巻きましたと思われ、所々方々に屯《たむろ》して居る様子でござりますれば、これから先太秦《うずまさ》までの道は危険かとぞんじまする。

女車の中より帷幕をかかげて顔を出したのは三浦胤義であった。胤義のほかに今一人居るのは長子太郎兵衛尉である。

胤義　敵はそのように攻め寄せ居ったか、せめて太秦まで行きたいと思うたがそれももはや叶わぬことと相成ったか。

太郎兵衛尉　父上残念でござりまする。たとい敵が何千人立ち塞いで居りましょうとも、太秦までは半里にも足らぬ道、吾々三人切り開いて通れぬことはござりますまい。死ぬるとも母上の側にて死にとうござりまする。

胤義　おお、それは父とても同じ心なれど、敵がそのように取巻き居っては太秦までの道は絶えた。

郎従　太秦はつい、あれ、あそこに見えて居りまするに。

胤義　為方がない。母に会うまでの生命が大事じゃ。幸いそこに木島の古祠《ほこら》が立っている。吾等親子はあれなる祠堂の中に密《ひそ》んで、日の暮れ果てるを相待とう。又太郎そちは、この車の中に入って、休息いたせ。

郎従　はっ、心得ました。

胤義父子は、あたりに眼を配りながら、女車から下り立ちて、上手の祠堂の中に身を隠す。郎従は女車の帷幕の中に入る。

陣鐘の音又方々から響いて来る。少時して下の方より一人の旅僧が出で来り、舞台の中央まで進み、道に主なき女車の乗りすててあるのを訝《いぶかし》む態にて立止り、打ちうなずきつつ、白絹の帷幕をかかげて、そっと中を窺《のぞ》く。中の又太郎と旅僧とは互に顔を見合せて、奇遇に驚く。

又太郎　やや、御辺は藤四郎殿ではござらぬか。

藤四郎頼信　いかにも、それがしは藤四郎頼信でござる。

又太郎　して又、どうしてここへは。

藤四郎　（心急きたる体にて、）その仔細は後にて申す。……主君判官殿にはいかがなされた。御無事にておわすか、ただしは……

又太郎返事に躊躇しながら、車より降りる。

藤四郎　気がかりじゃ。吉凶いかがでござる。

その時古祠の中から胤義の声が聞えて、祠堂の戸が開く。

胤義　めずらしや藤四郎。胤義はまだ生存《ながら》えて居るぞ。

胤義、祠堂を出て、三四段の石段を下りて来る。

藤四郎　（驚きたるこなしにて、網代《あじろ》の笠を脱《と》りながら、）おお、これは判官殿には御無事にておいでなされましたか。

胤義　そちに合わす顔もない甲斐なき身と相成ったぞ。

藤四郎　（黯然とした体にて、）成敗は時の運。殿御一人の力にても及ばぬことでござりますれば、今更致し方もござりませぬ。

太郎兵衛の尉もつづいて祠堂より出て来る。

太郎兵衛尉　めずらしや頼信入道。

藤四郎　おお、若君にも無事におわせしか。

胤義　して、身共が此処に潜み居ることを何として……又そちは高野に在る身にて戦乱最中の此の都へは何故に出で来りしか。

藤四郎　その儀御不審御尤もでござりまする。此の度京都にて鎌倉御征伐との取沙汰。ひいては殿には京都にお味方遊ばされ、関東大軍にて都に攻め上るよし高野にも聞えましたれば、判官殿の御安危心許なく先頃より高野を下りて都に出で、諸所心当りをたずねましたるところ、京方は散々の敗北。もはや殿の御生死のほども覚《おぼ》束《つか》なしと、今日は、少しの手がかりを頼りに東山の辺を探ねましたるに、女車に召されて太秦の方へと承り、それより脚を急いで来かかりまするところで、図らずお逢い申しました。これもひたすら弥陀如来の御引合わせかとぞんじまする。

胤義　旧縁を忘れぬ入道の芳志一段と辱《かたじけ》ない。今度の事については、もはや、いうも詮ないことじゃ。夙に自害を覚悟いたして居るが、太秦には稚《おさな》き者共母と共に住み居れば、今一度それ等に会うたる上にて、心静に死なんものと、落ち行く折柄、既に敵は四方を取巻き居るよし聞えたれば、しばらく、あれなる祠堂に潜みて、日の暮るるを待って居るところじゃ

藤四郎　左様でござりまするか。……太秦にござる方々に最後のおん別れを惜ませられようとの御覚召。御心中お察し申上げまする。なれども、これから彼方にかけて、天野左衛門の手の者、道という道、野という野、悉く軍兵にて塡《うま》っておりますれば、たとい夜に入りましても、太秦への通路は、とても叶いますまいとぞんじまする。愚僧《それがし》かくておん側に附きまいらす間に少しも早く最期のおん覚悟願わしゅうぞんじまする。

胤義　おお、それはいうまでもないことじゃ。やい太郎兵衛、最早父子の運は尽きた。自害をいたせ。

太郎兵衛　心得ました。のう頼信入道。太郎兵衛ここにて自害して相果つる間、その方、われ等亡き後は太秦にまいり、母上に伝言してたもれ。せめて今一度此の世の別れに会い見申さんとて、ここまでまいりたれど、敵四方を塞いで思うこと叶わず、父上の御供して自害仕る。母上に先立ちまいらするが、悲しゅうござると申伝えてくりゃれ。

藤四郎　委細畏りました。お心静に御生害《ごしょうがい》なされませい。（といって、合掌して黙禱する。）

太郎兵衛いいおわって、やがて刀を取り直し、南無阿弥陀仏の声もろ共腹を搔き切って、どうと前に臥す。太郎兵衛尚お死に切れず、四肢を踠《もが》いて苦悩のさまなり。胤義、その足をじっと抑《お》さえて、静かに事切らす。

胤義　此の期に及んで言い遺すこと別にない。ただ入道に頼み置く一事あり、われ等父子の首を太秦に携えゆきて、ま一度妻子に見せたる上は、更に駿河守（胤義の兄三浦義村）の処に持ちまいり、胤義が申したりとて伝言せよ。和田三浦の一族悉く滅びて、只今駿河守殿一人世に栄えておわします。さぞ御満足であろう。というてくりゃれ。

藤四郎　心得ましてござりまする。さらばお心静かに……

胤義　往生いたすであろう。

胤義語りおわりて、十念を唱え同じく切腹す。

藤四郎入道涙ながらに、父子の首を打ち取り、二人の片袖を断ち切って、それに押包み、又太郎と二人にて胤義父子の屍骸を祠堂の中に運び入れ、それに火を放つ。二人は合掌して念仏を唱える。

四

下嵯峨太秦、三浦平九郎胤義の住居。二重家体。後は襖。上手床の間には鎧櫃、刀掛など置いてあり、長刀《なぎなた》なども備えてある。

前の場と同じ時刻。

胤義の妻、三崎、三十七八才。十二三才、十才、八才くらい、いずれも男子。

子供一　のう母上、父上や兄様達の戦の様子が心許のうござりますれば、私これから京へまいり、くわしい様子を見届けてまいりとうござります。どうぞ行かして下さりませ。

三崎　又してもその様なこと。戦の様子が気にかかるは、そち達ばかりではありませぬ。母とても気づかいは同じこと。なれども屈竟《くっきょう》の武士でさえ生死を知らぬ戦場へ、そちのような稚い身でむざと行かれるものではない。

子供一　それじゃというても、父上や兄上の討死なされるを、ここに静として待っては居られませぬ。

三崎　(涙を呑む心地を押し包み、)はて、討死とはまだ定ったことではない。そのように心配せぬものじゃ。

子供二　これ母上、もし父上や兄上達が討死なされたなら、母上はじめ私共兄弟の者はどういたすのでござります。腹を切って死ぬるのでござりまするか。

三崎　おお、……(泣きかけて、それを抑え)いやなに、そのような気づかいは無用じゃ、父上や兄上達は討死される気づかいはないほどに、もうそのようなことはいわぬものじゃ。

子供三　いつであったか、父上の仰せには、たとい、軍に負けても、そち達の生命は鎌倉の伯父様平六入道に頼んで助けて得さすとのお言葉であったゆえ、のう母上、われ等は腹は切りませぬ。

三崎　おお、そうじゃ、そうじゃ。そちのいやるとおり、たとい此度の軍にお父上の味方が負けても鎌倉の伯父御平六入道殿に頼んでお前達の生命は助けてもらいまするゆえ、今からそのような心配するには及びませぬ。

子供一　それじゃというても、もし父上や兄上達が討死なされた時に、武士の子たる者が、おめおめと敵の大将の情に縋《すが》って生命を助けてもらうのは卑怯じゃ。われ等は厭でござります。

と、そこへ下の方廊下づたいに、侍女一人慌《あわただ》しく駆け出で、

侍女　大変でござります。まあ、ご覧なされませい。京の街という街は一面に火の海でござります。

といいながら、奥の襖を開けると、遠くの京の街の焼けるのが手に取るごとく見渡される。陣鐘の音がおちこちに聞える。

三崎　おおおお、あの戦の火は関東方が都を焼払う火じゃ。察する所京方は負け軍と定った。わが夫はじめ太郎、次郎の身の上心元ないことじゃなあ。

そこへ、郎従一人下の方庭より駆け入り、

郎従一　おん方様、一大事でござります。京の街へ攻め入った関東方の手の者、京方《みやこがた》の落人《おちうど》が、この嵯峨から栂尾《とがのお》へかけて遁げ込んだ者が多いというて、もうそこら中の家から寺から、野の果て竹藪《たけやぶ》の中まで探して居ります。御用意なされませ。

三崎　おお、さもあろう。それはかねてよりの覚悟じゃ。あの義時づれの片われなれば、憎いにくい、仇敵《かたき》じゃ。

三崎はかいがいしく長刀を取って身支度をする。

そこへ又、一人の郎従いそいで出で来る。

郎従二　申上げまする。

三崎　何じゃ。

郎従二　高野の僧にて頼信入道と申されまする一人の旅僧が見えられました。

三崎　なに、高野の僧にて頼信入道とな。……おお藤四郎のことであろう。こちらへ案内しや。

郎従二　畏りました。（退く。）

下手より前の場の頼信入道、帷衣《かたびら》の袖にて包みたる胤義父子の首を携えて出ず。

三崎　おお、めずらしや入道殿。さ、ずっと。

頼信　ご免下されませ。

それにて入道は草鞋《わらじ》をといて庭より、坐に上る。

頼信　さて、此度の合戦の勝敗は、かねて、御覚悟の上とはぞんじまするが、今更何と申すも

効なき次第と相成りました。愚僧承わりて判官殿御親子の御首《おんしるし》をこれまで持参仕りましてござる。

頼信、二つの首級を三崎の前に置く。

三崎 （凝乎とその首級を見ていたが、）やや、判官殿には……（と、いいさして、狂気の如き態にて、そのまま絶え入りて泣き伏す。）

子供三人 やや、これは父上と兄上とのおん首じゃ。

子供等三人も一度にどっと声を揚げて泣く。

三崎は、ややあって、正気づいたように起き上り、涙を押拭い、太郎兵衛の尉の首を手に取って犇と抱きしめ、その顔にじっと見入りながら、

三崎 これ太郎、母じゃぞよ。魂があるならばもう一度物をいうてたもれ、此の母をあとに残して、そなたは、なぜに死にやった。母に悲しめということか。

三崎は人目も恥じず泣き悲しみ、太郎の首を下に置き、今度は夫胤義の首を取り上げて同じく抱きしめ、

三崎 これ、平九郎殿、あんまりでござります。お前はそのようにお死にやって、現世の苦患《くげん》を免れて、安楽でござりましょうが、後に残った私に、どうせいということでござります。小い者共にどうなれということでござります。

三崎は狂気の如く愁嘆すること久しく、やがて涙の間に入道に向い、

三崎 してして入道には父子の人達には何処でお会いなされた。最期の模様を聞かして下され。

頼信 さればにてござります。高野にても、此度都に合戦《いくさ》あるよし聞き及び、判官殿には討たれておわすやら、御安否心元なく、屍を納めて供養せんと京に出で、諸処心当りをたずねて、まいる途中はからずも、あれなる木島の祠の森にてお出会い申した。判官殿御父子には、たとい自害するとも太秦へぜひ一度立ち帰りて、いずれも方に会うての上にて心静に相果てたいとの仰せでござりましたが、敵に道を塞がれ、進

退心にまかせず、万一生捕りにせらるるようのことありては末代までの恥なりとて。

三崎　おお、それは入道の御芳志辱のうござる。さるにても、弟次郎兵衛胤連《たねつら》はどうしやったか、入道にはお聞きなされはせなんだか。

頼信　その胤連殿には東山の畔にて、互に敵に懸隔《かけへだ》てられて、姿を見失いたるが、討たれたるか、自害したるか、行衛《ゆくえ》も知らず相成りしよし、おん兄太郎殿が最期の際に、母御前に申伝えてくれよとのおんことでござりました。

三崎　なに、次郎胤連には、父や兄と見失い、行衛も知れずなったとか。……

三崎又泣き入る。

三崎　せめて、かたみの首級《しるし》にてもあるならば供養手向けの仕様もあるものを、行くえも知らぬ無惨の最期を遂げたとは情ない身になったものじゃ。去年の春の除目《じもく》に兄弟一度に兵衛の尉に任ぜられ、世にも嬉しげに母を悦ばした時のことが眼に見ゆるように思い出さるる。その時この次には検非違使《けびいし》に昇りて又母上を悦ばしまいらせんといやったやさしい心が忘られぬ……

三崎、述懐して悲み、何時果つべしとも思えぬ。胤義父子の首を抱きしめて、放そうとせぬ。頼信入道やや持て剰《あま》したる体にて、

頼信　その御慨《おなげ》きは御道理でござりまするが、これ皆前世の約束ごととおん諦めなさるるよりほかござりませぬ。又殿御最期の砌愚僧《みぎりそれがし》への御遺言には、わが亡き後の首級をば一度太秦へ持ち行きてお目にかけたる上は、更《あらた》めて御兄駿河守殿の許へ持参いたせよとのことでござりましたれば、それがし、おん首を申受けてこれより直ちに駿河守殿の御陣へまいりまする……。

三崎　何とおいやる。これなる二人の首級を平六殿の御許に持ちまいるとか。……いやいやなりませぬ。平六殿は、こちの殿とは一腹一生の兄弟の仲にてありながら、義時づれに味方した朝敵ではござらぬか。勝敗は軍の習《ならい》、たとい軍に負けたればとて、忠義の為に生命を果した二

人の首、何とて敵に渡されましょう。汚らわしゅうござる。

頼信 ささ、その御腹立ちおん悲みは御尤もでござりますれど、亡き殿御最期の御仰せの言葉裏には、むざと口には申されぬ深い御思案もござりまする……仮《たと》い敵同志とは申しながら、血を分けた御兄弟のよしみ。……後にお残りなされた、稚い若殿様方の生命を大事と覚召されませぬか。

三崎 （少しく和かになり思案顔にて）平六殿の情誼《なさけ》に縋ってこんな稚い者共の生命乞い。……いやいやうかとは乗れぬ。その昔和田合戦の時といい、公暁禅師の殺されたもうたも、みんな三浦義村殿の旗色の変化と聞いて居る。

頼信 ま、左様に仰せらるるものでもござりませぬ。及ばぬながら愚僧の一存もござりますれば。……さ、かくいううちに、今にも敵が乱れ入って、奪い取っては、せんないこと。なにとぞ、おん渡し下されませ。大事の場合でござりまする。

三崎、それでもなおも首級を抱え惜みて容易に放さぬ。その時忽ち表の方にて騒々しい軍兵の物音。陣鐘の音が消魂《けたたま》しく鳴る。

関東方の手の者共多勢乱入して来る。

一同きっとなり、三崎は長刀を掻込《かいこ》んで起ち上る。

頼信入道は網代笠を楯にして敵の刃の下を潜りながら、矢庭《やにわ》に胤義父子の首級を抱き取って、遁れ出る。

（幕）

第六幕

一

六波羅《ろくはら》、北条館、舞台は一面の高二重。後は襖。土間は仮の白洲の心持。上の方と下の方とに各三人ずつの軍兵が蹲《うずくま》って厳しく警固している。二重の下手には烏帽子狩衣の二人の吏官が扣えている。

そこへ下手から京軍の首級を打ち取った者が、自分の戦功を登録してもらおうとて、続々入って来る。

次いで清水寺の法師鏡月坊、その弟子常陸坊、美濃坊の三人搦め捕《とら》れたるまま縄付にて出て来る。

その時奥の襖を開けて、三浦義村、北条時房、北条泰時立ち出でて座に着く。軍兵の一人白洲の前に進んでいう。

軍兵一　清水法師鏡月坊はじめ弟子常陸坊美濃坊三人の物を搦め捕って引立てました。いかが取計らいましょうか。

時房　斬ってしまえ。

鏡月　ああいや、しばらく首を斬ること御待ち下されまし、愚僧ども京方に味方いたしましたる上は、たとい八ツ裂きになされようとも、致し方はござりませぬが、ここに腰折れ一つ仕りましたれば、大将軍へ見参に入れとうござります。どうぞ御覧下さりまし。

鏡月坊懐中より一首の歌を取出して示す。

軍兵それを手に取り上げて、二重の泰時に差出す。

泰時手にとって、読む。

泰時　なになに「勅なれば身をば寄せてき武士の八十宇治川の瀬には立たねど。」うう、（と打ち肯《うな》ずき、）歌の心は読めた。いやなに、それ等の法師三人の者を助けて得させよ。

といって、件《くだん》の歌を相模守時房に示す。時房もうなずく。

鏡月坊師弟三人夢かとばかりに驚き且つ喜んで幾度も低頭して退く。

軍兵又一人首級を抱えて出ず。

軍兵二　駿河守様に申し上げます。只今三浦判官殿の御首級を見参に入れんとて持参いたしたる者がござりましたれば、これへ持参いたしました。

義村　なに、平九郎胤義の首を持参いたしたとな。

義村、胤義の首を受取って、検視し、黯然となり、そして黙って、泰時の方に渡す。泰時も凝視して涙を呑む態。

そこへ又、下の方花道より六十余才の一人の老僧数多の軍兵に引立てられ、縄付にて出て来る。件の老僧は、一見するも、決して当時の山法師らしき所は見えず、見るからに道心堅固の高僧らしい風姿を備えている。

軍兵三　きりきり急ぎめされ。

老僧　はいはい。

件の僧はやがて舞台のよき所に進み来る。

軍兵頭　京方の落武者の奥嵯峨からかけて栂尾の山に遁げ入った者多しと追掛け探ねまいりしところ、栂尾の寺に隠れたる落人の数知れず、必定、これなる坊主こそ此の度謀反の張本人《ちようほんにん》の一人に相違あるまいと、搦め捕って連れまいってござる。

老僧　この老衲《ろうのう》をば謀反の張本人なりとの疑いにて斬り棄てられようともそれは致方《いたしかた》はござらぬが、栂尾の山に遁げ入る鳥獣は、たとい猟夫といえども、これを捕えず。されば、鳥獣は、ますます山に安楽の寝ぐらをつくりて、その数を増すばかり。鳥獣さえ然り況んや人間の遁れ来るを拒《こば》むは、仏の教えられた慈悲の道に反《そむ》くことじゃ。

僧は少しの動ずる色もなく独言のようにいう。泰時、時房、義村等も老僧を注視することややあって、軍兵頭に向い、

泰時　ああこれ、これなる御僧の今の言葉を聴けば、栂尾の僧なりといわれた。たしかに左様か。

軍兵頭　栂尾の明恵と申す僧でござる。

泰時　なに、明恵上人とな……

泰時やや驚いたる体にて、そのまま静に座を起ち、白洲に下りて上人の傍に近寄りて、

泰時　栂尾に高徳の聖僧明恵上人のおわすことは、それがし鎌倉に於いても夙に聞き及ぶ。機もあらば、泰時も、一度上人の御教《みおしえ》にあずかりたいとかねて思うて居ったことでござる。家来の者の粗忽《そこつ》の段、平に御容赦下され。

泰時そういいつつ、親から上人の縄目を解いて謝す。

（幕）

執念の家譜

永井路子

永井路子（ながい・みちこ）1925～

東京生まれ。東京女子大学国語専攻部卒業。小学館勤務を経て文筆業に入る。1964年、『炎環』で第52回直木賞受賞。1982年、『氷輪』で第21回女流文学賞受賞。1984年、第32回菊池寛賞受賞。1988年、『雲と風と』で第22回吉川英治文学賞受賞。1996年、「永井路子歴史小説全集」が完結。作品は、NHK大河ドラマ「草燃える」、「毛利元就」に原作として使用されている。著書に、『北条政子』、『王者の妻』、『朱なる十字架』、『乱紋』、『流星』、『歴史をさわがせた女たち』、『噂の皇子』、『裸足の皇女』、『異議あり日本史』、『山霧』、『王朝序曲』などがある。

底本：『執念の家譜』（講談社文庫）

一

三浦光村はひとつの過去をもっている。駒若丸とよばれた過去をである。その名前につらなるひとつの声がある。

駒若――。おい、駒若……

若い、なげやりな、少し高めの歯ぎれよい――叔父にあたる将軍実朝《さねとも》を暗殺したあと、誅殺《ちゆうさつ》されて、十九歳の生涯を終えた鶴岡八幡宮の別当、公暁《くぎよう》の声だ。そして彼は公暁のもう一つの声を知っている。それは日ごろとはうって変って低く、そのくせ甘く、喉の奥をならすようなひびきを持っていた……。彼は公暁の寵童《ちようどう》だったのだ。

父の悲運にあい、幼くして仏門に入れられた公暁は京の園城寺《おんじようじ》で修行した。

「覚えたのは経のよみ方よりも男と寝ることだったな」

笑う公暁の声には、何かに向ってざまみろ、と言っているようなひびきがあった。はれものにでもさわるような幕府の人間たちや、気丈なくせに、彼の前でだけはひどく涙もろくなってしまう祖母の政子――尼御台《あまみだい》へのつらあてだったのだろうか。

強訴《ごうそ》と稚児《ちご》ぐるいに明けくれていた園城寺で十数年をすごしただけあって、公暁は技巧を知りつくしていた。が、そのどこか暗い、狂おしげな激情を受けいれるにしては、駒若の坂東《ばんどう》育ちの十一歳のからだは稚《おさな》すぎた。

にもかかわらず、駒若が公暁にまつわりつくのをやめなかったのは、喉の奥をならすようなその声が好きだったからだ。そしてまた、二人ですごす夜、媾戯《こうぎ》の合間に、同じその声で、その場には似ても似つかぬ激しさで吐きだす鎌倉幕府への罵詈《ばり》に、何とはなしに、魂をゆすぶられたからでもあった。

「狸め」

公暁は執権として幕府の権力を握っている北条義時をこう言った。

「腑《ふ》ぬけだよ、あいつは」

肉親の叔父、実朝をさえこう罵倒した。

「あいつらがぐるになって父君を殺したんだ」

眼を据えてこういう公暁を、駒若は息をつめて見守った。

公暁はやがて実朝暗殺の計画にのめりこんで行く。そしてその傍には、必ず駒若の姿があった。

が、暗殺が行われたとき、駒若はその傍にはいなかった。逃げたのではない。承久元（一二一九）年一月二十七日、降りしきる雪の中を、いちはやく御所に近い西御門の三浦館《やかた》に、その知らせをもたらしたとき、父の義村に羽交いじめにされたかっこうで、公暁と引き離されてしまったのである。

——こんなはずではなかった。

実をいえば駒若の背後には、その父三浦義村があった。義村は公暁の乳母夫《めのと》で、ひそかにこの計画を援助していたのである。暗殺が成功すれば彼は公暁をかついで一挙に幕府の覇権を握るべくたち上がるつもりだったのだ。

が、公暁が実朝だけは斬ったものの執権北条義時を討ちもらしたと知ると、にわかに義村は変節した。そうとはしらず、三浦を頼って来ようとしている公暁にすぐさま討手をさしむけ惨殺《ざんさつ》しようとしたのである。

「そ、それじゃあ、あんまり別当殿（公暁）がお気の毒じゃありませんか」

わあっと泣こうとして、

「騒ぐな」

義村にじろりとにらみつけられ、駒若はべそをかきかけたまま、うつむいた。公暁からうけた愛撫があざやかに皮膚によみがえったのはこの時である。とりかえしのつかないことになったと思った。が、後日、駒若には何のとがめもなかった。いやむしろ、「駒若の機敏なしらせによって、謀反人公暁は直《ただ》ちに誅《ちゅう》された」ということになったのだから大人の世界はわからないものである。

以来三浦の館では駒若の前で公暁の名を口にするものはいなかった。しかし、

駒若、おい、駒若……

公暁のよぶ声を駒若は忘れてはいない。そしてもう一つのあの喉の奥をならすような、甘い、低い声も……

北条氏と三浦氏はあの後、何もなかったような顔をしてつきあっている。駒若の兄が元服して泰村と名のるようになると、義時は早速孫娘——長男泰時の娘を嫁《とつ》がせて来た。

やがて駒若自身も元服するときが来た。

三浦光村。

こう名乗ったとき、駒若丸という過去は完全に彼からすべり落ちたように思われた。

承久の乱のとき、光村はもう一度父の裏切りを目のあたりみせつけられた。裏切られた相手は父の弟・三浦胤義《たねよし》である。

承久三年五月、かねて北条氏打倒をもくろんでいた後鳥羽上皇は武士を集めて鎌倉の出先機関である京都守護の伊賀光季《みつすえ》を誅した。と同時に、在京中の関東御家人《ごけにん》に誘いをかけ、北条氏打倒軍に引張りこもうとした。胤義もその誘いにのった一人なのである。

「北条氏を倒すなら今ですぞ。恩賞は希《のぞ》みのまま、兄上は日本全土の総追捕使《そうついぶし》にもなれるはずです」

義村もかなり心を動かされた様子だったが、結局彼は胤義を裏切ってこの手紙を義時に見せてしまった。鎌倉からは数万の軍が上洛し、あっけなく上皇軍は蹴ちらされ、胤義も自刃した。

そのとき光村は十五歳、事件がひととおり済んでからそっと父に尋ねてみた。

「いったい父上は北条をどう考えておられるんですか」

「………」

秋も終りの静かな夜であった。奥の座敷で向いあった父は無言で光村をみつめている。三浦の海辺で育った躰《からだ》は逞《たくま》しく潮焼けし、白眼だけがいやに白い。

「お味方か、それとも……」

あごを撫《な》でると、その白眼がにやりとした。

「さあな、正真《しょうしん》の味方とはいえんかも知れん」

「それならなぜ――」

「味方するというのか。それはな、光村」

急に声が低くなった。

「時期が悪い、と思うからよ。な、そうだろう。舟を出したって潮や風向きが悪かったら引返す。たとえ獲物はなくてもな」

「でも、それは……」

「男らしくないというのか」

義村はちょっと笑い、それからなだめるように言った。

「だがな、いっそひと思いに突込むよりも、引返すほうがよほど辛いぞ。よく覚えておけ」

「………」

「俺は度々《たびたび》引返したが……」

義村は口を結ぶと太い眉をゆっくり持ちあげるようにして、大きく眼を見開いた。

三浦一族と北条との容易ならぬ宿縁を、このとき初めて光村は父から聞かされた。

それは四十年前、鎌倉幕府誕生のときから始まっている。

当時三浦氏はすでに相模国《さがみのくに》、三浦半島に根を張った豪族だった。頼朝の旗あげと呼応して起《た》ったものの、一時利あらず、本拠をすてて房総へ逃れた。このとき三浦では一族の棟梁で八十九歳になる大《おお》介《すけ》義明を失っている。

それだけに頼朝が鎌倉に新府を開くと三浦は優遇され、大介の孫和田義盛が侍所《さむらいどころ》の別当（長官）になった。義盛は大介の長男義宗の息子である。この義宗は当時すでに死んでしまって、家督は次男義澄がついでいたが、彼も同じく重用された。

幕府内で三浦が一目おかれる原因は実はほかにもあった。それは三浦が鎌倉の地続きを領している豪族だからである。本拠の衣笠城《きぬがさじょう》を中心に、鐙摺《あぶずり》、芦名《あしな》、長井、佐原《さわら》、そのほか三浦半島の全域に城砦を築き、親子兄弟で守っている。

これに比べて北条氏は伊豆が本拠で、鎌倉の兵力は何といっても少ない。地元の三浦勢を相手ではひとたまりもない。頼朝の舅《しゅうと》として血筋で権力に結びつく北条と、地の利を獲《え》た三浦と――これはどうでも無事ではすまされない相手だった。

が、それだからこそ北条時政は、三浦氏にはいつも密着戦術をとった。河越、畠山、梶原、安田等の旗あげ以来の功臣が次々と失脚しても三浦が安泰だったのはこのためである。

しかし、時政、義澄の時代が終り、息子の北条義時、三浦義村の時代になると様子が違って来た。多くの有力者が倒れてしまったので、お互いは、いやでも相手をまともに見なければならなくなったのである。

第一回の両者の微妙な衝突は承元三年に始まる。このとき義時は有力な関東御家人が世襲で持っている諸国守護職《しゅごしき》――警察権を定期交替制にしようとした。三浦の持っている相模の守護職も当然その対象になったわけである。このとき義村は猛然と反対した。同じ立場の下総《しもうさ》の千葉、下野《しもつけ》の小山《おやま》氏もともに反対したので義時はこの案を撤回した。文句なしに三浦の勝利である。

第二回は数年後の建保元年の和田の乱である。これはもともと北条側からしかけられた巧妙な罠《わな》だったといってよい。事件は、ちょっとした謀反の共犯者として、和田義盛の息子や甥が拘束されたことから始まる。一本気な義盛が早速やって来て宥免《ゆうめん》を願い出ると、息子は許されたが、甥の胤長《たねなが》だけはだめだった。一徹な義盛は大いに自尊心を傷つけられて憤慨し、義時の館をかこもうとした。

義盛は義村の従兄である。当然助力を頼んで来たし、義村も始めは起つつもりでいた。が、義村はまもなく、北条氏がすでに関東御家人に大動員令を発していることを嗅ぎつけた。

──これはいかん。

義村はためらった。交誼《こうぎ》か家か……悩んだあげく彼はあえて義盛を裏切った。合戦は予想通り、和田氏の惨憺《さんたん》たる敗北に終ったが、三浦氏は無傷で残った。思えば義村の裏切りの歴史はこのときから始まったといってよい。

第三回──例の公暁事件は、いわば三浦から張って出た勝負だった。このとき、公暁が義時を討ちもらしたのは何といっても大きな失点である。公暁を裏切ることによってやっと身を保ち得たものの、明らかに三浦の負けだった。

第四回──承久の乱でも義村は弟を裏切っているのは負けと言うべきかも知れない。が、ほんとうに負けだろうか。義村が一時の激情に駆られて猪突《ちょとつ》していたら、今ごろは、三浦氏は、北条氏のお望み通り、とっくの昔に消えていたかもしれない。

「まだまだ負けはせんぞ」

義村は光村に言うと、もう一度あごを撫でてにやりとした。

「最後まで機会を狙う。俺の執念にかけてもな」

こう言って海育ちの彼が部厚い胸を反らせるのを、光村は黙って見守った。

二

承久の変以来の数年、三浦と北条の間には無風状態が続いた。正月の垸飯《おうばん》の儀式や鶴岡八幡の神事などには、義時は何をおいてもまず三浦をたてるようにしたし、義村に招かれれば、その領地まで気軽に舟遊びにやって来た。

光村が初めて義時をまざまざと近くに見たのは、何度目かの舟遊びの行われた初夏のことである。

「明るいな」

小舟に乗ろうとして義時は小手をかざした。岬に近いそのあたりは、道すがら見て来た切れこみの深い入江とは違って外海の荒々しさがある。海はさらに碧《あお》さを増していたし、浜辺いちめんに散った白い貝のかけらに太陽の光が散って目に痛いくらいだった。

小舟に乗った義時は、漁師たちが岩間にもぐってあわびやさざえをとるのを、子供のように面白がって眺めた。

「とれたか」

度々小舟からからだを乗り出して尋ねた。光村はそのすぐ後で、膝の上に手を揃え、身じろぎもせず、かつて公暁が「狸」と罵《ののし》ったそのひとをみつめていた。

すでに老境に入ったそのひとは、今、執権でもなんでもなく、平凡な老爺にかえって、漁師の手もとに気をとられている。

――これが狸か……

と思ったとたん、義時がふりかえった。

「そなた、もぐれるか?」

「は?」

ふいをつかれて光村はどぎまぎした。

「もぐってさざえやあわびが取れるか?」

「は、子供のころ、よく致しました」

義時は微笑をうかべて肯《うなず》いた。

「俺たちもやった。もっとも伊豆の北条だから川でな。狩野川《かのがわ》というんだ。やまめを釣ったり鮒《ふな》を追いかけたりしたものさ」

言いかけて光村の顔をのぞきこんだ。

「そなた、いくつになる」

「十六でございます」

「元服はたしか去年だったな」

「はい」

「年よりは大きい」

それから沖の方へ眼をうつしながら「狸」はゆっくり言ったのである。

「公暁どのが鎌倉へ帰って来られたのは十六、いや、十八のときだったかなあ」

光村はすぐには声が出なかった。瞬間体がこわばってしまったのだ。

手も足も出ない感じである、腹の底を見すかされたような気がした。が、ふたたび舟の中をふりむいた義時の瞳にはなんのわだかまりもなかった。光村の頭越しに舳《みよし》の方へのびあがりながら、彼は子供のように声をあげた。

「おう、待っていたぞ」

今しがた釣れたばかりのきすが塩焼きにされ、酒を添えて運んで来られるところだった。

「おい光村、そろそろ嫁をもらえよ。執権殿が心あたりがありそうなお口ぶりだぞ。あの日のお前のつとめぶりがお気に召したらしくてな。いろいろお尋ねになるんだ」

兄の泰村が、とっておきの御馳走を分けてやるような口ぶりで言ったのは、例の舟遊びがあってから間もなくのことである。義時の長男泰時の娘を嫁にもらい、義時にも目をかけられている彼は、北条氏の婿であることに誇りを感じているらしい。光村は、ふん、というふうにわざとそっぽをむいた。

三浦と北条の行きがかりを知らない兄でもあるまい。それをのほほんと北条の婿でございとおさまりかえっている。

――が、しかし俺だって……

ふいにあの折の屈辱感がよみがえった。俺だってあの「狸」になにか言われたら手も足も出なくなったではないか。

――うう。うう。

せいいっぱいの力をこめて、彼は兄の言葉をはねのけた。

「俺は嫌だ。執権のお声がかりの嫁なんかもらわない」

「ほほう。なぜだ」

「好きなのがいるんだ」

もちろん出まかせだった。

「ほう、こいつ、隅におけないな。誰だ」

「言えない。とにかく、執権の話は断る」

「そりゃわかった」

泰村はあっさり肯いた。それより光村の好きな女というのが気がかりらしい。

「誰なんだ、いったい」

「いいじゃないか、誰でも……」

「かくすなよ」

問いつめられたとき一人の少女の顔が浮かんだ。

「小鈴だ」

言ってしまってから、光村は、うん、俺は嘘をついてるわけじゃないぞ、と思った。あいつなら一度からかってみようかと思ってたんだからな。まんざら嘘じゃないわけだ。

「小鈴だって？」

泰村は呆れたような顔をした。

小鈴は祖母――故義澄の未亡人の世話をしているみなし子である。父は死に、母は縁を頼って三浦へやって来たのだが、これも死んでしまっている。

「あんなみなし子をか。それに第一、あいつ、まだ女なんてものじゃないぜ」

「それでもいい」

泰村は年長者らしい貫禄をみせて笑った。お前には女なんか解ってはいない、と言いたげである。が、それ以上からかったりしないのが泰村のいいところかもしれない。

「せっかく執権がおっしゃっているのにな」

しんから残念そうに彼は言った。

「執権はお前をとっても買っておられるんだぞ。馬の乗りこなし、弓矢の作法、弱年に似合わずみごとだって……流鏑馬《やぶさめ》、犬追物《いぬおうもの》なんかの時、ちゃんとごらんになっておられるんだ」

「ふうむ……」

光村は少しまぶしげな表情をした。

「そうとは思わなかったな」

「え？　何だって」

「いや、何でもないさ」

薄笑いをうかべて首を振ったが、このとき、光村はまたしても「狸」にぎくりとさせられたのである。

たしかにこのところ、晴れがましい騎射が行われるとき、光村は装束もはでやかにし、つとめて目立つように振舞っている。

これには実は下心があった。藤原三寅《みとら》――さる承久元年、二歳のとき、実朝の後継者として未来の将軍たるべくもらわれて来た彼は、無類の馬好きなのである。まだたったの五歳だから乗れもしないが、とにかく馬さえ見れば歓声をあげ小さな手をふりまわして大喜びする。「若君ことに御入興《ごにゆうきよう》」というので、犬追物や小笠懸《こかさがけ》がめだって多いこのごろなのだ。

こんなとき、人一倍の武者ぶりを見せれば、幼い三寅は必ず目をとめるに違いない。そして三寅が長じた折に、彼は無二の近習となることが出来るだろう……

十六歳――それは子供でもあり、すでに大人でもある。大人同様に狡猾《こうかつ》に、いや大人以上に鉄面皮になれる年頃である。光村は、その自分の計画に、向う見ずに突進して行ったのだ。

――それを狸が見ていようとは……

やはりあいつは「狸」だ、と光村は胸を熱くした。

やがて計画通り、光村は三寅の近習にすべりこんだ。

一番　三浦駿河三郎光村

同　結城《ゆうき》七郎朝光《ともみつ》

翌貞応二年九月に発表された六番の近習番の筆頭にその名があった。

このころ光村は小鈴を妻に迎えた。妻と呼ぶには幼すぎる十四歳の少女である。床に入っても何も知らないのか眼をぱっちりあけている小鈴にかまいつけず、光村はしばしば家をあけた。

それは三寅のそばに宿直《とのい》するためである。出来ることなら彼をひとりじめにしたい。彼は寝つきの悪い三寅の傅役《もりやく》として、夜ふけまで体をさすったり、他愛のない寝物語の相手になってやっている。

三寅はすき通るような蒼白い皮膚を持っている。故将軍頼朝の姉の血をひくとはいえ、彼には九条、西園寺などの藤氏の名門の血のほうが多く流れている。蒼白い皮膚の底に、貴族特有の真珠いろのつやをにじませているのもそのためだし、第一、坂東の悪たれとは全くちがった、絹細工のような、やわらかいからだをしている。三寅が寝つくまでそのからだを撫でてやりながら、光村はふと公暁の愛撫を思い出す。が、三寅はまだ六歳、それを教えこむには余りにも幼すぎた。

——驚かせてはいけない、少しずつ、少しずつ……

うつらうつら眠りにひきこまれてゆく三寅の肌に魅せられて、いつのまにか公暁がしたように喉の奥をならすような低い声で語りかけている光村であった。

それから一年ほどした貞応三年六月、執権義時が、突然この世を去った、今でいう脚気《かっけ》衝心《しょうしん》のようなものだったらしい。

執権が死んだと聞いて、光村は奇妙な虚脱感に陥った。

——俺はあの「狸」めあてに生きて来たのに……

と彼は思った、かつて舟の上で手も足も出ない気持にさせられたあの「狸」に、目にものみせてやろうと思ったのに。芝居の中途で肝心の相手役に舞台を降りられてしまったようなかんじだった。が、しかし、さらに悔恨の思いを深くしているのは父の義村ではなかろうか。今に、今にと思っていた相手に、突然姿を消されてしまって……

御所で三寅を相手にそんなことを考えていた昼下り、光村は突然父からの急な使いをうけた。とんで帰ると、西御門の館の門内には武者姿が溢《あふ》れ、なんとなく慌《あわただ》しい。奥の局《つぼね》にはすでに泰村がよびつけられていた。光村が坐るなり、義村は、ぎろりと眼を光らせて、短く言いきった。

「手筈《てはず》はすべて整った」

三

北条義時の死にあたって三浦義村の見せた反応は、光村が考えているような生やさしいものではなかった。当時、義時の長男、陸奥守《むつのかみ》泰時は京都にいた。それが鎌倉に帰って来るまでの空隙を狙って、義村は実にあざやかな手を打ったのである。

まず彼は義時の愛妾、伊賀局の兄弟、光宗、朝行らと手を組んで、局が義時との間に儲けた四郎政村を執権の座に据える計画を樹《た》てた。一気に北条氏打倒を狙わず、その分裂を策したのだ。ときに四郎政村はまだ二十歳、所詮は飾りもの、実権は義村と光宗で握ろうというのである。

「が、しかし……」

話を聞いたとき、光村は首をかしげた。三寅の後見役として実権を握る将軍頼朝の未亡人政子が、同意するかどうか。三寅はまだ幼いので正式の将軍宣下《せんげ》はうけていない。事実上執権任免の鍵を握るのは政子である。日頃義時の長男泰時をこの上なく愛している彼女がこの案に賛成するだろうか。

「そのときは力にものを言わせても……」

言いかけて義村は声を低めた。

「いや、そのほかに、じつはもう一つ手が打ってある」

その先の父の言葉は光村にとって全く信じられないものだった。

「な、なんと仰せられます、父上」

「しっ、声が高い」

が、光村は我を忘れていた。

「そ、そんな、無茶な、若君を——三寅君を廃するとおっしゃるのですか」

「いかにも」

光村を見すえる義村の瞳はそっけなかった。

「その代り、京から来て居られる一条宰相中将を将軍に迎える。中将から政村を執権に命じられるのだ」

光村は声が出なかった。

一条宰相中将実雅《さねまさ》は、三寅と同じくかすかに源氏の血をひく貴族で、伊賀局が生んだ義時の娘、つまり政村の姉を妻として、ほとんど鎌倉に住みついてしまっている。政子の干渉を封じるために、将軍そのものを替えてしまう——これはまさしく妙手である。

「が、しかし……」

光村の体中を熱い血がかけめぐった。

「父上！　じゃあ、若君はどうなるんです」

義村は無言である。大きな瞳でじっと光村を見すえている。

「父上。それでは余り若君が……」

光村は公暁事件のあの夜の自分を思い出した。わけもなく羽交いじめにされたと同様に今度もまた父によって裏切りをさせられるというのか……

義村は依然黙っている。何の説明も拒否し、どんな哀訴《あいそ》もうけつけず、恐らく、光村が力なくうなだれるまでは黙ってみつめつづけるつもりなのであろう。

やがて――。光村の瞼《まぶた》がふるえた。それから肩が崩れ、うつむくまでに、さほど時間はかからなかった。

静寂はしばし続いた。

夏の終りに近く、局から見える空は濃い群青色で雲ひとつ見えはしない。風のそよぎも伝わって来ない、奇妙に物忘れしたような、それでいてひどく重苦しい時が過ぎて行った。

光村はそっと兄をぬすみ見た。泰村はさっきから一言も発していない。が、むしろ、彼こそ言い分はあるはずである。あれほど義時に眼をかけられ、泰時の婿であることを誇っていた彼ではないか
……

が、泰村は黙っている。顔色ひとつ変えようともせず、父の言葉にうなずいている。父に似た目鼻立ちを持ちながら、色が白いためにまるきり違ったおだやかな印象を与えるその顔には、これほどの陰謀に参画しているような緊張はどこにもない。相模野へ狩りに行く相談だってこれ以上おだやかな

顔では出来ないだろう……

——それでいいのか兄上……

が泰村は光村の視線に気づいてはいない。

「間もなく奥州（泰時）が帰って来る」

義村はぽつりと言った。

「事は隠密に運ばねばならん」

恐らく泰村に聞かせるための言葉なのだろうが、泰村は張りあいがないほど従順にうなずいた。

「なるべく兵乱は避けたい。が、内部をまとめるにはやはり力がいるのでな」

「どのくらい集まりましょうか」

初めて泰村が口を開いた。いつもと変わらない静かな声であった。

「一万。もう半ばは集まっている」

よろしいでしょう、というように泰村はうなずいた。

「半月のうちに全部体制がととのう。むこうは何といっても立ちあがりが遅い。奥州が鎌倉に着いてからでは十日の違いがある」

それからゆっくり義村は言った。

「俺はこの日を待っていた」

六十にちかい生涯の執念をこめた声であった。

ちらと光村の眼の前に、無心に眠る三寅のやわらかいからだが浮かんだ。

——父上の言葉の重みのために、俺はこの裏切りを犯さねばならぬ……

光村は眼に浮んだものをわざと見まいとして、父の顔をみつめつづけた。

間もなく泰時は鎌倉についたが、義時の追善法要に追われて、こちらの動静にはなかなか気づかない様子である。その間にも三浦方は有力な御家人を抱きこんだり、兵力を集めたり、ひそかに計画を進めていった。

今度こそよし！

義村も、九分九厘成功を疑わなかったようだ。

が、ある夜、突然、思いがけない来訪者が三浦の館の門前に立った。それが尼御台政子の微行《びこう》の姿であると知ったとき、瞬間義村の顔色が変った。

「尼御台が……」

光村は思わず義村の方をうかがった。つとめてさりげない様子で出迎えにたった義村ではあったが、浅黒いその顔はかすかに痙攣《けいれん》しているようだった。

にわかに廊に灯の色があふれた。痩せすがれた政子は、ほとんどにこりともせず、家人の平伏する中を奥の局へと消えた。薄墨色《うすずみいろ》の法衣をまとって足音もさせず、灰色の風のように過ぎて行ったあとに従う義村の足どりはひどく重たげであった。

二人は余人を遠ざけて長い間話していた。

夜が更《ふ》けるに従って、あたりは静まりかえり、裏手の竹林を渡る風の音だけが耳についた。奥の局の見える廊に、先刻からじっとすわりつづけている光村は、時間が長くなればなるほど、政子来訪と聞いたとたんの予感が、まぎれもない確信に変って行くのを感じていた。

──露見したか、とうとう……それにしても誰が？　……

瞬間に眼の前に浮び出る顔があった。兄泰村のおだやかな笑顔である。泰村は昨夜から三浦の本領に連絡に行くといって館をあけていた。

──よもや……

と思う。がそれを圧倒する鮮かさで兄の笑顔が迫って来るのである。

やがて政子は来たときと同じ静かさで帰っていった。それを送り出す義村の肩が目立って落ちこんでいることが、まぎれもない計画の挫折を語っていた。政子が帰って暫《しばら》くの間、二人は奥の局で黙って向いあっていた。義村の潮焼けした頬には深い疲労の翳《かげ》があった。

「兄上を呼び戻しましょうか」

そっと尋ねたとき、

「いや」

即座に思いがけない鋭さで戻って来た言葉から、光村は父も同じ思いにとらわれていることを知ったのである。


あれだけ綿密に樹てられながら、北条氏打倒の計画は、遂《つい》に不発に終った。政子は賢明にも義村の陰謀には気づかぬふうを装って、専《もっぱ》ら伊賀一族の奸計《かんけい》を密告するという手に出たのである。

伊賀一族をそなたの手で排除してほしい。今頼りに出来るのは三浦一族だけです。

政子に懇願されて、義村は骨ぬきにされた形になった。

まったくあざやかな巻返しというよりほかはない。義時の時代とはまた違った柔軟な作戦に三浦一族は敗れた。以後の数日で舞台は大きく転換する。義村は遂に伊賀一族を売ったのだ。光宗は政所《まんどころ》執事を追われて信濃へ流され、伊賀局も伊豆へ蟄居《ちっきょ》を命じられた。光宗たちに担がれかけた一条実雅は京へ返され、処分は朝廷にゆだねられた。彼はのちに越前に配流《はいる》されている。

が、処分はここで止められた。三浦一族には何の咎《とが》めもなかったし、伊賀氏と行動を共にした北条政村も処罰されずにすんだ。そのころ正式に執権の座についた泰時に、ある人が政村のことをほのめかすと、むしろ泰時はびっくりしたように眼を丸くし、それから愛想のいい笑顔になってこう言ったという。

「そんな馬鹿なことが……四郎は賢いやつだ。あれが伊賀一族に乗ぜられておろかな真似をするはずがない。第一、陰謀なんて大それたことがあのときあったわけじゃないんだ」

が、まさしく伊賀一族は……と、相手が言いかけると、泰時はむしろ愉快そうな笑い声をあげた。

「伊賀の連中か。ありゃあ出ない化物におびえたたぐいさ。そうさ、謀反なんてありはしない。だから俺は鎌倉に帰ってから何一つ身構えさえしなかったよ」

出来すぎた答である。伯母の政子を使って自分は何一つ動こうとはしなかった泰時は、事がすんでしまうと、謀反の事実さえ笑いとばしてしまうつもりらしかった。

謀反なんかありはしなかったのだ、だからそれについて収拾に骨折った三浦氏などにも、何の負い目も感じなくてよい、という理窟なのだろうか、さすがに政子からはねぎらいの言葉があったが、泰時は全く知らぬふりなのである。

ただ父の義時とちがって泰時はひどく愛想がよかった。礼儀正しく、一座の長老として義村をたてることは忘れない。だからよそ目には三浦氏の幕閣における比重はさらに重くなったようにさえ見える。

が、光村は知っていた。いかにも重臣らしく振舞ってはいるけれども、その実、義村の目がまったくうつろになってしまったことを……。彼は最後の賭に敗れたのである。義時の時代、こらえにこらえて、若輩泰時のときにこそ、と思っていたのが、いざ立ちむかってみると、泰時のほうがさらに大狸だった。裏切りに裏切りを重ね、ただ北条氏打倒の執念のために生きつづけた義村が、まぎれもないわが子の裏切りによってその意図を挫折させねばならなかったのは皮肉といえば皮肉なことだった。

四

光村はその後暫く三寅の顔をみることをためらっていた。が久しぶりで御所をたずねると、

「なぜ来なかったんだ。毎日待ってたのに」

駆けよって光村の袖にとりついた。例の事件については何も知らされていない様子である。

「忘れてたの？　あの約束……」

小さな唇をとがらせ、三寅は不満そうに言った。

「あの約束？　……」

「なあんだ、忘れてるんだな。一月も前から小笠懸の約束してたじゃないか。ほんとはおとといやるはずだったのに……」

「お、そうでしたな、申しわけありませんでした」

光村がひざまずくと、三寅は彼の直垂《ひたたれ》の菊綴《きくとじ》を小さな指でひっぱった。

「そなただけじゃない。誰も来てはくれないんだ。伊賀の四郎も六郎も……結局小笠懸はお流れさ」

「それはそれは……」

が、三寅はふたたび伊賀兄弟を見ることはないだろう。二人はすでに九州へ配流されてしまったのだから……

自分を見棄てようとしたとも知らず、その日三寅はいつになく光村に甘ったれた。しばらく誰からも放っておかれたのが、よほど淋しかったのだろう。

「ね、今夜は帰っちゃいけない。いっしょにいてくれ。誰もいないとつまんないもの……ね、抱いて寝てくれる?」

囁《ささや》くように言う言葉には、かすかな媚態《びたい》さえあった。その夜三寅はなかなか寝つかなかった。まだ熟しきっていない透きとおるような肌をすりよせて来る彼は、光村の愛撫の意味を、そろそろさとり始めたのかもしれない……

その傾斜がひたむきであればあるほど、光村はときに三寅と眼をあわせるのが息苦しくなる。ひとたびは彼を見棄てようとしたことを思い出すからである。

その後間もなく、義村は幕府の行政、司法の最高官である評定衆《ひょうじょうしゅう》に任命された。が、光村は、そのじつ、義村がそうした地位にさほど興味をもっていないことを知っていた。もちろんときには義村は評定の席で無理に横車を押してみたりする。が、それは老人の短気がさせることで、もし本当にこれまで通りの執念を持ちつづけているとしたら、そんな行当りばったりの爆発はさせないはずなのだ。

泰村はもとのように泰時のもとへ入りびたっている。泰時によく似たおだやかな物腰で、いつも微笑を忘れない。事件についても何も語ろうとはしない泰村なのだ。あれ以来、てんでんばらばらになってしまった一族の中で、あの事件の屈辱に遠慮会釈もなく触れて来るのは妹の時子だけである。

時子は光村と一つちがい、幕府の元老、大江広元の四男、季光《すえみつ》にとついでいる。大柄で、そばかすの多い少女だった時子は、とつぐと間もなく急におとなび、腰のあたりが豊かになった。でんと構えて、ぶっても叩いてもびくともしないような一人前の女になったという感じである。そのくせ性格はもとのまま、一向に女らしいうるおいも加わらず、勝気でがさがさした相模女の気質をむきだしにしている。光村のかんにさわるのは、その時子が、とついで以来、顔をあわせると、むしろ彼より年上のような口のきき方をすることだった。

「兄上、御機嫌はおよろしくて？」

その年も暮近く、三寅が方違《かたたがえ》のために、泰時の館に行くというので、その供奉《ぐぶ》の衣裳をととのえさせ、手になれた小弓の弦の具合などを調べていると、時子はその背後に来て、片膝を立てて坐った。

大江季光の館は目と鼻の先なので、三日にあげずこうしてやって来る時子なのだ。

「明日の方違の供奉にも、そんなお顔でお供するのですか、執権殿の御館へ……」

彼女はちょっとからかうように言って首をすくめた。

「なに？」

思わずむきになる光村に、時子は肩をすくめて見せた。

「もうお忘れになることですわ、兄上」

「なんだって？　何を忘れろというんだ」

「御存じのくせに——」

「…………」

「もう、あれから半年も経っています」

たしかに――あれからもう半年近い。

「第一、まともに勝負になる相手じゃありませんもの」

「なに？　もう一度言ってみろ」

思わず声が荒くなった。

「何度でも言います。北条と三浦では格がちがうんです。それが父上にはおわかりにならない」

「こいつ……」

小面憎《こづらにく》くはあったが、内心、ほんの小娘だと思っていた時子がこんな眼で父親を見ていることが思いがけなかった。

「たしかに、四十年前の旗あげのときは、三浦の方が北条よりも大きかったかもしれないけれど、今は違います。それが父君にはおわかりにならない。だからいつかは倒せる相手だと思っていらっしゃるのでしょう」

「…………」

「私みたいに北条が執権になってから生れたものにはよくわかることなのに……無理に張りあおうとなさるから、立ちむかったとき、壁にぶつかったような気がしてしまう……」

光村の腹の中を見すかすようなことを時子は言った。

「だから、ますます焦《あせ》って、これをやっつけなければ自分がほろびると思ったりするのです」

「きいたふうな口をきくな。じゃ、畠山はどうだ。梶原は？　げんに北条氏の計略にかかってほろびて行ってるじゃないか」

「それはその人たちが父君と同じように、北条氏とやりあおうとしたからですわ。そうしなければ、結構無事にやって行けるのに……たとえば、安達や小山みたいにね」

旗あげ以来の功臣で北条ともうまくやっている豪族をいくつかあげた。

「大江もそうだというんだろう」

「ええ」

時子はすましたものである。

「大江にとついで、そのことがよくわかりました。なにも父君のように、窮屈に思いこんで生きることはないって……」

「女だからな、お前は。男とは違うさ」

「それがいけないのです。意地をお張りになって……。大兄上、泰村兄さまをごらんなさいな」

「………」

「執権殿御一家と、うまくやっていらっしゃるじゃありませんか。そのほうが悧口《りこう》です。肩肘張ってわが身を危うくするよりも、枠の中で気楽にしたほうが……。今の世の中ってそうなんですわ、上から下まで順序が出来ていて、その枠さえはずそうとしなければ、結構うまくやって行けるのに――」

「帰れよ」

ふいに光村は声を大きくし、にこりともしないで言った。

「そらまた、そんなふうに……」

立ちかけて時子は微笑を浮べた。

「きっともうすこしあとになれば、私の申しあげたこと、わかっていただけます」

光村は時子をふりかえらず、末枯《すが》れた薄《すすき》の乱れている小庭に散る黄色っぽい日射しを眺めていた。

——あいつはいつも、俺より年上のような口をきく……

時子のいうことはその通りだ。頭さえ切りかえれば世の中は暮らしやすい。兄の生き方の方が要領がいいのだ。が、俺にはそんなこと出来るものか！

彼は三浦一族の中でひとりぼっちの自分を見出《みいだ》した。

——ひとりだっていい。そのほうがせいせいとしていい。

胸を張ったときふいに、三寅のことが思い出された。両親とも離れ、自分が孤独だということさえ気づいていないいたいけな三寅の姿が……

——俺と若君とは当然結びつく運命だったのかな……

ふと人影を感じてふりむくと、妻の小鈴が立っていた。時子のように大柄なゆたかさはないけれど、小鈴はめっきり美しくなった。今まではどこか白っぽく乾いた感じの肌だったが、ほんのり底に紅《あか》みがさし、しっとりしたつやが加わった。が、控えめなみなし子として育った小鈴は、自分の美しさにも気づいてはいないふうである。

「新しいお直垂ができました」

紺村濃《こんむらご》の錦の直垂をかかえて、小鈴はひっそりと言った。


三寅はやがて元服して頼経《よりつね》と名乗り、正式に将軍宣下を受けた。それから一、二年のうちに急におとなびたのは、早熟な貴族の血をうけついでいるからだろうか。蒼白い頰にかすかに翳を宿すようになって、彼もまた自分の孤独に気づきはじめたようである。

十一歳になったとき、はじめて頼経は光村の愛撫にこたえた。光村は喉の奥でならすような低い声で頼経を包み、かつて公暁が狂おしく自分に与えた愛撫をそのまま頼経に口うつしに伝えたのである。

五

機会というものは、一度過ぎてしまうと、そのあとめったにめぐって来るものではないようだ。三浦と北条の間には、その後二十年近く平穏な月日が流れた。

二十年——なまじの怨念《おんねん》なら溶けて流れてしまう歳月である。たしかにお互いはその間過去のことをすっかり忘れたような顔つきで生きて来た。しかしそれがそのままですまなかったということは、それだけお互いの執念が深かったせいであろう。

二十年のうちに三浦義村は死んでいた。泰村がそのあとをつぎ評定衆に加わった。以来泰時との間はさらに親密になったようである。このころすでに泰村の妻——泰時の娘は死んでいたが、それで両者の間が疎遠《そえん》になる気配はなかった。

光村も河内守、能登守などを歴任し、小鈴との間に男の子を儲け、将軍頼経も一児の父となった。はじめ彼は故将軍頼家の忘れ形見の十三も年上の竹御所とめあわされた。

「俺は嫌だ、まるで母君と寝てるみたいだ」

露骨に顔をしかめて彼は光村の愛撫を求めた。それでもしばらくすると竹御所はみごもったが、死産で、みずからもその後を追うように死んでしまった。

後になって頼経は中原親能《ちかよし》の娘、大宮局に男の子を生ませた。さすがに光村との間は間遠になっていたが、はっきり切れたわけではない。当時の習慣はそんなものだったのである。

この間北条側はおだやかな泰時が執権の座にあって、何の変化もなかった。その間に泰時は二人の子供に先立たれたのだが、いかにも彼らしいそつのなさで、孫が成人に達するまで生きのびてしまった。そしてそのそつのなさが、光村に攻撃をためらわせたのである。

――待つことだな……

人一倍血気にはやる光村にとって、待つことはなかなか苦痛だった。が、光村とてもこの間無為に待っていたわけではない。彼は次第に将軍のまわりに幕府の有力者たちを集めていたのである。評定衆の千葉秀胤《ひでたね》、後藤基綱《もとつな》、問注所執事《もんちゆうじよしつじ》三善《みよし》康持……和歌の会とか酒宴にことよせて招かれた彼等は、いつの間にか頼経の支持者に変わりつつあった。その数は次第に増し、中には北条一族の名越光時などの顔までみられるようになったことに光村はひそかに満足した。

仁治三年――泰時が死んだとき、それはまた、光村が頼経のまわりをこうした支持者で固め終えたときでもあった。

泰時の後をついだ孫の経時《つねとき》は、まだ二十そこそこの若さである。体のあまり丈夫でない、痩せぎすの青年で、細い女性的な声の持主である。めったに笑顔をみせず、たまに笑う時でも眉間に皺をよせるのが妙に暗い感じを与えた。

この若い新執権はひどく勤勉だった。朝から評定所につめきりで書類に眼を通し、用のあるときは頼経の御所へ日に二度でも三度でもやって来る。何か儀式でもあるときはやかましく先例を調べさせ、行列の細かいことまで気を配った。

――人間が小さすぎる。

泰時ほど手ごわい相手ではなさそうだ。

待っていた甲斐《かい》があった、と光村は思った。その上幕府内の頼経支持層は圧倒的にふえている。機はまさしく近づいた感じである。

寛元二年、頼経の息男が元服することになった。日取りが四月二十一日ときまると、経時は持ちまえの勤勉さでその準備に熱中した。とかく健康のすぐれない彼は蒼黒い額に汗をにじませて何度も頼経の御所を訪れた。

「すべては御所様の御元服遊ばされた嘉禄二年の御儀に準じたいと思います」

にこりともしないでそう言い、頼経の忘れてしまっている二十年前のことを持ち出しては細々《こまごま》と意見を尋ねるのだった。

「嘉禄のときの御陪膳《ごばいぜん》は駿河守（北条重時）でした。今度は弟の時頼《ときより》に勤めさせます」

「よろしいように」

「当日の御装束は、始めは有文《うもん》のお直衣《のうし》で、後では無文でございましたな」

御剣は、御馬は……と事ごとに嘉禄の前例を持ち出して、経時は細かいことまで念を押して問いただした。

「もうよい。よろしいように計らえ」

あきれて頼経がそう言っても経時はにこりともしない。

「間違いがあってはなりませぬ。すべて嘉禄の御儀に従いとうございます」

経時の苦心の甲斐があって、当日の元服の儀は全く何の支障もなく行われ、息男は頼嗣《よりつぐ》と名を改めた。こういうときにはつきものの、ちょっとした手違いさえもなく進んで行く儀式を、白狩衣《しろかりぎぬ》の礼装をつけた経時は、にこりともせずに見守っていた。

「ほんとうに御苦労だった」

その日の夕刻、すべてが滞りなくすんで挨拶に来た経時に頼経がこう言ったのは、通りいっぺんのねぎらいからではなかった。居あわせた光村も傍から口を添えた。

「まったく執権殿の御力で御盛儀おみごとでございました」

じじつ、このところ光村は経時の青年らしい勤めぶりに舌を巻き、その誠実さに少し心を動かされかけていたのである。

が経時は光村の方を見ようともせず、頼経にだけ会釈すると、格別嬉しそうな顔もせず、例の切口上で、

「御元服がおすみになられましてなによりでございます」

と言ってから、ついては、と膝を進ませて来た。

「若君様の御叙位、御任官のことでございますが、これも早速御申請遊ばしたらいかがという御内意でございます」

「御内意?」

頼経はその言葉に引っかかったようだった。

「はい、朝廷からの……」

経時は相変らず無表情に肯いて続けた。

「従五位上《じゅごい》、右近衛少将《うこのえのしょうしょう》に任じ、将軍宣下——という御意向でございました」

「な、なんと……」

頼経は自分の耳が信じられないというふうだった。

「将軍宣下? だ、だれにだ」

「頼嗣様にでございます」

あっ！　と思わず光村は傍で声を呑んだ。謀《はか》られた、と思った。

「執権殿！」

思わず、声が上ずっていた。

「そ、それでは、只今の将軍家は……」

経時は光村を無視した。細い眼をじっと頼経にそそぎ、彼はゆっくり言った。

「嘉禄の御時、上様も御元服と同時に将軍宣下をおうけになられました」

それから静かに懐《ふとこ》ろの書状を取り出した。

「六波羅《ろくはら》からのでございます」

京都にいる六波羅探題、北条重時からのその書状には、頼経譲補《じょうほ》という朝廷からの半ば命令的な内意がはっきり記されてあったのである。

もう遅い！　すべては企《たく》みだったのだ。

書状を読む頼経の手はかすかにふるえていた。それに気づかぬように、経時はさらに追討ちをかけて来た。

「こちらからの申請はなるべく早い方がよいかと思いますが……御承諾が得られれば、今日にも使いを出立させます」

やがて――。

六波羅へむけて幕府の使いはその日のうちに鎌倉を発っていった。

「御急事たるにより行程六日」

という経時の命をうけた使者が早くも将軍宣下の除書《じょしょ》（辞令）をもって帰って来たのは翌月五日。余人の介入を許さない、まことにあざやかな手並みであった。光村が苦心して頼経の周囲に防壁を作り終えたと思ったそのとき、経時は頼経自身を将軍の座からひきずりおろしてしまったのである。

以来頼経は病気勝ちになった。ふた言めには京都へ行きたい、行きたいと口走った。都にはまだ彼の父九条道家も健在である。彼はだまし討ちにあった実状を、父や都の公卿たちに訴えたかったのだろう。

上洛は幾度か計画された。が、そのつど、頼経の健康がはかばかしくなかったり、出発にあたって悪い卦が出たりして、ふしぎとその計画は取りやめになった。上洛がきまるたびに、経時はいつもの熱心さで供奉や行旅の計画を樹てた。元服も譲補も上洛も、彼にとっては、ひとしい重みをもっているというのだろうか？　……

が、経時は、まもなく、その持前の勤勉さを発揮することが出来なくなってしまった。かねて病弱だった彼は、激務に堪《た》えられず、遂に寝こんでしまったのだ。ときに寛元四年三月、彼は執権職を二十歳になる弟の時頼にゆずり、閏《うるう》四月一日この世を去った。

代って執権の座についた時頼はいろいろの点で兄とは正反対だった。がっしりとした短軀《たんく》、猪首《いくび》で、眼が大きく耳たぶが垂れている。頼経や頼嗣の所へは執権交替の時に挨拶に来たほか、寄りつきもしない。少年時代、すでに祖父泰時から「器量兄に勝る」と折紙をつけられていたというこの若者に対し、光村は始めから気を許さないつもりである。

たしかに経時に乗ぜられて、頼経を廃されたことは手痛い失点だったが、何といっても新将軍頼嗣は七歳の童児、御所での隠然たる実権はまだ頼経が握っていたし、今までの頼経の支持者たちは、相変らず御所に集まって来ていた。

彼等にとって今度の頼経の引退は何といっても衝撃だった。

「あまりと言えばあまりの横車だな」

「若君の御元服に便乗するとは……」

「大殿（頼経）様にひいきして言うわけではないが、世の中の誰でもがそう思っているよ」

「前執権が早死にしたのもそのたたりだ、ってな」

「しっ、声が高いぞ」

御所の中では少しずつ北条打倒の気運が生まれ始めていた。それと知らずにか、ある日時頼はこんな使いをよこした。

「かねて御上洛の御意向をもちながら、実現なさらぬのは御心残りのことと存じます。ついては今度こそ実現を計りたいと思いますが、いつごろがよろしいでしょうか」

体の弱っている頼経は、夏のうちは暑さがきびしいから、秋の初めにでも、と言ってやった。

「かしこまりました」

時頼の答は慇懃《いんぎん》だった。

「今から準備をいたしましょう」

やがて、御所や北条館のまわりに武者がちらほら眼につき始めた。

——はて、御上洛のおともにしては早すぎるが……

が、光村がそう思ったときはすでに遅かったのだ。今までちらほら姿を見せていたと思った武者が、突然、わっと蝿《はえ》でも湧くように、鎌倉の街衢《がいく》にあふれ、辻という辻、町という町を固めてしまったのである。

ときは五月の末、五月雨《さみだれ》がやっと上って、目くらむばかりの熱気の立昇る町を、半裸にじかに具足をつけた男や、大長刀《おおなぎなた》をかかえこんだ髭面《ひげづら》が、しじゅう行ったり来たりして、往き来する人間を一々咎めだてする。

「おい、おい、お前どこへ行く」

「御所へ」

「なに？　御所へだと？　何しに行く」

「何でもありません」

「何でもなかったら行くな。ここはな、執権殿のお館へ伺うもの以外通ることは許さんのだ」

「どうして？」

「どうしてだと？　ふん」

侍たちは薄気味悪く笑ってみせる。

「聞きたければ、連れてってやる。執権様からじかに、伺ったほうがよいだろう」

明らさまな御所への嫌がらせだった。

事態を憂慮した頼経からの使者は、時頼に会わせてももらえず、むなしく引返した。たまたま御所に来あわせていた人達は、さんざん絞られ監視つきで自宅へ戻された。

光村はそのとき、西御門の三浦館にいた。

すぐさま御所へ！　と思ったが辻を全部時頼の手勢に押えられているので、どうにもならない。そのうちに彼は名越光時が御所を出ようとして北条方に捉えられ、謀反を白状したという知らせを聞いた。

――馬鹿め、光時のやつ……

まだ謀反の相談などやっていないではないか。光時は勝手に自分の手で墓穴を掘ったのである。

――やられたな、小僧めに……

光村は後悔に身を嚙む思いだった。あの若僧が、かくも強引、迅速な手を打って来るとは思ってもいなかったのである。

が、ふしぎにも、今度の詮索は、光村に限ってはずされている。ただ泰村が評定所へ行って長い間話しこんで帰って来たようだが、いつも北条びいきの兄が自分をかばってくれたとは思えなかった。

「どうでした、評定所の話は？」

摑まえて聞いても、泰村はおだやかな笑顔を崩さない。

「いや、なんでもなかった」

と言ってから、ごくあっさりと、千葉秀胤や後藤基綱などの頼経側近が評定衆を免ぜられた、と告げた。

「それから？」

「名越光時は伊豆へ蟄居ときまった」

「それから？」

「それだけだ」

「じゃあ……」

泰村はもう一度微笑した。その瞳の底には今まで見たことのないふしぎな翳があった。

事件が落着するのを待って、時頼はそしらぬ顔で頼経に申し入れて来た。

「御出立の準備、すべてととのいました」

出発は七月十一日と時頼は命じて来た。そのときになって、始めて頼経や光村は、先ごろの時頼の申し入れの意味を了解したのである。出発――それは頼経の、鎌倉からの永遠の出発だったのだ……

発表された供奉の顔ぶれの中には、わざとのように、評定衆を免じられた後藤基綱などが加えられてあった。もちろん光村の名前も入っている。

朝というにはまだ早すぎる薄藍色《うすあいいろ》の闇の中、行列はひそやかに発って行った。馬上で首を垂れている人々を包んで、海も浜べもすべて静かである。蹄《ひづめ》の音も砂に吸われ、波だけが生きもののようにあざやかな白さで音をたてては崩れるのがなにかふしぎな感じさえする。光村は頼経が一度だけ砂浜で後を振りむくのを見た。が薄藍の闇に沈んだ鎌倉の町は、灯《あか》りひとつ見えはしない。頼経はすぐ瞳をふせて手綱を持ちなおした。前将軍の帰洛にしては余りに淋しすぎる行列が、まもなく灰色の影になって、かわたれどきの薄明に溶けていったのを、鎌倉ではほとんど誰も気づいてはいなかった。

六

三浦の叛乱――いわゆる宝治の乱は、それから一年足らずのうちに起った。が、実を言えば、光村は京から帰った直後、それを決意していた。いや、もっと正確に言うならば、頼経と別れたそのときに、彼の行く道は決ったといってよかった。

頼経の一行が京へ入ったのは七月二十八日の未明、そして供奉の人々は、一、二日休養しただけで、すぐ鎌倉に帰るように命じられていた。

出発の朝、二人は黙ってみつめあった。もう何も言うことはなかった。三十年近い歳月、どんなにより添って過して来たか……そんなことを今さら喋《しゃべ》る必要はないのである。

「今度はいつ会えるかな」

「鎌倉へまたお出《いで》になるのをお待ちしています」

つとめて明るくそう言ったものの、二人ともその言葉を信じてはいなかった。

——おそらく、これがお互いの顔を見る最後だろう。鎌倉へ帰るやいなや、俺は北条氏との戦いに突込んで行くだろう……

頼経のためにだろうか？　いや、そんな生やさしいものではない。が、今ここまで来て、残された道はこれしかない、という気がするのである。

成算は全くなかった。今まで三浦一族は北条氏に勝つために、あるときは裏切り、あるときは忍従に耐えてきた。が、ふりかえってみると、義時、泰時二代のうちに、北条氏はみごとに三浦を引離してしまっている……

が、だからこそ、最悪の状態だからこそ、起とうと思うのだ。勝つためではなく、執念のために、ただ戦うために戦うのだ。追いつめられた今光村が思うことは、父のような終り方だけはしたくないということだった。生涯の賭にやぶれて、形だけは重々しく、うつろな眼で生きる道を選びたくはないのである。鎌倉へ帰るとすぐ、彼はその目的に向ってだけがむしゃらに進んでいった。

翌宝治元年の春の半ば、ふいに鎌倉の町に黄色の蝶があふれた。せわしく、頼りなげに羽ばたく群は滑川《なめりがわ》のあたりを行き交い、やがて一本の黄色い帯のようになって、果てしなく海の方へと飛びつづけたのである。

「黄色い蝶が飛ぶと兵乱があるそうですけれど……」

蝶の群を見てきた小鈴はそっと言ったが、恐れている顔色ではなかった。いつも無口でひかえめな彼女は、ふしぎに彼の胸の中をよみとっているかのようだった。

そのころ御所では毎日のように相撲会《すもうえ》、闘鶏会、闘犬会などが行われた。そんなとき、光村は意識して北条方に突っかかるような気配をみせた。

「安達一族がひどくにがりきっている」

そんな噂が耳に入って来た。安達氏は執権時頼の母方にあたる。若い執権を抱えて三浦の動向に不安を感じたものらしい。

兄の泰村は例によって、光村の行動を見て見ないふりをしている。急に自分の次男の駒石丸を執権時頼の養子にする話を進めはじめたのは、光村のやっていることに危険を感じ、万一の場合の保身の策を講じるつもりなのだろうか。

——今度こそは許さないぞ。

光村は眼を光らせた。かつてのような裏切りを許すほど自分は間抜けではない。

が、泰村はそんな光村の眼を知ってか知らずにか、ますます、北条氏への奉仕に精を出している。同じ三浦の兄弟はいま、全く別の方向へ向って走り出しているようにみえた。

その年の五月、将軍頼嗣に嫁がせていた時頼の妹が病死した。その喪《も》に服するために時頼が一時他家へ移ろうとしたときも泰村は自ら申し出て、時頼をわが家へ迎え入れた。

——好機到来だ。

光村は内心手を打って喜んだ。館に時頼を封じこめて、有無を言わさず血祭りにあげる。こんな機会がめぐって来ようとは、思いもかけていなかった。彼は兄に気づかれぬようにひそかに腕ききを集めて、館の隅々に伏せさせ、夜になるのを待った。

その日、五月雨にしては強すぎる雨が朝から小やみなく降っていた。時頼のいる奥の局はいつまでも人の気配がし、なかなか寝つく様子がない。雨の匂いのする廊に身をひそめて、光村は長い間、その奥の局を見張っていた。刻一刻が、ひどく長く思われた。

猫のように闇にうずくまって、半刻ほどしたとき、

「おい……」

突然、聞きなれた声に背後から囁かれた。

——しまった！

反射的にそう思って身構えた。まぎれもない兄の泰村の白い顔がそこにあった。

「よせよ」

低い声でゆっくりと兄は言った。

「行っても無駄だぞ」

「えっ！」

「執権はもうこの館には居ない」

——またしても……

からだの中を熱い血が駆けめぐった。

「兄上ですね、密告されたのは……」

が、このときの泰村の答えは意外なものであった。

「思い違いをして貰《もら》っては困る」

ゆっくりそう言うと、泰村はからだを近づけて来た。

「これを見てくれ」

手をふれると、堅い鎧《よろい》にふれた。泰村はすでに鎧直垂に腹巻をつけていたのである。

「一歩遅かったようだ。それにしても素速い人だな」

灯のすけてみえる奥の局をみつめながら泰村は呟《つぶや》いた。

「ど、どうして兄上は……」

光村は兄の行動が理解出来なかった。兄は依然として奥の局をみつめて無言である。それからややあって、おだやかな顔を光村に向けると泰村は静かに言った。

「今となっては、これより他はないだろうな」

思いがけない言葉だった。

「じゃあ、兄上は……」

「やるよりほかはあるまい」

「…………」

「俺はなるべく三浦の家を保つことを心がけて来た。生きのびられる間は何でもした。が……もう助かる余地はなさそうだ」

「…………」

「時勢が変ったのだ。見てみろ、執権のまわりには誰がいるかを……昔ながらの源家の家人は殆《ほと》んど去って、いるのは執権の母方の安達一族だけではないか」

言われてみるとたしかにその通り、今度も三浦一族の動きに一番敏感なのは安達一族なのである。

――もうお前たちの敵ではないぞ。

北条氏は安達一族に奉じられて、いま、三浦のあがきを一段高いところから見下している存在になってしまったのだ。

「もうどうもがいても駄目だろう。みすみす座視するより、俺は起つ道を選ぶつもりだ」

「そ、そうですか、そうとは知りませんでした、兄上……」

「俺だって三浦一族だからな」

泰村は白い顔にかすかな微笑をうかべた。

翌日から三浦と北条は半ば公然と兵力を集めはじめた。明日にも戦端が開かれそうになった夜、小袖の裾を乱してとびこんで来たのは時子である。

「兄上――」

息せききって言おうとするのをさえぎって光村は言った。

「帰れ。もうおそいんだ。何と言ってもだめだぞ」

時子は彼をみつめ、大きな吐息をした。

「噂を聞いて飛んで来たんです。兄上、じゃあ、ほんとに――」

「何も言うな。帰ってくれ」

「………」

「今度は兄上も御同心なんだ。そなたが何を言っても、もう遅い」

時子は息をつめて、暫《しばら》く相手を見守っていたが、やがてゆっくりうなずいた。

「そうですか、やっぱり……」

「帰ってくれ」

光村がにこりともせずに繰返すと案外素直にうなずき、それからぱっと少女のように顔を輝かせた。

「じゃあ帰ります。そしてすぐ来ます、季光どのといっしょに。子供たちもつれて……」

「な、なんだって」

光村はあっけにとられた。

「だって、そなたは……肩肘張って生きるのは馬鹿だと言ったじゃあないか」

「ええ、そうでした。でも……」

時子はちょっと微笑《ほほえ》んだ。

「なにもわざわざ死にに来ることはないじゃないか。もう大江の人間なんだから……」

「そう……そうかもしれませんけれど。でも噂を聞いたら飛んで来ちゃったんです、やっぱり……」

「………」

「すぐ来ます。季光どのも一緒に……反対しても引張って来ます」

「なぜだ。なぜそんなことを」

時子はかぶりをふると、もう一度少女のような笑みをうかべた。

「わかりません。でも……私は三浦の娘なんですもの」

さほど気負うふうでもなく、しかし、一語一語をはっきり区切るように言った。

翌朝早く、時子は夫の大江季光や子供をひきつれてやって来た。季光はすでに北条方に味方すべく鎧をつけていたのを、強引に時子は説きふせて、そのまま西御門の三浦の館に連れて来てしまったのである。

この日光村は二階堂の永福寺《ようふくじ》に立籠《たてこも》った。かねて、

——鎌倉で拠《よ》るべきはここ。

と狙いをつけておいた所である。この寺は、かつて源頼朝が、奥州征伐に出陣して平泉を征した折、藤原氏造営の大寺院の豪壮華麗を目のあたり見て感嘆し、その規模にならって建てたものである。頼朝が、背後を山にかこまれ南に開けた広大なこの地を選んだについては、ひそかに敵の来襲に備えた最後の砦とする目的がひそめられていたことを、光村は早くから見抜いていたが、ここを本拠とすることを、なぜか泰村は肯《がえん》じなかった。

「俺はここで——三浦の館で戦う」

しかし、西御門の三浦の館は四方平坦で防禦《ぼうぎょ》力《りょく》は皆無にひとしい。しかも北条の館からも程近く、彼らの大軍が押しよせて来たら、ひとたまりもなく破られてしまうであろう。

「みすみす不利な地で戦うことはない」

光村はしきりにそう主張したが、説得しきれないうちに戦は始まってしまった。兄は西御門の三浦館、弟は永福寺——。さして多くない手勢が二つに別れたことは、三浦勢をいよいよ不利にした。

しかし、勝敗は、もとより眼中にない光村であった。徹底的に粘《ねば》りぬき、戦いぬき、三浦氏が胸にかかえて来た数十年の執念の程を見せてやるまで——光村はこう思い定めている。かつての和田の乱のとき、総帥和田義盛は北条勢を相手に二日間火を噴くような戦いぶりを見せて壮烈な討死を遂げた。

──俺達はあのとき以上の執念を見せねばならぬ。

そのために、永福寺は、まさに屈強な砦であった。壮大な寺門を閉めてしまうと、周囲に堀を廻したこの寺には、さすがの北条勢も俄《にわ》かには近づけない。三浦側は築地の上から寄せ手をさんざんに射すくめ、ひるんだ所をさっと門を開いて押し出しては斬りまくり、頃を見ては鮮かに退いてぱっと門を閉じる。寄せ手にはかなりの死傷者を出したが、味方はほとんど無傷だった。

「行けっ！　退けっ！」

光村は眼を血走らせて指揮をとること数刻──。と、間道づたいに飛びこんで来た泰村からの使いが、転がるように彼の足許に身を伏せた。

「殿っ……御館が」

「なにっ」

「西御門の御館に火が放たれましたっ」

いつのまにか風向きが変っていたのだ。それまでゆるやかな北風が吹いていたのが、強めの南風になった。西御門の三浦の館は、攻め手の北に位置している。その機を敵は捉えたのである。

──む、む、……

光村はきりきりと奥歯を嚙んだ。

丘陵に遮《さえぎ》られて、ここからは西御門の館もそれを焼く煙も見ることはできない。無念だった。守りに適さない拠点であることは、はじめからわかりきっていたが、こうまで早くやられるとは……。やはり、兄の手を引張ってでも、ここに立籠るべきだったのだ。が、いまさら愚痴をこぼしている余裕はない。彼は使の侍に嚙みつくようにいった。

「兄君をこれへと、お伝えしろ」

と、侍は、

「あ、いや……」

光村を押し止めるようにして言った。

「御大将はすでに頼朝公の法華堂に立退《たちの》かれました」

「なに、法華堂へ?」

光村は不意を衝《つ》かれたようだった。

「はっ、して殿にも永福寺を棄てて、すみやかに法華堂にお越しあるべし、と。これが御伝言でございます」

「………」

無言で光村は眼を閉じていた。

「わかった」

やがて眼を開いてそう言ったとき、明らかに光村の瞳には、これまでと違った光が湛《たた》えられていた。門の外の敵の雄叫びは、いよいよ昂《たか》まって来ている。光村は手勢をまとめ、彼らの顔を見廻して言った。

「門を開く」

「おっ」

先刻からの戦いに血と汗をしたたらせた集団が吠えるように叫んだ。それに肯いてみせてから、光村は、むしろ静かにいった。

「決して退くな、行く先は法華堂だ」

さすがに動揺に近いさざめきが、侍の中から起った。数倍、いや、十数倍する敵の囲みを突破して、かなり離れている法華堂までゆくことは不可能に近い。

——なぜ、この要害を棄てるのか？

——どうして法華堂までゆくのか。

光村は黙々と兜の緒をしめなおした。すでに説明は不要であった。ついて来るものだけがついて来ればいいのである。自分自身も法華堂へ辿《たど》りつけるかどうかわからないのだから。

——しかし、俺は行くぞ。行かねばならぬ。

意を決すると馬上で太刀を引抜いた。馬の背に貼りついて左右を薙《な》ぎ倒し、敵中突破するよりほかはない。

「門を開け！」

光村は叫んだ。そして門前にひしめく黒い壁のようなものをめがけて、彼は一気に飛びこんでいった。眼の中に敵はなかった。あるのは泰村のおだやかな眼差だけだった。

——兄上。

使の口上を聞いたとき、光村は、はじめて兄が西御門の館を動こうとしなかった意味を了解したのである。

——そうなのだ。俺たちの死場所は、頼朝公の骨を埋める法華堂しかないはずだ。

三浦の館から、頼朝の法華堂はごく近い。泰村はそれを考えていたのだ。旗揚げ以来、常に頼朝の側近にあって苦楽をともにして来た三浦一族は、最後まで頼朝とともにあるべきだ。彼らが頼朝の墓前で死ぬことによって、はじめて、鎌倉武士の誰よりも、三浦一族こそ頼朝直属の家人であったことを、歴史に刻みつけることができるのだ。すでに北条側に兵力的に差をつけられてしまったいま、三浦一族のできる抵抗はこれしかない、と泰村は思っていたのである。

どこをどう走りぬけたか、ただ夢中だった。脛《すね》に肩に、どれほどの傷をうけたかも覚えていないが、ともかく、四半刻経たないうちに、光村は法華堂に辿りついた。従うものは十数騎にすぎなかった。ほの暗い堂内では、すでに泰村はじめ、大江季光やその他の一族が、頼朝の遺影をかこむようにして押並んでいる。

「来たか」

泰村は光村を迎えると、かすかに微笑した。それを待っていたように、念仏の声が、ゆるやかに堂内に流れた。北条勢もさすがに鎌倉の聖地ともいうべき頼朝の墓所に踏みこんで殺しあいをすることには躊《ため》がある《らい》のだろう。戦いに勝ちながら、むざむざ聖地を奪われた口惜しさに地団駄踏みながら、ただ遠巻きにしてどよめきを繰返すばかりである。

——兄上らしい勝負のつけ方だ。

しかし、今さらここでそれを口にする必要はないのである。自分を見たときにかすかに見せた兄の微笑が、すべてを物語っているように光村には思われた。

念仏の声の流れる中で、総帥の泰村がまず自害した。頼朝の遺影に一礼し、急ぐでもなく躊うでもなく、いかにも泰村らしい静かな最期だった。

次は光村である。が、彼は何を思ったか、このとき、小刀を構えるやいなや、さっと自分の頰に突立てた。

「あっ、何をなさる……」

一座がどよめいたとき、血をしたたらせたまま、光村は、

「俺には俺の作法がある」

野太い声でそう言い、なおも、頬に、額に、眼の上に、小刀を突立てた。

――俺達の死を見届けて踏込んで来るであろう北条氏に、何でおめおめ、わが首とわからせるものか。

頬からほとばしり出た血が、さっと頼朝の遺影にかかるのを見極めてから、光村はおもむろに太刀を抜き、傍らの郎従をかえりみた。

「俺の果てた後、なおも顔を刺せ、耳も鼻も削いでしまえ」

血のしたたる頬に、笑いに似た歪《ゆが》み方を残して、彼は太刀を持ち直した。

終章

永正九（一五一二）年――泰村と光村が、それぞれの執念の見せ方をして死んでいってから、二百七十年の後、人々はまた相模の野に、甲冑をつけ刀をきらめかす三浦一族を見、兵鼓《へいこ》の響きを耳にする。

三浦一族？　幻ではないのか？　光村たちはあのとき、ほろび果てたはずではないのか……

たしかに三浦はほろんだ。が、実は彼等の中の幾人かは生き残り、一族の執念に支えられたとしか考えられない粘り強さで、戦乱の世にふたたび登場して来るのである。

宝治の乱に生き残ったのは光村の甥にあたる佐原一族だった。彼等は三浦の歴史につきものの裏切りをあえてすることによって身を全《まつと》うした。あのとき一族すべてが泰村の館に駆けつけたにもかかわらず、彼等だけは北条側に走ったのである。

佐原氏が三浦介の名乗りを受継いで八十余年、遂に彼等が北条氏を裏切るときが来た。元弘三年、新田義貞が北条高時を攻めたとき、彼等は義貞に荷担して北条氏をほろぼした。父祖以来の執念が、かつて一族を裏切った人々の手によって遂げられたのは皮肉というよりほかはない。

このときの立役者、三浦時継《ときつぐ》は、その後建武二年再度裏切りを行った。今度は北条氏の残党の反撃——いわゆる中先代《なかせんだい》の乱に与《くみ》したのである。が、これは足利尊氏に鎮圧され、彼は捉えられて首をはねられてしまう。裏切りによって宿願を果した彼はまた裏切りによって命を失ったのである。

が、時継の子高継《たかつぐ》は父を裏切って足利氏に味方する。こうして三浦氏の裏切りと抵抗はその後も長く続いて戦国時代を迎えるのである。

戦国時代の三浦の当主は三浦道寸《どうすん》（義同《よしあつ》）である。が、彼は養子で、実は関東の名門上杉家の出だ。彼は相模で次第に勢力を盛りかえしつつあった三浦時高の養子になったのだが、のちに時高に実子が生れたことから相続問題がこじれ、遂に兵を挙げ養父を自殺においやった。

権力の座への第一歩を養父への裏切りで飾った道寸——その意味で、たとえ血はつながっていなくても、彼はまぎれもなく三浦氏にふさわしい人間だった。

三浦の家督をついだそのとき、道寸はすでにひとりの敵にゆくてを塞《ふさ》がれていた。素手の浪人から身をおこして、伊豆を席巻し、ついで相模に侵略を始め、かねがね細い鋭い瞳で三浦半島を狙っている北条早雲そのひとにである。

三浦と北条——奇妙な宿縁だ。もっとも早雲も北条を名乗ってはいるが血のつながりは全くない。にもかかわらず、宝治の乱後二百数十年を経て、まるで亡霊に憑《つ》かれたように、三浦と北条を名乗る両族は三浦の地で死闘を繰返すにいたるのである。

この三浦道寸の抵抗は、三浦の歴史の中で最も執念ぶかいものの一つだった。ぬけ目のない北条早雲が、三浦の内乱につけこんで早速三浦半島に触手をのばしかけていると知ると、彼は即座に言った。

「これからは城だ。城の守りが固くなくては駄目だ」

若いときから彼は城というものを愛していた。天性というべきか、あるいは近世大名の戦略拠点としての城の重要さに、いち早く気づいていたのか。あるいはまた——。彼のこれから先に辿る路への何かの予感があったからだろうか……

三浦の本拠新井城は三浦半島の南端近くにある。油壺、小網代《こあじろ》という三浦特有の切れこみの深い波の静かな入江に抱かれた、岬の突端、海へせり出した絶壁の上に建てられている。この城の強味はこの絶壁が高いため、海からの攻撃には全くびくともしないことだ。しかも岬のつけ根——わずかに陸に連《つら》なる部分がくびれてひどく狭い。

「もっとここを細くしろ、そして深く掘れ」

道寸の命令で道はさらに狭くなった。そうすることによって、小網代、油壺の水はひたひたと押しよせ、満潮時には城はほとんど陸から切り離された形になった。海に浮んだように見える城砦に物見《ものみ》櫓《やぐら》、米倉、武器倉などの構築がおえたとき、

「天下の名城になりましたな」

部下は口を揃えて感嘆した。

「これなら北条が攻めて参りましても容易なことでは落ちますまい」

が、道寸はその言葉を聞くと俄かに不機嫌そうに眉をよせた。

「其方《そなた》ら、ここで北条と戦うというのか」

「は？」

「ここに籠るときは三浦の最後のときだぞ」

「…………」

「城はまだ出来てはいない」

吐き出すように言った。

道寸の考えている城というものは、当時の常識とは凡《およ》そかけはなれたものだった。三浦半島は海岸の平明さに似ず、内陸の起伏はかなり複雑である。しかも鎌倉から南下して来ると、突然地相がけわしくなり、深く陥《お》ちこんだ谷が眼前にひらけるところがある。まるで原始の裂け目そのままに古木を繁らせて、底知れない深さで眠っているのだ。さらにこの谷を渡るともう一つ同じような谷がある。道寸はこれに眼をつけ、これをそのまま新井城の外郭とすることを思いついたのだ。つまり、三浦半島の先端をぱっと切って、それから先を一つの城としてしまおうというわけである。

「城？　城と申すにはちと大きすぎますな」

部下は首をかしげた。

「田あり畑あり人馬あり……無勢の三浦が北条に抵抗するにはこれより他はない」

道寸は、このときすでにこれまでにない執拗な消耗戦を覚悟していたのだった。

まもなく大外堀の備えは完成した。外部への橋を引いてしまえば、三浦の守りは完璧である。

道寸はさらに堀の外、逗子にある住吉城を補強して前進基地とし、さらに相模野の内部にある岡崎城を整備した。これは相模の中部にあり、かつて鎌倉時代、三浦の一族、岡崎義実《よしざね》の居た城である。道寸は本城を嫡男の義意《よしおき》に守らせ、自分は進んで岡崎城に陣取った。

いわば住吉と岡崎は、新井城の防禦壁のようなものである。道寸自身も必ずしもこれを死守するつもりはなかったかもしれない。が、それでもこのちっぽけな城で道寸は頑強な抵抗をみせた。

両者の第一回の衝突は永正九年、北条側の岡崎城攻撃によって始められた。北条の大軍をうけて道寸はそれでもよく持ちこたえた。が、時が経つに従って守兵の疲労が目立ち、ついに一の木戸が破られ、三《み》つ鱗《うろこ》の北条の旗が城内に乱入して来た。二の木戸が陥ると、道寸は意外なほど未練を見せずに住吉に引退《ひきさが》った。

「ひけ！　早まって命を棄てるな。こんな城の一つや二つくれてやっても惜しくはない」

意外に早い引き足に北条側は図にのって住吉城に追いすがった。が、ここでの道寸の守りはしぶとく、遂に二年近く、北条氏はこの城を落すことが出来なかった。早雲もさすがに道寸のねばり強さに驚いたらしく、作戦を変え、鎌倉の西北、玉縄《たまなわ》に城を構えて持久戦に入った。が、何と言っても多勢に無勢である。最後に道寸は兵をまとめて鎌倉へ打って出て、一戦したのち、遂に住吉城を棄てて新井城へと退いた。永正十一年のことである。

三年ぶりで道寸は新井城の大手の谷を越えた。六十をすでに過ぎたその顔はすこしやつれが見えたが闘志は一向に衰えていなかった。味方の最後の一兵が渡ってしまうと、橋は引きはずされた。道寸の考えたとてつもない広さの城砦が威力を発揮し始めたのはこのときからである。

これまでに、城内に貯《たくわ》えられるだけの食糧や武器が貯えられた。さらに橋をはずされ、全く外界から遮断された城内の広い部分を占める畑では、麦がまかれ稗《ひえ》がまかれ、自給自足が続けられた。堀の外側まで追いかけて来た北条勢も深い谷には手が出ず、向い城を築いて遠矢を射かけて来るだけである。

一年――。籠城は無事にすぎた。人々の士気も全く衰えていなかった。

もっともそれには理由があった。ときに早雲はすでに八十歳をこえている。もう先の長いことはないはずだ。早雲が死ねばいったんは囲みをといて引揚げるに違いない……

もう一つは上杉からの援軍である。道寸の実家の上杉家は、道寸の住吉籠城時代にも幾度か北条氏の背後を衝こうと試みながら、早雲のうまい作戦に引っかかって不成功に終っている。が、今度こそ……今度こそ総力を結束して早雲に戦いをいどもうとしていることが城内にも伝わって来ている。陸路の通信は敵方に断ちきられているが、三浦勢はまだ海上権を握っていた。城ケ島の先を廻って、はるばる武蔵や上総《かずさ》から食糧の補給も行われたし、密使もやって来た。急ぎの使いは島づたい、岬づたいののろしでも伝えられた。

「上杉の援軍は必ず来る。俺たちはいつかはきっと北条をやっつけることができる」

そう言いきる道寸の瞳には人々を同じ思いに引張りこまずにはおかない、ふしぎな光があった。

二年目――。城内では上杉の援軍の話でもちきりだった。さすがに多少食物は不足して来て、人々の顔色は悪くなったが、それを補うだけの、奇妙に熱っぽい闘志が城内にはあふれていた。

が、吉報――島づたいの急ぎののろしで伝えられるはずのその知らせは、遂に新井城には伝わらなかった。そしてやがて、闇にまぎれて密使の小舟が着いた。

「無念でございます」

言うなりその男は手をついた。三浦がかくも死力をつくして新井城を持ちこたえているのに、期待に反して上杉方は北条の囲みを破ることに失敗したのである。

城内には少しずつ暗い気分が漂いはじめた。そして、その折しも、大手の堀が破られたのだ。北条氏の軍勢は遂に大挙して谷を渡り、城内に殺到した。顔色のよい精気にあふれた北条勢に対して大手一の堀の守備軍は死力を尽して戦ったが、体力の差はどうにもならなかった。二の堀もまたたく間に破られた。遂に三浦勢は三の堀を渡って、最後の砦に立籠らなければならなくなったとき、

「ここに籠るときは三浦の最後だ」

いつかそういった道寸の言葉をあるいは人々は思い出したかもしれない。

が、このとき、誰しもそれを口に出すものはいなかった。敗軍はすでに決定的であるにもかかわらず、常勝将軍のような確乎たる足どりで三の堀を渡った道寸のふしぎな瞳の輝きが人々の口を封じたのである。

おそらく新井城を築き直したその日——降伏よりも抵抗を、いさぎよさよりも執念を道寸は選びとっていたのかもしれない。その道を何のためらいもなく進んで行く道寸にひきずられるようにして彼等もまた三の堀を渡ったのである。

三の堀の内側の城砦には畑はない。二千俵も貯えられた米倉もすでに空に近い。それでも三浦勢は奇蹟的にその後一年近くそこに立籠った。日本戦史上まれにみる悽惨な籠城の歴史である。誰の顔も土気色になり、腹だけが異常にふくらみ、杖をついて歩くだけがやっとだった。城内に生えている草はすべて摘み、岩についた苔《こけ》までなめつくした。今人々に残されているのは時折降って来る雨水をうけて飲むことだけだった。

が、そんなときも道寸の眼の輝きだけは変わらなかった。彼の、いやこの地に生きた三浦の人々の執念が、すべて彼に集まって燐《りん》のように燃えていた、というべきなのかもしれない。そしてふしぎにも、そのときになってもこの城から逃げ出すものはひとりもいなかった。道寸のその瞳にみつめられるとき、執念は人々の胸にもふしぎな灯をともしたようである。

やがて、北条勢がおめき叫んで城砦におどりこんで来たとき、道寸は義意とともに、自決して果てた。が、その顔には執念を貫き通したもののもつ安らぎのようなものが漂っていた。人々はその跡を追うように、自決したり、油壺湾へと身を投じた。

永正十三年七月、新井城には静寂がやって来た。

そしてその静寂は遂にふたたび乱されることはなかった。身内から一人の裏切りも出さなかったことによって、三浦氏は遂にその後の歴史から姿を消してしまったのである。

承久の嵐

北条義時の場合

永井路子

永井路子

198頁参照。
底本：『つわものの賦』（文春文庫）

西からの弔問使

いったい実朝《さねとも》暗殺事件で三浦と北条はどちらが勝ちどちらが負けたのか？　どうも結論はつけにくい。実朝という旗を叩き落されたという意味では北条は手痛い失点を記録しているが、その後の事件処理では、三浦が北条に一歩譲らされた感じが強い。しかしそうも言いきれないのは、その後で三浦義村が駿河守に任じられていることだ。ここで義村は北条氏並みの格を与えられているわけだから、北条氏もまた彼に一目おき、事件解決に協力してくれたことを多としているようでもある。

こうした両者の争いは、その後三十年近くも続く。彼らが武力対決するのはその後である。そこにいたるまでの武器なき戦いの虚々実々を見れば、東国武士団を単純かつ短気な人間集団とするのは、いかに幻想にすぎないかがはっきりする。かといって私はここで、政権をとればたちまち始まる内部分裂や、そこにうごめく権力亡者の姿は今も昔も同じことだ、と言おうとしているのではない。

権力には、必ずそれをめぐる争いがつきまとう。遠くから見れば、それはコップの中の嵐かもしれない。徒労にも見え、あさましくも見える。が、問題はその先だ。彼ら権力者たちは、試練をうけねばならない。ごまかしや言い逃れのきかない歴史という名の試練を、である。しかも、実朝の死を契機に、その試練の嵐は早くも近づいて来た。

はるか南の海上に生れる台風と同じく、それは外部から、しかもさりげない形でやって来た。事件後一月あまり経ったとき、都の後鳥羽上皇から、弔問の使がやって来たのだ。歌を通じてしばしば交渉のあった西国の王者としては、当然の儀礼である。使者に立ったのは内蔵頭《くらのかみ》藤原忠綱。慇懃鄭《いんぎんていちょう》重な口上にそつはなかったが、実朝の母政子と、北条義時にゆき届いた弔辞をのべた後、さりげなく彼は後鳥羽の申入れを伝えたのである。

「事のついでではありますが、摂津国の長江荘と倉橋荘の地頭を交替させせよ、という院の御意であります。よろしくお取計いを」

西国の外交官は、したたかな手土産《てみやげ》を要求したのだ。

「いやしくも、治天の君が、わざわざ弔問の使をよこしたのだ。手ぶらで帰す手はないはずだぞ」

彼の、いや後鳥羽の真の目的は弔問よりもそこにあったのである。この長江、倉橋荘をとりわけ持出したのにはわけがある。この両荘を後鳥羽は伊賀局《いがのつぼね》という寵姫《ちようき》に与えていたのだ。彼女の出自ははっきりしない。もとは白拍子だったともいわれる女性で、当時後鳥羽の愛を独占していた。ところで荘園を貰《もら》うといっても現在のようにその土地に対する所有権のすべてを独占するのではなく、そこから上る収入の一部を「領家職《りようけしき》」として貰うのだが、そのころ、領家がその収入をめぐってとかくトラブルを起す相手が地頭なのである。

西国の切札

すでに地頭は何度も登場している。さきの『高野山文書』も備後国太田荘の地頭改廃問題に関するもので、いわばこれが、西国と東国の争点だった。なぜそうなるのか、問題点をここで整理しておくと、この地頭は、鎌倉幕府が任命するもので、領家の自由意志で交替させることができなかった。荘園の中には、いろいろの荘官がいる。年貢を農民に割当てる役、文書を整備する役、年貢を輸送する役——。彼らは荘園の有力者で、こうした運営にあたるかわり、年貢の中から得分《とくぶん》も貰う。これは平安朝以来のしきたりである。ところが鎌倉時代になると、治安維持にあたる地頭が頼朝によって任命された——というより、頼朝は平家攻めの恩賞として地頭任命権——地頭職を得て、これを御家人《ごけにん》に分与したのである。この地頭はそれまでの荘官の中から任命されたものもいるし、新たに鎌倉の御家人が任命され、本人又はその代理が乗りこんでくることもある。何しろ彼らは軍事力を持っているから発言力もある。しだいに年貢の取立て、輸送の分野に進出し、とかく領家と対立するようになる。『吾妻鏡』を見ても、政治的な問題を除けば、この地頭職をめぐる西国との交渉の記事のしめる分量はかなり多い。それも西国側の申入れによって地頭を改廃する、という記事が目立つが、全国の荘園の数から見れば、それはごく一部のことであって、常に東国側は、

「頼朝の任命したものは、重大な過失のないかぎり、これを辞めさせるわけにはゆかない」

と主張しつづけて来た。が、西国側は事あるごとにこれに文句をつける、というように、対立を繰り返して来たのだった。

土地とそこからの収入に執着する東国武士にとって、地頭職はたまらない魅力あるポストである。頼朝に任命された以上、てこでも動かぬ、と頑張れば、西国側——公家や寺社は、地頭に収入を横取りされてたまるか、といきりたつ。そのホットな争点をぶつけて来たのだから、後鳥羽の弔問使の真意がどこにあったか、ほぼ察しもつこうというものだ。西国は、東国の動揺を見こして、ゆすぶりをかけて来たのだ。しかもこのとき、西国側はもう一つ、有利な切札をかかえていた。

切札——というのは将軍の後継者である。さきに東国側が上洛した政子を通じて、実朝の後継者に後鳥羽の皇子を、という申入れをしていたことはすでにふれておいた。実朝が非業の死をとげた今、早急にこの話の実現に迫られ、東国側は行政官の一人、二階堂行光《ゆきみつ》を派遣し、その交渉にあたらせている。

が、このときになって西国はにわかにその案に難色をしめす。

——院の皇子を鎌倉に送ることは、人質にとられるようなものだ。

という意見が起きたのだ。たしかにその恐れは十分あるが、しかし、ここにいたってそれを持出したのは、東国側を困らせようという意図が露骨にこめられている。そこへ、長江、倉橋両荘の地頭問題をからませて来るあたり、西国らしい芸の細かさである。かくて実朝死後、数カ月のうちに、俄《にわ》かに東西両国の緊張は極度に高まった。

千騎上洛

北条義時は重大な決断に迫られたわけだった。後継者の皇子はもちろん欲しいが、かといって、長江、倉橋両荘の地頭をその申入れのとおりにやめさせることはできない。もしそんなことをしたら、あそこもここも、と要求は続出し、地頭制度は崩壊しかねないだろう……。

そうなのだ。後鳥羽は、さりげない装いの下に、東国の根底にゆすぶりをかけて来ているのである。すでに三十数年、独立を完了している東国を否定し去ろうとしているのだ。

長い間、後鳥羽はこの日の来るのを待っていた。安徳天皇の西国落ちに代って即位した当時はほんの幼児だったし、祖父後白河が治天の君として院政をしいていたから、その期間を別としても、後白河の死後、実質的支配者となってから、三十年近い。はじめは例のマキャベリスト源通親《みちちか》にいいように操られていたが、通親が頓死して後しばらくすると、その息のかかった土御門《つちみかど》天皇をやめさせ、もう一人の寵姫藤原重子の産んだ皇子守成（順徳天皇）を即位させて、強力な独裁者となった。

その間、この西国の王者は、徐々に東国打倒の計画を進めて来た。若いころは和歌に執着し、『新古今和歌集』も撰者そっちのけで自分が編纂せねば気のすまない有様で、一応の完成を見た後も、続々歌の入替えを行うという熱の入れようだったが、やがて、急に作歌熱が醒《さ》めて水練やら乗馬、刀鍛冶に力を入れはじめるのもその現われであろう。

もちろん後鳥羽だけが独走しているわけではない。西国国家には東国に対する根強い反感がある。それらの上に乗って、勝気な後鳥羽はしだいに東国打倒の決意を固めていったのであって、実朝の死を期に、長江、倉橋荘を持出して、まず小手調べにおよんだ、というのが真相であろう。

東国側もこれに対して、ただちに反撃に出た。弔問使藤原忠綱を鄭重に送りかえした後、義時の弟、相模守北条時房が、千騎の武士を従えて上洛した。かつて義経の挙兵を難詰するために、彼らの父、北条時政が上洛して兵糧米の徴収を要求したときと同じ方法である。西国がベテラン外交官忠綱をさしむければ、東国は腕まくりをして白刃を突きつける。西国が、

「後継者か、地頭か」

さあ、勝負だ、と挑みかかれば、東国は、

「この刀が見えないか」

と脅しをかける。このとき、東国はかなりはっきりした申入れをした。

「地頭職は頼朝の折、平家追討の賞として亡き後白河法皇より任命権を賜わりましたもの。これを勝

手に義時の計らいで改廃することはいたしかねます」

と同時に、後継者問題の実現を、

「お約束でございますから」

と食下った。

もちろん後鳥羽がこれを受入れるわけもなく、

「それでは皇子下向は許さない」

ぴしゃりとはねつけた。以来二月間、押しつ押されつの折衝は続くが、両者の主張はあくまでも平行線を辿《たど》ったまま、ついに時房は皇子下向をあきらめ、僅《わず》かに頼朝の血をひく右大臣九条道家の子、三寅《みとら》(のちの藤原頼経《よりつね》)を将軍として連れ帰ることにする。このとき三寅はたった二歳、まだ襁褓《むつき》もとれない赤ン坊である。

この東西両国の武器なき戦いでは、いずれが勝ち、いずれが負けたのか。西国は地頭を辞めさせられなかったが、皇子を下らせることは食いとめた。東国は皇子を迎えることには失敗したが、地頭職を守った。その意味ではまず五分五分のように見えるが、さてどうであろうか。

義時の決断

かりに、この決定を裏返してみよう。もし東国が地頭をやめさせ、皇子を迎えいれたとしたら?……。歴史上の問題についての仮定は無意味だが、しかし、この際、結果を秤《はか》りにかけるために、この作業は有効ではないかと思う。

もし地頭を辞めさせたら、東国内で武士たちは、いっせいに北条義時に反撥《はんぱつ》するだろう。また皇子将軍には西国から側近も連れてくるだろうから、とかく幕府の政治はやりにくくなる。皇子が成人後はその意向も尊重せねばならず、いよいよむずかしい。北条氏は皇子の乳母としての実績もないから地位は不安定になる。つまりいいことは一つもないのだ。

してみれば、今度の決定が、東国側——北条側の勝ちであることは歴然としている。しかし、これは後世の我々だから言えることであって、当事者が、これだけの見通しをもって選択することは、至難のことである。

人間はとかく権威に弱い。西国の「権威」である後鳥羽の申入れを聞いたとき、
——ま、今回だけは特に……上皇さまのたってのご希望とあらばやむを得ない。

そう思いかねないものだ。「権威」に憎まれることは、今後のためにも何かとさしさわりがあるような気がするし、ここで言い分を聞いて貸しを作ろうなどという政治的配慮——じつはそれがずるずる相手の思う壺にはまる第一歩なのだが——をした方が有利にも思えてくる。

三寅（藤原頼経）の系図

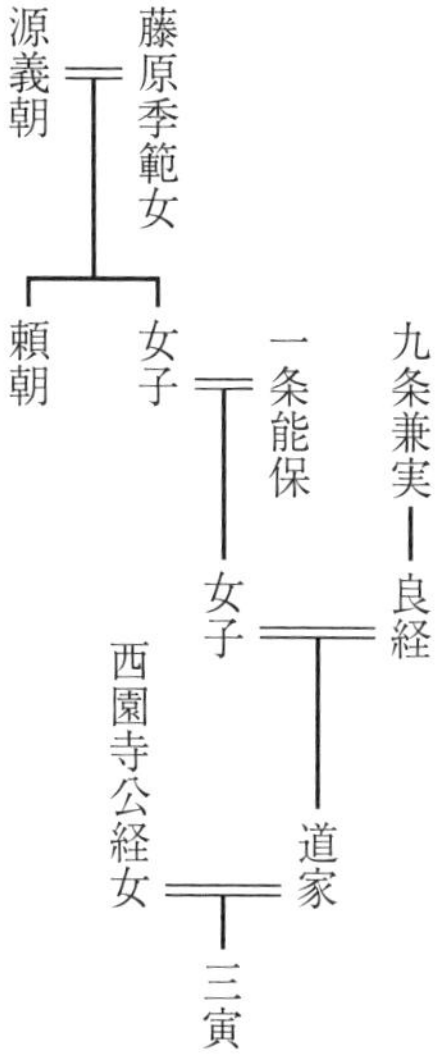

皇子将軍についてもそうだ。実朝という旗を失ったいま、「権威」でメッキした旗は喉から手が出るほど欲しいし、尼御台《あまみだい》政子が交渉して獲得した皇子だということで、政子の手柄も吹聴《ふいちょう》できる。皇子がいれば、これからの西国交渉が非常にスムーズにゆきそうな錯覚も感じる……。

後世の我々は、東国にとって、「将軍よりも地

頭職を」という選択以外の道はあるはずもなく、文句なしにその道が選びとられたように思いがちだが、当時の状況を復原してみるならば、そこには数々の可能性があったわけで、その中から、この道を選びとったということは、じつに容易ならぬことだったのだ。このときの最終決定権を持っていたのは、もちろん北条義時——。私が、彼をこのシリーズの最後に登場する東国武士として据えたのは、この点を評価したいからである。

彼は筋を通した。歴史の動きを見誤まらず、一つの、しかし多分に危機を伴うかもしれぬ決定を敢《あ》えてした。政治とはそういうものではないだろうか。東国内の主導権争いは政治以前の問題であるが、日本の政治家たちは、いつの時代にも主導権争いに明けくれて、そのことが政治だとさえ思ってしまう。そしてかんじんの政治的決定に迫られたとき、歴史の方向を見定めることもせず、安易な妥協に走る。いや、妥協そのものが、高等な政治技術だとさえ思ってしまう。またこの政治の埒外《らちがい》にいる人々も、別の意味で内部での主導権争いだけを政治だと見て、一途に汚らわしいと非難したり、権力争いをする人間を悪人視するあまり、その先の——じつはこれからが本当の政治の部分なのだが、それが、歴史の歯車を前に廻そうとしているのか、これにブレーキをかけようとしているのか、というかんじんなところを見定めない。

が、単なる妥協は決して政治ではない。その方が当事者の保身に有利だというだけでなされた妥協であれば、なおさらである。政治とは最終的に選択ではないのか。それも生命を賭けた選択ではないのか。

義時がここで西国のトップと取引きせず、御家人の利益をまず前提に考えたところに、私は東国そのものとぴったり密着した彼の姿勢を感じる。ふつう権力を握れば、たちまちそれを支える階層からは遊離してしまうものだが、義時が東国武士団の利害を直接吸いあげることができたところに、彼のすぐれた政治的資質がある。もちろんこれは個人の資質だけの問題ではない。旗揚げから三十年、内部に諸問題を抱えてはいるものの、東国はまだ若い。生命力も溢《あふ》れているし、自壊作用も起してはいない。その若さが、組織のトップに健康な判断を下させた、ということであろう。

東国の若さを、未熟さと見たところに後鳥羽をはじめ西国側の誤算があった。実朝の死につけこんで、ひとゆすぶりすればどうにでもなると思いこんでいたところに、東国に対する認識不足があったのではないか。

怪事件勃発

じつはこのとき、京都ではちょっとした怪事件が起きている。三寅が北条時房に抱かれて鎌倉へついて間もなくのこと、源頼茂《よりもち》という武士が、後鳥羽の派遣した武士によって殺されたのだ。

頼茂は源頼政の孫にあたる。例の以仁王《もちひとおう》をかついで挙兵し、宇治に敗北した頼政は、頼朝をかつぐ東国武士団の挙兵の先駆をした人物だ。彼は内裏《だいり》を守護する役をつとめていたので、孫もそれにならって同じ役をつとめていた。ではなぜ頼茂が後鳥羽に誅殺《ちゆうさつ》されねばならなかったのか。その真相ははっきりしない。一応後鳥羽は、

「彼が将軍になろうとして謀叛を企てたからだ」

と言っているが、そのまま信じてよいかどうか……。『愚管抄』は、後鳥羽の使者として鎌倉に赴《おもむ》いた藤原忠綱と頼茂とが組んで、摂関家の流れを汲む藤原基家《もといえ》を将軍にしようと画策していた、というのだが、忠綱もこのとき失脚しているから、何かのかかわりがあるのかも知れない。いろいろ総合

してみると、どうも頼茂が謀叛を企んだ可能性はむしろ薄くなる。それどころか彼は、東国とは近い関係にあったと見るべき人物である。歴史学者の安田元久氏は、頼茂が密計を察知したために、秘密の洩れるのを恐れた後鳥羽側によって殺されたのではないかと見ておられるが、真相は多分このようなことではなかったか。

このとき頼茂討滅に向ったのは、後鳥羽の側近警固の「西面《さいめん》の武士」とよばれる人々であった。院政当初から、その警固のために「北面の武士」はおかれていたが、後鳥羽はさらに「西面の武士」をおき、親衛隊を充実した。これは京都に駐在する東国武士とはまったく無関係に、後鳥羽の指揮によって行動するものである。つけ加えておくと、武士といえば、すべて幕府の統轄下にあるように思いがちだが、これはまったくの錯覚で、東国御家人以外の武士はたくさんいた。彼らを後鳥羽は手許《てもと》に集めたわけだが、御家人への切崩しも同時に行われたようで、信濃の御家人仁科盛遠《にしなもりとお》の息子も西面に召しかかえられた一人だった。盛遠はこれを喜び、院にも度々《たびたび》出入りして、義時から、

「関東の御家人が、許しもなしに院に奉公することは許せない」

と文句をつけられ、所領の一部を削られたという事件がある。こうして集められた西面の武士は、みな血気にはやり、酒を飲み、歌を歌って気勢をあげ、

「ああ早く戦いが始まらないか」

と腕を撫《ぶ》していたという。軍事力を強化すれば、しぜんに戦争待望の世論が持上って来る、という見本のようなものである。

してみれば頼茂誅殺は、西面たちの力を試す一種の小手調べではなかったか。そのあっけないほどの成功に、後鳥羽は危険な自信を持ちはじめたらしい。東国武士団の切崩しは仁科盛遠の場合にかぎ

らず、かなり広範囲に行われたし、頼茂誅殺によって西面の武士の武力の程もたしかめられた。

寺社勢力背後にうごめく

さらに後鳥羽の反東国の根廻しは進む。度々の熊野詣《もう》で、日吉神社、仁和寺《にんなじ》、石清水《いわしみず》八幡宮への参詣がこれである。一見信仰心厚い王者の優雅な寺社仏閣めぐりを思わせるが、実質は決してそんなものではない。これらの寺社は実質的には、天皇家、公家と並んだ強大な荘園領主である。熊野にその例を見るように直属の武力集団も抱えている。古代以来のあり方を考えてみても、彼らは決して幕府によい感情を持っていない。どころか、自身の荘園に割込んで来る東国武士に対しては常に猛烈な反感をもっている。

その一つの例は延暦寺と近江の守護佐々木氏の対立で、そのため佐々木氏は守護を解任されたり、処罰をうけたりしている。もっとも、寺社と西国国家と東国武士の関係はなかなか微妙で、ときには、寺社側の強訴《ごうそ》に対抗するため、西国側は東国武士の力を利用していることもある。いわば、西国は当時、朝廷天皇領と寺社領に分かれ、それが微妙に対抗したり和合したりという状態を続けていた、といえるだろう。

この一大勢力を、自分の味方につけることが後鳥羽の寺社めぐりの狙いだった。その意図がよりはっきりするのは、叡山対策である。後鳥羽はここに座主として、皇子尊快《そんかい》法親王を送りこんでいる。平清盛も源義仲も頼みとしたこの巨大な寺社勢力を、後鳥羽はこうしてわが陣営に引入れたのだ。

さらに寺社対策の要に坐る人物として、後鳥羽の側近には注目すべき人間がいる。後鳥羽と深いかかわりのある法勝寺《ほっしょうじ》や最勝《さいしょう》四天王院の寺務を担当する法印尊長《そんちょう》がそれだ。彼はじつをいうと、頼朝

法印尊長の系図

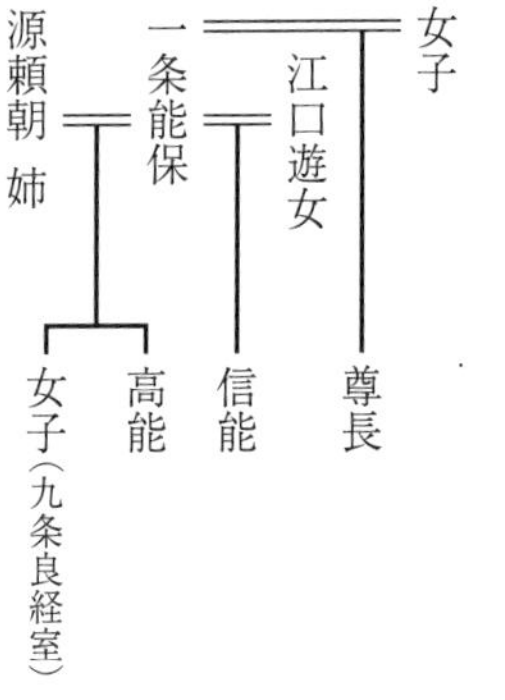

の姉を妻とした一条能保《よしやす》の子である。といっても頼朝の姉の所生《しょせい》ではないらしい。この一条家は、能保時代、頼朝の京都の窓口として、大いに活躍して来たが、能保が死に、その子高能《たかよし》も若死すると、その態度が微妙に変って来た。母の違う高能側への反感からか、反幕府の性格を強め、むしろ後鳥羽に接近してゆく。尊長もその一人だったわけだが、僧侶に似ぬ権謀好きな派手な性格のこの男は、とりわけ後鳥羽の側近として、陰謀に参画していたようだ。多分寺社勢力への工作は彼の企画によるものかもしれない
し、彼自身も出羽国の羽黒山の総長吏（長官）に任じられている。この羽黒山は修験の山で山伏七百を抱える一大勢力である。しかもこの羽黒山も東国の地頭との間に対立抗争を続けていたから、そこへ後鳥羽側は目をつけたのであろう。尊長自身は羽黒までいってはいないが、その息のかかった者が牛耳《ぎゅうじ》れば、かつての奥州藤原氏同様、東国の背後をおびやかす存在となることはまちがいない。

ついでに言うと、鎌倉に近かった一条家から尊長が出たと同様に、実朝の御台所の実家、坊門家も、このころは後鳥羽べったりだった。もともと、後鳥羽の母方は坊門家だし、寵姫の一人も坊門家から出ているのだから当然ともいえるが、実朝の死後、この家は、東国の都における窓口としては、まったく機能していない。

後鳥羽側からみれば、まさに東国攻撃態勢は完了したわけだ。公家も寺社も後鳥羽側へついた。御家人の切崩しにも成功した。かくて、一二二一（承久三）年、いよいよ彼らは行動を開始する。

東国の尼将軍

東国側はこの際どうしていたか。源頼茂誅殺事件については、「こと内裏守護に関する限り、東国の介入すべき問題ではない」として沈黙を守った。後鳥羽のおびきだしの手に乗らなかった、といえばそれまでだが、そこまで手をのばしかねた、というのが実情ではあるまいか。

坊門家と後鳥羽天皇の関係

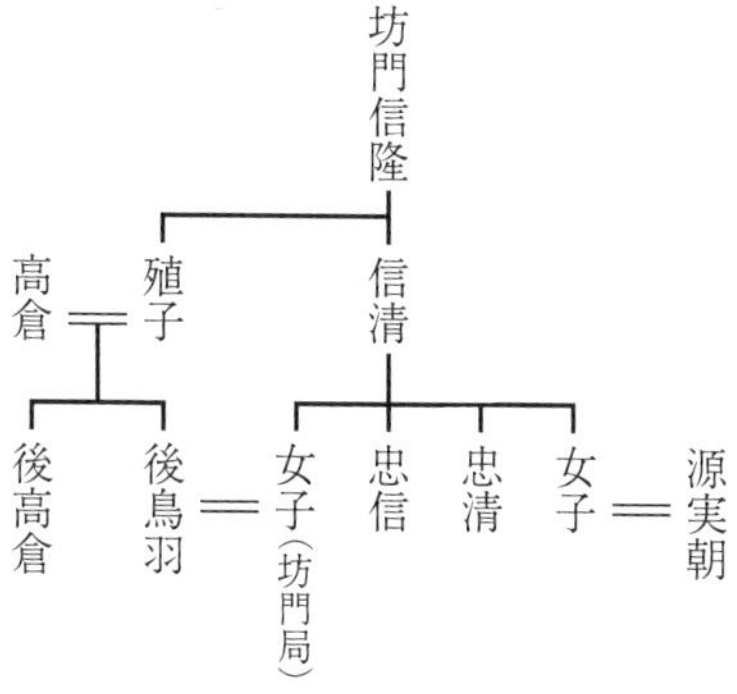

何しろ、実朝の後継者三寅はほんの幼児——。「襁褓将軍」と呼ばれたが、元服前の彼はまだ正式に将軍宣下《せんげ》はうけていない。代って将軍代行をつとめるのは、頼朝未亡人政子である。この事から、政子は尼将軍として君臨した権力欲の権化《ごんげ》のように見られがちだが、これは本人の意志というよりも、やむを得ない苦肉の策といわねばならない。

実質的には義時のロボットだが、しかし、まったくの飾りものだったわけではない。というのは、古代以来、日本の政治体質の中には、天皇の母が、かなりの権限をもって介入して来ることを当然とする性格があったからである。例えば、平安朝時代、天皇の外戚が権力を握ったことはよく知られているが、これも仔細に見れば、権力者がその娘を天皇のきさきにしただけでは、完璧な権力は握れないのであって、その娘が産んだ皇子が即位したとき、はじめて、その権力は安定する。その顕著な例は藤原道長に見るとおりだが、それをより仔細に見るならば、外戚と天皇がストレートにつながっているのではなくて、そこに天皇の生母が大きな比重をもって介在してくるのである。

たとえば、藤原道長に文書内覧《もんじょないらん》の宣旨《せんじ》を下すとき——この文書内覧というのは天皇に先立って文書を披見し、政策決定を左右することも可能な権限で、いわば関白代行ともいうべき実質的な政界ナンバー・ワンの地位を保証するものだったが——ときの一条天皇の母、東三条院詮子《せんし》（道長の姉）は、一条に膝詰め談判で迫って（一条は必ずしもそれに賛成でなかったにもかかわらず）、とうとうこれを実現させてしまった。

このほか、母后がその権威を発揮した例はかなり多い。このことは遡《さかのぼ》れば古代における女権——女帝あるいは皇后の問題にもゆきあたることだが今はふれない。とりわけ幼帝の場合には、時には母后は天皇の代行をする権限があったわけだし、外戚はその母后の父として権力を握るのである。考えてみると、これはおもしろい構造で、外戚はいくら実力者であっても、そして天皇がいくら幼くても、身分的にはあくまで臣下である。が、天皇にはいうことをきかねばならぬ母后がいる。そしてその母には彼女の父がいる。しかしその父は天皇にひざまずかねばならぬ、という、いわば「じゃんけん」に似た相関関係で権力が維持されているのだ。

この日本の伝統的な政界の常識をあてはめれば、まさに政子は母后の役目をはたしたことになる。また一方、これを庶民的な目で捉えるならば、比企尼《ひきのあま》に見るように、夫に先立たれた妻は、婚家の中での権限の一切を握り、大刀自《おおとじ》として次の世代を指揮することができる。その観点から見ても、政子が鎌倉将軍家の未亡人として幕政に臨むことに不思議はないのである。この場合政子は、あくまでも北条家の娘としてではなく、源家未亡人として振舞うわけで、もちろん彼女が北条家の娘である事実は離れ難く結びついているのだが、一応政治人格としては区別して考えておいたほうがいいと思う。やや廻り道の感があるが、後に重大な意味をもってくることなので、少しくわしくふれておいた。外見には沈黙を守り続けたかに見える東国では、こうした内部固めを続けて一二二一（承久三）年を迎えたのである。

京の血しぶき

この年の一月二十七日、後鳥羽上皇の城南の離宮では、笠懸《かさがけ》が行われた。笠やそれに準ずるものを的にして弓矢の業《わざ》を競うこの行事は、武技好みの後鳥羽らしい新年の催しだが、しかし、その日付に注目するならば、故実朝の祥月命日。今でいう三回忌（満二年）の法要の日に当る。鎌倉ではこの日、政子の主催による追善供養が行われているが、わざとこの日を選んだのは、何らかの意図があったのかどうか……。

四月になると、後鳥羽の子である順徳天皇が突然わが子懐成《かねなり》（仲恭《ちゅうきょう》天皇）に譲位した。これは順徳が、より自由な立場から父、後鳥羽に協力しようとしたためだといわれている。と同時に帝位を順徳系で押え、異母兄土御門系の介入を許さない狙いもあったかもしれない。問題の源通親に擁立された土御門と後鳥羽の仲は、順徳との間のように親密ではない。討幕計画も、土御門には何も知らされていなかった様子である。

五月十四日、後鳥羽は、城南の流鏑馬《やぶさめ》汰《ぞろえ》の名のもとに、武士たちを院の御所である高陽院《かやのいん》に集合させた。正月の笠懸よりもさらに大規模の動員である。集まったのは近畿をはじめ、美濃、尾張、但馬等の武士一千七百余騎（『承久記』による）、中には鎌倉幕府の御家人である藤原秀康、大内惟信《これのぶ》、佐々木経高、後藤基清、山田重忠らも含まれていた。

このとき院の近臣たちが参集したのはもちろんだが、招集をかけられた中には、意外にも東国寄りとみなされていた右大臣西園寺公経《さいおんじきんつね》（三寅の祖父）とその子実氏《さねうじ》も入っていた。これは機密の漏洩を防ぐため軟禁しようという計画があってのことである。

使をうけた公経は、たちまち後鳥羽の意図を察して、高辻京極にある京都守護、伊賀光季に家司の内蔵頭三善長衡《ながひら》を差し向ける。

「お召しによって参院する。流鏑馬汰という話だが、真相はどうもそうではないらしい。注意が肝要。お召しがあっても、そなたはうかつに参院してはならない」

光季は義時の妻、伊賀局（後鳥羽の寵姫とは別人）の兄弟だ。東国側の耳目として西国の監視に当っている人間だから、いざとなれば狙われることは必定《ひつじょう》である。光季は直《ただ》ちに鎌倉へ向けて使を急派する。公経父子はおそらくただごとではすまぬことを覚悟して高陽院に向った。

はたせるかな高陽院では、例の尊長が待ちもうけていて、父子を馬場殿に幽閉してしまった。同時に、院からは光季と、もう一人の京都守護大江親広《ちかひろ》に出頭が命じられる。親広は大江広元の息子だったが、これはおとなしくやって来た。彼が事件にまったく気付かなかったのか、藤原秀康らと何らかの連絡があったものか、そのあたりのことはよくわからない。高陽院に着くなり、彼は後鳥羽から直々の尋問を受ける。

「汝《ナンジ》、義時ガ方《カタ》ニ有《アラ》ンズルカ。又御方ニ候《サウラフ》ベキカ、只今申シキレ」（『承久記』）

親広はとかくの思慮も浮かばず、「御方に」と言うと、その場で起請文《きしょうもん》を書かされてしまった。

一方の光季の方はどうか。西園寺公経の連絡をうけていたから、たやすく動こうとはしない。

「このごろ、京中に物騒がしき気配がありますが、それについて何の仰せもない。関東の代官たる光季に、まず一番先に御連絡があってしかるべきなのに、その仔細も承っておりませんので動くわけにはまいりませぬ」

と、押返して後鳥羽は言う。

「だからそれについて言うべき事があるので院に参れと申しておるのだ」

光季は反論する。

「どこへ出陣せよと申されるなら、ただちにそちらへ参りますが、参院はなりかねます」

彼はすでにこの時、合戦を決意している。果せるかな翌日午後、院宣に従わなかったを名として、藤原秀康はじめ、東国御家人を中心に、八百騎が光季の邸《やしき》に押しよせて来た。光季父子以下二十数人の郎従はこれを相手に奮戦し、一刻ほど戦った後、館《やかた》に火をかけて自害した。

後鳥羽から義時追討の院宣が正式に発せられたのはこの日である。

「関東においては、将軍の名で政務が行われているが、当人はまだ幼稚であり、義時が自分の思うままに諸事を裁断し、皇憲を忘れている。これはすでに謀叛というべきである」

という趣旨のもので、「皇憲を忘れる」というのは具体的には、長江、倉橋両荘の地頭改廃に応じなかったことを指すと見ていい。後鳥羽としては、満を持しての戦争宣言である。その上、早くも義時の代官である伊賀光季は誅殺された。幸先のいい出発だった。院宣を持った使は諸国に飛ばされた。東国へもその使いが派遣されたのは、院宣の効力によって、東国武士団も義時を離れて院側につくと見込んだからである。後鳥羽は自信を持ちすぎていた。自分自身の御家人離間策の腕前と、院宣というものの持つ威力に……。

義村登場

さて、一方の鎌倉ではどうか。光季の使は十九日に御所に転《ころが》りこんだ。続いて西園寺の家司、三善長衡の使が到着し、政子、義時、広元ら幕閣首脳部の動きはにわかに慌《あわただ》しくなる。長衡の使は伊賀光季の討死や、西園寺父子の拘禁、義時追討の院宣が東国へもたらされるであろうことまで報じてあった。

——すわこそ！

非常警戒を行って捜索すると、藤原秀康の所従の押松丸という男が葛西《かさい》ヶ谷《やつ》のあたりをうろついていた。ただちに院宣を取上げて、政子たちが中に書かれている東国武士の名に目を走らせているところへ、姿を現わしたのは三浦義村である。

彼は無言で一通の書状を義時に手渡す。在京の弟、胤義《たねよし》からのそれにはこうあった。

「院の仰せをお伝えします。勅定《ちょくじょう》に応じて義時を誅すべし。もし成功すれば、恩賞は望みのまま、ということであります」

義時がその書状を読みおえたとき、義村はその眼をみつめて言った。

「使は追放した」

それ以上何を言う必要があろう。義時も無言で肯《うなず》きかえす。この東国最大の危機に直面して、義村は行きがかりを捨てて、義時への協力を誓ったのである。

権謀の人、三浦義村もまた東国武士だったのだ。あるいはそれまで彼と胤義との間にひそかな連絡もあったかもしれない。『承久記』などによると、胤義が、京都の守護役に当っているわけでもないのに滞京していたのは、現在の東国体制にある種の不満もあったためのようで、藤原秀康の誘いにやすやすと応じたのもそのせいかもしれない。しかも彼は秀康にこう言っている。

「兄の義村は、きわめて烏滸《おこ》の者（おろかな者）ですから、院が日本の総追捕使《そうついぶし》にするとでもおっしゃれば、必ずお味方にまいるでしょう」

それが今度の手紙となってもたらされたというわけだが、それまでも二人の間には情報交換があったかもしれず、義村の気持も動いていなかったとはいえない。そう見れば、例のお家芸を発揮して、彼はぎりぎりのところで弟を裏切ったのかもしれないのである。

が、考えてみれば、このときこそ義時打倒の絶好のチャンスではないか。義時は「逆賊」のレッテルを貼られているのだから大義名分はある。味方を糾合し、義時を討ち、恩賞にあずかって、東国の権力者になることは夢ではない。実朝事件の失敗は一気に取返すことができる……。

ふつうの権謀家だったら、ついふらふらとその気になるところである。しかし、彼はそうしなかった。おそろしいほどの見通しを持つ彼は、その危うさを見越し、冷静な判断のもとに、

――この話には乗れぬ。

ここでは義時に恩を売るべきだ、と考えたのであろう。それがたとえ、彼らしい打算から出たとしても、私はこの処し方に、東国武士としての義村の大きな存在意義を感じる。東国武士にとって、この際何が必要か、何を守り、何と戦うべきか、彼の眼は歴史の流れを見誤まることはなかったのだ。もし彼が卑少な権謀にのみ心を奪われ、大局的な判断を持たなかったとしたら、北条義時は内部の恐るべき敵に足を掬《すく》われ、全力を挙げて西国国家と対決することはできなかったであろう。

すこし極端な言い方をするならば、承久の乱の決定的瞬間はここにあると思う。後鳥羽側は巧妙な言い方をして、追討の対象は義時にある、と言い、義時さえ討てば恩賞は望みのまま、として義時と東国武士団の離間を謀《はか》った。東国の体制を認めるのか認めないのか、そんなことは一言も言っていない。

しかし、義村はその本質を読みとっている。いくら巧妙な言いまわしをしようとも、これが東国と西国の対決であることを知って、東国武士の一人として、旗色を鮮明にしたのである。

政子の宣言

御家人たちが幕府に呼び集められたのはその直後である。人々の前で尼将軍政子は安達景盛《かげもり》を通じて次のような訓示を与えた。

「さ、皆、心を一つにして団結して欲しい。これが私の最後の言葉です。故右大将頼朝公が朝敵を滅ぼして東国を草創して以来、そなたたちに与えた官位、俸禄は数えきれない。その恩を思い出して欲しい。なのに、今、逆臣の讒《ざん》によって道理に叶わぬ宣旨が下された。名を惜しみ、恩を報じようとの志のある者は、早く秀康、胤義らを討取って三代にわたって将軍の作ったこの幕府を全《まっと》うしてほしい。ただし、院に仕えるという者はそれでもよろしい。この場で申し出るように」

同じ場面は『承久記』『承久兵乱記』などにもある。ここでは頼朝の「御恩」はより具体的になっていて、平家時代には武士は三年間の大番（京都警固）の義務があり、ために財力を使いはたしたのを、頼朝の計らいで六カ月に短縮されたことがあげてある。

ともかくも、ここで気づくことは、義時追討の院宣はみごとにすりかえられ、頼朝以来の「御恩」

と、それをゆすぶる西国からの故なき挑戦だけが語られていることだ。義時はあくまでも表面には出て来ない。政子は言外に、義時こそ頼朝以来の東国体制の継承者であることをほのめかしているだけだが、これが御家人に対し説得力を持つのは、義時が先に長江・倉橋両荘の地頭職を守り通したからだ。

——もしここで義時が失われれば、地頭職を守ってくれる人はいなくなるぞ。

誰しもそう思ったに違いない。彼らが一も二もなく鎌倉幕府への忠誠を誓ったのはこのためである。「御恩と奉公」という東国の土壌に根ざす意識と、現実の利益の保証という裏づけによって、彼らはふるい立ったのである。

このときの政子の戦争宣言はあまりにも有名だが、正直のところ私は、彼女は「宣戦の詔勅《しょうちょく》」を読んだにすぎないと思っている。原案の起草者は、多分大江広元あたりであろう。が、これをほかならぬ政子の言葉として言い渡し、人々が納得したというところに、先にふれた母后的な彼女の役割を見ることができる。と、同時に権威と権力の関わりあいや、それぞれの任務の分担がはっきりわかる。こうした宣言は、権力側のすることではない。権威の象徴たる将軍またはその後見役たる政子の役なのだ。この場合彼女は、北条義時の姉としてではなく、故頼朝夫人——頼朝の代理人としてものを言っているのである。

迎撃か出撃か

さて次は作戦会議だ。ここでは、迎撃か出撃かが問題になった。すでに勝算は十分あったものの、東国武士としても院宣に逆《さから》っての戦いはこれがはじめてだ。これまでの木曾攻め、平家攻めはみな院宣によるものだし、奥州攻めも事後承諾ながら院宣は到着して、正当性は保証された。が、今度は違う。西国を向うに廻した正面切っての対決だ。西国の「権威」たる院宣に抗する戦いに、東国武者が躊《ためら》いを感じたのも無理はない。ために最初は迎撃論が大勢をしめた。京都の進撃をうけて箱根、足柄で戦うなら、大義名分が立つ、というのである。

これに反対したのは、意外にも都出身の老いたる大江広元である。彼は眼も不自由になり、すでに出家して覚阿《かくあ》と名乗っていたが、

「守勢に立てば内部の動揺も起る。運を天にまかせて、早く出撃すべきです」

と言いきった。それで一応出撃ときまるのだが、その後でまた議論は後退した。一条能保の子供のうち、一人鎌倉に味方して京都から駆けつけた頼氏《よりうじ》が後鳥羽やその周辺の意気軒昂たる様子を伝えたので、慎重論がたかまったのだ。

しかし、大江広元はあくまでこれに反対した。

「上洛決定後、ぐずぐずしているのはよろしくない。泰時どの（義時の子）が一人で鞭をあげられれば、東国の士はおのずと雲霞《うんか》のごとく集まりましょう」

さらに重病に臥していた高齢の三善善信《みよしぜんしん》もこれに同調した。

「関東の安否はこのときにあります。すぐ出発するのがよろしい。いたずらに日を経るのは懈怠《けたい》千万。まず大将軍一人でも出発すべきです」

京都出身の行政官——武士でもない二人の老人が一番強硬論だったという『吾妻鏡』の記事はおもしろい。彼らは西国政府の裏表を知りぬいている。そしてその頽廃ぶりに見切りをつけて東国へやって来たのだ。どんなときどんな手を打てば一番効果があるかを熟知しての上での積極論だったのであ

ろう。

もっとも、このあたりは『承久記』や『増鏡』などで多少記述が違う。『承久記』では慎重論を主張した泰時に対し、義時が、

「自分のやっていることは、やましい点はない。それを攻めるというなら戦うほかはない。そうときめたらすぐゆけ。一天万乗の君を敵とするときめた以上ぐずぐずするな」

と言ったことになっている。一方の『増鏡』になると義時は泰時に対し、

「覚悟して清き死に方をせよ。敵に後ろを見せるな。自分はまちがったことはしていないのだからそなたも決して躊うな」

としみじみとさとしている。しかもいったん出発した泰時が、途中で引返して来て、

「もし、上皇自身が御出陣になったらどうしましょう」

とたずねると、

「かしこくも問へるをのこかな」

よくぞ問いただした、と彼を褒め、そのときは兜を脱ぎ、弓の弦を切ってかしこまって身を任せたてまつれ、と言ったという。

これらの史料は成立年代や筆者の立場をそれぞれ反映しているので、この際どれが正しいかという詮索は無意味に近い。それよりもここで読みとれるのは、迎撃、出撃両論があり、結論としては出撃策がとられた、という事実であろう。東国としては西国相手の本格的な戦いだから、それなり不安もあったわけだ。

しかしいったん出撃ときまると、義時は鋼鉄の人となった。『市河文書』の中の義時の『仮名御報

書』の中で彼は、

「いかにもして一人ももらさずうたるべく候也《なり》、山などへおひいれられて候はば、山ふみをもせさせてめしとらるべく候也」

と言って、根こそぎ敵を討滅し、山狩りをしてでも一人も討ちもらすな、と命じている。さらに都入りは遅れてもいい、といっているところを見ると、後鳥羽との戦いもさることながら、この際、徹底的に敵対者を踏みつぶしてしまおうという意気が窺える。

東国、西国を圧倒す

進撃をはじめた東国勢の足は速かった。全軍を東海道、東山道、北陸道に分けて、怒濤の進攻を開始したそのとき、義時は、さきに捉えておいた押松丸を都に追い返す。わざと東国軍の進撃ぶりを後鳥羽に伝えさせるためである。その効果は絶大で、京都に戻った押松丸が、

「路次には東国勢があふれ、幾千万いるか数えることもできません」

と報告したので、院中の人々は、ふるえあがったという。すでに戦わない先に、この勝負の帰趨はきまったようなものだった。

たしかに――。

東国と西国との戦いというには、あまりにもあっけない戦いだった。東国勢の進攻を食止めるべく派遣された武士たちはたちまち敗北して逃亡するやら都に逃げもどるやら、みじめな姿を露呈した。思いがけない成行きに、後鳥羽はじめ二上皇はいったん叡山に上ってその勢力に頼ろうとしたが思うようにゆかず、ふたたび高陽院に戻る。そうこうしているうちに東国勢は、早くも京都へなだれこん

でしまったのである。合戦の詳細を書くのは本旨ではないので省略する。敗戦が確実となったとき、後鳥羽は使を泰時の許に遣わして、義時追討の宣旨を取消して、元の官職へ復帰させ、それと引きかえに、東国武士団の京都内での狼藉《ろうぜき》停止《ちょうじ》を申入れた。

「大小ノコト、申請ニ任セテ聖断アルベキノ由《ヨシ》……」

とあるから、すべて東国側の申し出に任す、という全面的降伏である。すでに西園寺父子は釈放されている。一方、三浦胤義は自決、藤原秀康、法印尊長は逃亡、悲惨な歴史的逆転劇の中で、「今度の合戦は自分の意志によるものではない」として、ともかく後鳥羽は命を全うしたのである。『承久兵乱記』によると、後鳥羽は戦《いく》さに敗れて戻って来た武士に向って扉《とぎ》を閉し、

「自分は東国武士が来たら命乞いをする。お前たちがいては都合が悪い。早くどこへでもゆけ」

と追払って、武士たちを憤慨させたという。

東軍の北条時房、泰時は六波羅《ろくはら》に入ってただちに占領行政をはじめた。

まず戦争責任者処罰である。後鳥羽側近の公家や僧侶七名が捉えられ、鎌倉へ送られる途中、その中の五名は死罪に処せられた。助かったのは僧侶一人と大納言坊門忠信。彼は故将軍実朝の御台所の兄だという理由で死を免れたのである。その他流刑《るけい》、免職などに処せられたものはかなりの数にのぼった。

御家人でありながら西国側についた者についての処分は、一段ときびしく、ほとんどが斬られている。中で大江親広は異例の措置として罪を免れたが、むりやり院側に参加させられた事情や、功臣大江広元の子であることから特別の計らいをうけたものであろう。

それより注目すべきは三上皇に対する処置である。このとき東国側は、かなり慎重な事のすすめ方

をした。まず高陽院には敗兵がかくれている疑いがあるという理由で、後鳥羽を四辻殿、順徳上皇を大炊御門殿《おおいみかどどの》へ移した。土御門上皇や冷泉《れいぜい》、六条宮は、もともとの本拠へ帰ることを認めている。これは土御門が今度の事件にタッチしていないことを了解したためであろう。

それから半月ほど経った七月六日、今度は後鳥羽を四辻殿から郊外の鳥羽殿へ――。政治の中心から疎外したわけだ。その上でたちまちその二日後には出家を要請――と、にわかに処分のテンポは早まり、同日、後鳥羽の兄ですでに入道していた行助親王《ぎようじよ》が院政を開く。その日のうちに後鳥羽の莫大な所領はすべて行助に献じられる。

この四月即位したばかりの仲恭天皇が廃されたのがその翌日、入れ替りに即位するのは行助の皇子、茂仁王《ゆたひとおう》、すなわち後堀河天皇だ。行助は以後、後高倉院と呼ばれるが、天皇の経験もなく、僧籍に入った皇子が治天の君になるのは未曾有《みぞう》のことである。

そして、七月十三日、出家した後鳥羽は隠岐《おき》へ配流――。まさに問答の隙を与えない進行ぶりだ。続いて順徳上皇は佐渡に、土御門上皇は土佐へ。東国側は土御門配流は考えていなかったようだが、みずから申し出て土佐へ移った（後に東国側は土佐では遠すぎるという理由で阿波へ移している）。

あっという間に行われたこの決定は、おそらく後鳥羽の予想もしなかったことではなかったか。鳥羽殿へ移されたのは後白河の例もあることで考えられないことではなかったが、よもや保元の乱の崇《す》徳《とく》上皇のように、流罪になるとまでは思い到らなかったに違いない。

しかし敗者の悲しさ、今となってはそれに従うよりほかはない。後鳥羽は以後十九年隠岐に在り、ついに京都に戻る機会を持たなかった。和歌への関心がよみがえって、『新古今和歌集』にさらに手を入れている。いわゆる「隠岐本」がそれである。

再論・東国は勝ったのか

三上皇配流という、これまで史上に見られなかったショッキングな結末によって、この争乱はひとまず終りをつげる。そしてこのことのために、つい三十年前まで、北条義時という人物は日本史上、きわめて評判の悪い人間となっていた。

逆臣義時——というのがそのレッテルである。ところがおもしろいことに、乱後しばらくの間は、後鳥羽以下を降したそのことによって、高く評価されていたのだから歴史の評価というのもわからないものである。たとえば、天皇支持の色彩の強い『神皇正統記《じんのうしょうとうき》』も、「王者の戦いは正義の戦いでなければならない。瑕《きず》なきものを討つのはまちがいである。鎌倉幕府の政治を見るに、頼朝以来義時にいたるまで、とりたてて失敗はやっていない。それを討ったのは院の誤りである」と言っているし、これまでふれた『承久記』その他にも、義時に道理があった、という見方はいろいろの形で語られている。

これは彼らなりの歴史理解なのだ。歴史の中に道徳的基準を持ちこんだのは、『平家物語』の諸行無常観より後に生れた思潮の反映であり、つきつめていえば、当時の勝者の論理、現状肯定の論理だったともいえるだろう。

これに道徳の衣装をつけさせた納得のしかたを笑う資格は、しかし我々にはないようである。なぜなら、つい三十数年前、第二次世界大戦の終るまで、別の道徳的基準を持ちだして、義時を「逆臣」として片づけていたではないか。そしてその傾向は現在も決して消滅したわけではない。代って登場した「民主主義」や「人民」や「人間性」といった基準を、対立する陣営どうしがそれぞれの「旗」

として奪いあい、戦後の歴史を正当づけようとしていることは、その延長線上にあるものといえるかもしれない。

歴史にはしかし、そういう裁き方とは別の評価があるように私には思われる。大きな歴史のなかで絶えず繰りかえされる衝突――それはごく卑小な段階では個人的な利害の対立であり、それが数知れずつみかさねられて、一つの大きな歴史の流れを作る。しかもそれは川の流れと違って、必ずしも一定の方向へどんどん進むものではない。そこには停滞もあるし逆流もある。そういう流れの中に立って、大局的にどれが流れを押し止める要素であり、どれが流れを自然に押しやるものであったか。その渦巻く流れの中で起った事件は、いかなる意味を持つか……。

そうした流れに即した見方に立てば、この事件は大きな時代の変り目を象徴するものといえるだろう。これは東国対西国の対決である。そしてそれぞれの担った歴史をふりかえれば、中世と古代の対決だったともいえる。その中で東国――すなわち新しい歴史の担い手たちが勝利を摑んだのである。

個人的にみれば対決を覚悟し、主戦論を唱えた北条義時、大江広元、彼らに協力を誓った三浦義村らは一つの評価をうけてもいい。が、彼らに対決を決意させたのは、土地への権利を死守しようとする東国武士団のパワーである。義時は、それを誤らずに汲みあげた。とかく古い権威に妥協し勝ちな日本の政治家には稀な、歴史の流れを見通す眼を持っていた点は注目していいが、その背後にある東国武士団の力を見落とすわけにはゆかない。長い間西国の植民地として無言の奉仕を続けて来た彼らは、ここにはっきりと、みずからを歴史の上に位置づけたのである。

三上皇配流というきびしい決定を行った東国は、ここで国家百年の基礎を固める。これは言葉のあやではない。文字通り、鎌倉幕府は、これから百年続くのだ。これ以後、天皇の交替にも介入したし、この事件で没収された西国側の所領に多くの地頭を送りこみ、経済的な立場もいよいよ強化された。しかし、である。私はこれを決定的な、画にかいたような勝利だなどというつもりはない。仔細に眺めるならば、それはあまりにも問題点を残した勝利であるからだ。

たしかに彼らは天皇の交替にまで介入したけれども、しかし、従来どおりの天皇および院政の存続を許した。律令制機構もそのままだし、寺社勢力も温存された。国衙領《こくがりょう》や荘園もそのまま生き残っている。政治的にも経済的にも変らない部分が多すぎるのだ。

それはしかし、義時や広元の力量不足という問題ではなさそうだ。つきつめていえば、東国国家の実力は、そのあたりが限度だったということではないだろうか。彼らは戦いには勝った。けれども、政治的、経済的制圧には力およばなかったのだ。独立以来三十年の彼らとしては是非もないことかもしれない。

一方には、日本の歴史じたいの性格もある。ずるずると古代を残しながら中世へ、中世をひきずりながら近代へ――。日本の歴史には宿命的に歯切れの悪さ、あいまいさがつきまとう。その中では最も明確な中世志向を見せるこの時代さえ、やはりその例外ではなかったのである。

しかも歴史は動く。戦いが終ったそのときから、勝利者は勝利者の、そして敗北者は敗北者としての歴史を歩みはじめる。この勝利者の歴史が必ずしも薔薇色《ばらいろ》ではないことは、戦後体験のある我々の見る通りである。東国国家は、この後さらに内部統一に二、三十年を費す。対西国との戦いにあたっては協力を誓った三浦氏だったが、事件後、彼らは、ふたたび執拗に北条氏の隙を狙いはじめるのだ。それが一応の結末を告げるのは一二四七（宝治元）年。その十数年後には蒙古が攻めて来る。このとき東国は、はじめて御家人以外の武士へも指揮権を発令する権限を持つが、その故に戦後の恩賞分与に苦しまなければならない。一方対立者を降した北条氏は得宗家（嫡流）に権力を集中させ強大を誇るかにみえて、そのじつ、北条家じたいにも風化作用が起り、執権も象徴化の道を辿ってゆく……。一方には温存された寺社勢力や西国国家も巻返しの機を狙っている。東国国家の「百年の大計」が終りに近くなったとき、日本はふたたび新しい結論に迫られるのである。

なお承久の乱については、すでに「戦乱日本の歴史」に執筆しているので、これと重複した部分のあることをお断りしておく。

解説　北条義時とは何ものか

三田誠広

鎌倉幕府を開いたのは源頼朝で、頼朝のことなら誰でも知っている。

しかし二代執権北条義時となると、どんな人物なのか、知っている人は少ないと思われる。

承久の乱に勝利し、即位したばかりの四歳の仲恭《ちゆうきよう》帝を廃帝とし、その父の順徳院、伯父の土御門《つちみかど》院、祖父で治天の君と称された後鳥羽院をことごとく流罪とした張本人が北条義時で、武士の世はこの時から始まったという見方もある。戦前までの皇国史観では極悪非道の逆臣とされているのだが、この人物を大悪人とした史書もなければ近代小説も存在しない。

歴史のエポックで活躍した人物でありながら、何となく影がうすい。それが北条義時なのだ。

このアンソロジーを編むにあたって、編集部も苦労されたことと思われるのだが、ここに収められた作品を通読しても、義時という人物のキャラクターが鮮明に見えてくるわけではない。ただ義時が生きた時代の雰囲気は伝わってくるので参考にはなるだろう。

この解説では義時の生涯の軌跡を追いながら、彼が立ち合った歴史的な転換点の政治的なメカニズムについて語っていきたい。

まずは源平合戦。これは源氏と平家が闘った戦《いく》さではない。朝廷を支配していた平家一族による過剰な租税の搾取に対して、東国の在地領主（東国武士）たちが団結して反乱を起こし、その勢いで上洛して平家一族を滅ぼした戦さだった。ただ東国武士たちが旗頭として擁立したのが、先の平治の乱で平家に敗れて伊豆に流罪となっていた源頼朝だったために、源平合戦と呼ばれるようになった。

流罪となった頼朝の監視役を務めていたのが北条時政だった。その時政が大番役で上洛している間に、頼朝は北条の館《やかた》の娘婿になっていた。画策したのは長男の三郎宗時だ。宗時には源氏の御曹司の頼朝を旗頭として反乱を起こすという野心があったようだ。

反乱を起こすといっても、北条は小豪族にすぎない。実際の旗挙げでは近隣の小領主の応援があり源氏恩顧の佐々木兄弟の参加もあったが、それでも総勢三百騎にすぎなかった。しかし頼朝が旗挙げしさえすれば、東国の領主たちがいっせいに蜂起する可能性があることを、宗時は見越していた。

理由は二つある。

一つは荘園への課税強化が予想されたこと。

もう一つは宋銭の流通によって米の価値が下がることだ。

これには説明が必要だろう。

荒れ地を開墾すれば褒賞としてその土地は無税となる。これが荘園と呼ばれるものだが、無秩序な開発を防ぐため、荘園を開発できるのは摂関家などの上流貴族や、伊勢神宮、東大寺などの有力社寺に限るとされた。

しかしこの制度には抜け穴があった。地方の在地領主が開墾した土地も名義上は摂関家による開発だという書類を提出すれば、無税の特権が得られる。このため摂関家には名義料が入り、朝廷には租税が入らない。朝廷の財政が破綻することになった。

こうした不正を摘発するのは、本来は国司長官の任務なのだが、国司の任免権を摂政関白が有しているため摘発ができない。この問題の抜本的な解決を試みたのが白河院で、武士を国司長官に起用することで不正な荘園から租税を奪取することに成功した。しかしこのために、鳥羽帝や後白河帝のころには、平家の専横が目立つようになった。

頼朝が旗挙げしたころには、東国の国司のほとんどが平家の家人《けにん》や郎党で占められるようになった。東国の領主たちは新たな国司による課税強化を恐れた。

また日宋貿易の利権を得た平家は大量の宋銭を輸入して貨幣経済を促進した。このため基本通貨の代用品だった米の価値が下落した。これも東国武士にとっては脅威だった。

頼朝は北条の郎党とともに旗挙げをして、伊豆国府の平家郎党の目代《もくだい》（国司長官の代官）を討った。その後、頼朝は石橋山に陣を張ったのだが、相模と武蔵の武士団を結集して反乱軍の鎮圧にあたった平家家人の大庭景親《おおばかげちか》に敗れた。

頼朝は船で安房に逃れ、上総、下総と湾岸を進むうちに、各地の国府を襲った武士たちが続々と麾《き》下《か》に入り、相模の鎌倉に到達した時には二十万騎を率いていた。ただこの旗挙げの石橋山の戦さで、頼朝の支えとなっていた三郎宗時は戦死した。

この時、弟の小四郎義時は、父の時政とともに、武田一族などに援軍を求めて甲斐《かい》に出向いていた。これは北条の血を絶やさぬようにという三郎宗時の配慮であったろう。

その三郎宗時の功績を引き継ぐかたちで小四郎義時は頼朝の側近となった。

最初の旗挙げでは義時はまだ十八歳であり、何の功績も残していない。ただ頼朝からは信頼されていて、幕府開設後は頼朝の寝所警護衆に加えられた。

当時の義時は、江間小四郎と名乗っていた。北条の館の狩野川を挟んだ対岸にあるのが江間と呼ばれる地で、義時は分家させられていたようだ。すでに嫡男の三郎宗時は亡くなっていたが、父の時政には牧の方という後妻がいたので、男児が生まれれば嫡男とされることを見越して、あらかじめ分家ということにしたのだろう。

本書の装画には歌川国貞による「碁盤忠信源氏礎」の三枚続のうち五代目尾上菊五郎の「江間小四郎」が使われている。歌舞伎にはこの名で登場することがあるのだが、頼朝の側近という役柄で脇役を務めるだけだ。

牧の方はやがて嫡男となる男児を産んだのだが、若くして亡くなり、少し後のことだが時政と牧の方も謀反を起こそうとして失脚した。そのため義時は北条の後継者と見なされるようになった。

話はここで一気に飛ぶのだが、頼朝の死後、跡を継いだ二代将軍の頼家が、あまりに勝手気ままな裁量をするようになったので、母の政子が頼朝の重臣たちを集めて宿老会議を編成し、十三人の宿老による合議で政務を推進することとした。その十三人のリストは次のようなものだ。

①大江広元（政所《まんどころ》別当）、②三善康信《みよしの》（問注所執事）、③中原親能《ちかよし》（京都守護）、④和田義盛（侍所別当）、⑤梶原景時（侍所別当代行）、⑥二階堂行政（政所執事）、⑦足立遠元（公文所寄人）、⑧安達盛長（三河守護）、⑨三浦義澄（相模守護）、⑩八田知家《はったともいえ》（常陸守護）、⑪比企能員《ひきよしかず》（上野守護）、⑫北条時政（伊豆守護）、⑬北条義時（寝所警護衆）。

このうち比企能員は頼家の後見人、梶原景時は側近で、この二人は頼家の側だ。残りは中立または政子に近い宿老といえるだろう。

ざっと見て気づくことがある。鎌倉幕府の行政、軍務、裁判を担う政所、侍所、問注所の責任者や、地方国の管理を担う守護など、重責を担う宿老たちの中に、一人だけ、「寝所警護衆」の義時が加えられている。これは頼朝の警護を担当していた職務で、頼家の代になれば何の役職もないということだ。年齢も他の宿老と比べれば、不相応な若者が一人だけ混じっている。

また御家人の一族から一人ずつが選ばれている中で、北条一族だけ時政と義時の父子が選ばれている。

これは御台所《みだいどころ》であり、のちには尼将軍と称された政子の配慮だろう。政子は父の時政とは対立することが多かった。いずれ時政が失脚することを見越して、弟の義時を十三人のリストに加えたのだ。

頼家が将軍職から退いたあと、時政は政所の一員に加えられた。政所の別当（長官）は頼朝の参謀として活躍した大江広元が担っていたのだが、この時から別当による政務は何人かの合議で進められることになった。年長の時政が別当の筆頭として「執権」と称されたのだが、これは一種の名誉職で、時政は一貫して政務からは遠ざけられていた。

やがて時政が後妻の牧の方とともに謀反を起こして失脚し、執権という職務は義時が引き継ぐことになった。

北条義時が歴史の表舞台に顔を出すのはこのあたりからだ。ここから鶴岡八幡宮における実朝《さねとも》の暗殺まで、いくつかの事件が続いていくのだが、執権の義時と、盟友ともいえる三浦義村が暗躍して、有力御家人を次々に粛正して独裁体制を築いていく。

三代将軍実朝の暗殺は、現在も解き明かされていないミステリーだ。主犯が頼家の遺児の公暁《くぎょう》という若者であることは明らかだが、公暁の後見人であった三浦義村がそそのかしたのではと疑われている。公暁は実朝の首をとったあと、三浦邸に逃れようとして邸宅の塀の前で討たれた。ただし、実朝のすぐ後ろに太刀持ちとして随行するはずだった義時が急な病で行列に参加しなかったことから、義時も共謀していたと考えられる。

朝廷から右大臣の叙任を受けた実朝は、京から後鳥羽院の皇子を招いて将軍職を譲り、自らは京に出向いて後鳥羽院や和歌の師の定家との交遊を楽しむつもりでいた。二十歳を過ぎた皇子が将軍になってしまっては、鎌倉幕府が朝廷に隷属することになる。

この公式行事中の暗殺事件で、皇子の下向はとりやめとなり、頼朝の姉（または妹）の血筋を受け継ぐ三寅《みとら》という幼児が将軍職に就くことになった。将軍が幼ければ、幕府の政務は執権の義時が独裁することになる。

実朝暗殺で幕府が混乱している時期に、後鳥羽院は愛妾が所有する荘園の地頭を罷免《ひめん》するように幕府に要求した。源平合戦の最中に頼朝は守護と地頭の任免権を朝廷から与えられ、荘園にも租税が課されて、地頭を通じて幕府に入る制度になっていた。後鳥羽院は混乱に乗じて切り崩しを図ったのだが、義時はこれを拒否した。

この結果、後鳥羽院と義時は、全面的に対立することとなった。

承久の乱というのは義時が反乱を起こしたのではなく、後鳥羽院が京に赴任していた三浦胤義《たねよし》に、兄の三浦義村への密書を書かせ、北条義時の暗殺を命じたことが発端だった。従ってこれは「乱」というよりも、朝廷側が仕掛けたクーデターと見ることができる。三浦義村は密書に応じず、ただちに義時に通報した。

義時は大軍を息子の泰時（三代執権）と弟の時房（初代連署）に托して京に派遣した。帝を廃し、三人の院を流罪とした。結果として義時は朝廷の権威を失墜させ、日本国の全体を独裁することになった。

北条義時は大悪人というような強烈なキャラクターではない。頼朝の実直な側近であり、御台所の姉を陰で支えた地味な人物だということができる。しかし結果として鎌倉幕府の実権を掌握し、朝廷の権威を失墜させることになった。その意味では冷徹な策謀家であったのかもしれない。

本書に収録した文学作品についても言及しておきたい。「梶原景時」（海音寺潮五郎）は頼朝の配下で暗躍した梶原景時を主役にしたもので、この時代の雰囲気がよく描かれている。「悲命に斃《たお》る」（高橋直樹）は二代将軍頼家を描いたもので、ドラマチックな展開が楽しめる。

次の二作品は戯曲で、「修善寺物語」（岡本綺堂）は面づくりの匠《たくみ》を主人公に頼家の悲劇を描いた名作であり、映画化もされている有名な作品だ。「北条泰時」（近松秋江）は歴史的人物が次々に登場する大作だ。まずは京が舞台となり、承久の乱の発端となる後鳥羽院の策謀に対して、院の側に組み込まれる大江親広（広元の子息）、三浦胤義と、院に従わずに討たれる伊賀光季《みつすえ》が描かれる。後半は鎌倉が舞台となり、幕府を支える人々の対応が描かれる。最後に主役の北条泰時が登場して京に向けて出陣していく。承久の乱という事件の経緯が詳細に描かれた秀作だと思われる。

永井路子は大河ドラマ「草燃える」の原作となった『炎環』、『絵巻』、『北条政子』など、この時代をテーマとした作品を書き続けた歴史小説の大家だ。このアンソロジーに収録された「執念の家譜」は北条義時の盟友で数多くの事件の仕掛け人とされる策謀家の三浦義村を描いたもので、義時の陰で暗躍しながらついに表舞台に出られなかった人物の悲劇を描いている。最後に収められた「承久の嵐北条義時の場合」に到ってようやく北条義時が主人公として登場する。承久の乱の経緯がわかりやすく描かれている。

さて、ぼくも小説家なので、自分の作品についても触れておこう。実はこのアンソロジーとほぼ同時に、『尼将軍』という作品が同じ版元から出ることになっている。ぼくが解説を依頼されたのもそういう縁があるからだ。ちょうど『尼将軍』を書き終えたばかりなので、北条義時はごく親しい友人のような気がしている。タイトルのとおり姉の政子が中心となる作品だが、義時も主役級の活躍をしている。

北条義時には謎がある。長男の泰時の母親が誰かわからない。泰時が生まれたあとで頼朝が愛した姫の前という女房を下げ渡されて正室としているが、これはのちに父の時政の陰謀で討たれる比企一族の女で、事件の前に離縁している。晩年の正室の伊賀の方は、自分が産んだ政村という男児を執権に就けようと画策した（伊賀氏の乱）。どうも妻には恵まれなかったようで、権力者となってもどことなく暗い影を負っているのはそのせいかもしれない。

政子と妹の阿波局《あわのつぼね》の活躍で伊賀の方の策謀は失敗に終わるのだが、この阿波局という女性にも謎がある。そのあたりのことは、ぼくの『尼将軍』を読んでいただきたいと思う。

【解説者略歴】

三田誠広（みた・まさひろ）

小説家、武蔵野大学名誉教授。1948年生まれ。1977年、「僕って何」で芥川賞受賞。主な作品に、『いちご同盟』、『釈迦と維摩　小説維摩経』『桓武天皇　平安の覇王』、『空海』、『日蓮』、『［新釈］罪と罰　スヴィドリガイロフの死』、『［新釈］白痴　書かれざる物語』、『［新釈］悪霊　神の姿をした人』、『親鸞』、『尼将軍』などがある。日本文藝家協会副理事長。

小説集　北条義時

2021年9月25日初版第1刷印刷
2021年9月30日初版第1刷発行

著　者　海音寺潮五郎、高橋直樹、近松秋江、
　　　　岡本綺堂、永井路子、三田誠広
発行者　和田肇
発行所　株式会社作品社
〒102-0072東京都千代田区飯田橋2-7-4
TEL.03-3262-9753　FAX.03-3262-9757
https://www.sakuhinsha.com
振替口座00160-3-27183

編集担当　青木誠也・田中元貴
本文組版　前田奈々
装　幀　水崎真奈美（BOTANICA）
印刷・製本　中央精版印刷株式会社

ISBN978-4-86182-862-1 C0093
©Sakuhinsha 2021 Printed in Japan
落丁・乱丁本はお取り替えいたします
定価はカバーに表示してあります

【作品社の本】

偉大な罪人の生涯
続・カラマーゾフの兄弟
三田誠広

原典に依拠して原点を超える、未完の名作、瞠目の展開！

ISBN978-4-86182-506-4

［新釈］悪霊
神の姿をした人
三田誠広

帝政末期、革命前夜のロシアを背景に、神なき世界を暴走する観念の悲劇を描く壮大な思想劇。ニーチェ「超人思想」、レーニン「左翼マキャベリズム」の源流となった原作を踏襲しつつ闡明に深化させた画期的雄篇。畢生の書き下ろし大作2400枚！

ISBN978-4-86182-391-6

［新釈］白痴
書かれざる物語
三田誠広

神なき時代のエゴイズムの行方。『白痴』創作ノートに遺されたドストエフスキー自身の構想に基づいて、当初の主題を深く鮮明に追究する、愛と倨傲と理想が交錯する壮大なポリフォニック・ロマン。

ISBN978-4-86182-312-1

【作品社の本】

尼将軍

三田誠広

［近刊］

ISBN978-4-86182-867-6

親鸞

三田誠広

煩悩具足の凡夫・悪人に極楽往生を約束した日本仏教の革命児！
書き下ろし長編歴史小説。

ISBN978-4-86182-585-9

日蓮

三田誠広

日蓮は泣かねども涙ひまなし……
元寇目前の末法の時代、一個人の解脱や往生を求める既成宗派を徹底的に批判、国の柱として現世の変革を提起した信念の宗教家。その卓絶した思想と生涯を描ききる書下ろし本格歴史小説。

ISBN978-4-86182-152-3

【作品社の本】

小説集　黒田官兵衛

末國善己編

信長・秀吉の参謀として中国攻めに随身。謀叛した荒木村重の説得にあたり、約一年の幽閉。そして関ヶ原の戦いの中、第三極として九州・豊前から天下取りを画策。稀代の軍師の波瀾の生涯を、超豪華作家陣の傑作歴史小説で描き出す！

菊池寛「黒田如水」／鷲尾雨工「黒田如水」／坂口安吾「二流の人」／海音寺潮五郎「城井谷崩れ」／武者小路実篤「黒田如水」／池波正太郎「智謀の人　黒田如水」／編者解説

ISBN978-4-86182-448-7

【作品社の本】

小説集　竹中半兵衛

末國善己編

わずか十七名の手勢で主君・斎藤龍興より稲葉山城を奪取。羽柴秀吉に迎えられ、その参謀として浅井攻略、中国地方侵出に随身。黒田官兵衛とともに秀吉を支えながら、三十六歳の若さで病に斃れた天才軍師の生涯を、超豪華作家陣の傑作歴史小説で描き出す！

海音寺潮五郎「竹中半兵衛」／津本陽「鬼骨の人」／八尋舜右「竹中半兵衛　生涯一軍師にて候」／谷口純「わかれ　半兵衛と秀吉」／火坂雅志「幻の軍師」／柴田錬三郎「竹中半兵衛」／山田風太郎「踏絵の軍師」

ISBN978-4-86182-474-6

【作品社の本】

小説集　真田幸村

末國善己編

信玄に臣従して真田家の祖となった祖父・幸隆、その智謀を秀吉に讃えられた父・昌幸、そして大坂の陣に“真田丸”を死守して家康の心胆寒からしめた幸村。戦国末期、真田三代と彼らに仕えた異能の者たちの戦いを、超豪華作家陣の傑作歴史小説で描き出す！

南原幹雄「太陽を斬る」／海音寺潮五郎「執念谷の物語」／山田風太郎「刑部忍法陣」／柴田錬三郎「曾呂利新左衛門」／菊池寛「真田幸村」／五味康祐「猿飛佐助の死」／井上靖「真田影武者」／池波正太郎「角兵衛狂乱図」／編者解説

ISBN978-4-86182-556-9

【作品社の本】

小説集　明智光秀

末國善己解説

謎に満ちた前半生はいかなるものだったのか。なぜ謀叛を起こし、信長を葬り去ったのか。そして本能寺の変後は……。超豪華作家陣の想像力が炸裂する、傑作歴史小説アンソロジー！

菊池寛「明智光秀」／八切止夫「明智光秀」／新田次郎「明智光秀の母」／岡本綺堂「明智光秀」／滝口康彦「ときは今」／篠田達明「明智光秀の眼鏡」／南條範夫「光秀と二人の友」／柴田錬三郎「本能寺」「明智光秀について」／小林恭二「光秀謀叛」／正宗白鳥「光秀と紹巴」／山田風太郎「明智太閤」／山岡荘八「生きていた光秀」／末國善己「解説」

ISBN978-4-86182-556-9

【作品社の本】

聖徳太子と蘇我入鹿

海音寺潮五郎

稀代の歴史小説作家の遺作となった全集未収録長篇小説『聖徳太子』に、
“悪人列伝”シリーズの劈頭を飾る「蘇我入鹿」を併録。
海音寺古代史のオリジナル編集版。
聖徳太子千四百年遠忌記念出版！

聖徳太子の究極の目的は、くりかえし書いて来た通り、旧来の社会組織を解体して、日本を新しく誕生させるにあった。

これは蘇我馬子をはじめ全豪族の権益の根本的否定である。彼らがもし太子のこの心を知れば、全力をあげて抵抗するに相違なかった。太子にはこれがわかっているから、胸中深く秘めて、決して他に見せず、馬子をふくむ豪族らには、

「日本を中国のような開明の域に進めるためには、これは必要なのだ」

とだけ説明して同意させ、しくしくと布石をつづけた。冠位十二階の制定もそれ、十七条憲法もそれ、遣隋使の派遣もそれ、留学生、留学僧の派遣もそれ。

仏法を興隆するためにみずからしきりに寺を建てたばかりか、豪族らにも建てることを奨励したのも、この目的のためもあったとしか思われない。

（「日出づる国」より）

ISBN978-4-86182-856-0